종의 기원담

종의 기원담

김보영 연작소설

아작

(차례)

제 1 편

종의 기원담

· 2005년 환상문학웹진 〈거울〉 발표
· 2005년 전자책 《멀리 가는 이야기》(북토피아) 수록
· 2007년 공동 앤솔러지 《누군가를 만났어》(행복한책읽기) 수록
· 2008년 거울 개인 동인지 《멀리 가는 이야기》(거울) 수록
· 2010년 개인 단편집 《멀리 가는 이야기》(행복한책읽기) 수록
· 2021년 개인 영문 단편집 《On the Origin of Species and Other Stories》(Kaya Press) 수록

1

신은 그 자신의 모습을 본떠 우리를 만드셨다.

　그러나 신이 수많은 모델 중 어떤 모델을 닮았는지에 대한 기록은 없다. 그런데도 화가들은 언제나 가장 안정적인 모델로 알려진 700모델을 토대로 성화를 제작한다. 그래서 신은 늘 전신을 금으로 도금하고, 네 개의 바퀴를 달고, 오른쪽 귀 위쪽과 양 팔목에 700의 일련번호를 새긴 모습으로 그려진다. 화가들은 신을 좀 더 아름답게 묘사하기 위해, 관절마다 전선다발과 신경회로가 슬쩍 드러나게 하거나, 머리와 신체 일부 표피를 투명하게 만들어 정교한 내부구조를 노출하는 수고를 아끼지 않는다.

　하지만 세상 어디에 신이 700모델이었다는 근거가 있단 말인가? 신이 둥근 원통형의 21모델이나 부드러운 거죽으로 덮인 2000모델이 아니라는 법이 있을까(상상만으로도 우스꽝스럽기는 하지만)? 로봇의 옹졸한 상상력으로 그려진 신의 모습이란, 그저 기득권층의 특징을 모아 합성한 것에 불과하지 않은가? 신은 700모델일뿐만 아니라, 최고급 마킹과 도금을 했으며, 머리부터 발끝까지 최신식 부품으로 무장한데다. 노동이라고는 해본 적 없는 반짝이는 표피로 싸여 있는 것이다.

"'창조론'이라고, 케이!"

이반은 음성기관에서 핏핏 소리를 내며 웃었다. 이반의 망원렌즈 같은 큰 눈이 우스워 못 견디겠다는 듯이 찰칵거렸다.

"위대한 프리스턴 대학 선배님들이 울고 가겠구만! 케이, 언제부터 과학의 길을 버리고 신학으로 빠져든 거야? 신부들이 과학자를 산 채로 분해하던 시대에서 5세기도 채 지나지 않았어."

이반은 집게 같은 손가락을 부딪쳐 딱딱 소리를 내었다. 케이는 멋쩍은 얼굴로 털이 수북한 머리를 쓰다듬었다.

"이반, 과학자를 산 채로 분해할 수 있는 신부는 이제 아무데도 없어."

"창조론을 입에 담는 것 자체가 과학을 위해 순교하신 선배님들의 영령을 욕보이는 일이지, 친구."

이반은 사뭇 엄숙하게 선언했다.

"종(種)이 진화한다는 신념에는 나도 변함이 없어."

케이는 애써 변명했다.

"위대한 선배님들의 영령을 욕보일 생각도 물론 없고. 하지만 신앙 또한 로봇의 본성이야. 연구할 만한 가치는 있다고 생각해."

이반은 다시 핏핏 소리를 내며 웃었다.

"신앙은 상징이며 우화야. 문학과 예술의 영역이지. 그 어디에도 과학은 없어. 네가 예술도 일종의 과학이라고 주장한다면 할 말이 없지만."

'프리스턴 대학 생물학과 총동창회'라는 현수막이 걸린 홀에는 다섯 개의 팔을 단 피아니스트가 연주하는 음악이 부드럽게 깔리고 있었다. 방 안은 각계각층에서 모인 졸업생과 학생들로 북적였다. 떠들썩한 가운데 로봇들은 테이블에 놓인 오일을 관절에 치며 여유롭게 해후를 즐기고 있었다. 이반과 케이가 선 창문 밖에는 회색빛 건물이 길게 늘어서 있었다. 희미한 빛을 발하는 가로등이 저마다의 높이에서 거리를 밝혔고, 탁한 먼지안개가 살아 있는 듯 가로등 주위에서 스멀거렸다. 건물 사이로 보이는 하늘은 꿈틀거리는 잿빛 구름으로 덮여 있었다. 저 아래로는 헤드라이트를 밝히며 질주하는 바퀴 달린 로봇 소리가 까마득히 들렸다.

이반은 21모델이었다. 원통형의 몸에 양옆으로는 몸 안에 접어 넣을 수 있는 집게팔이 길게 뻗어 나와 있다. 머리에는 망원렌즈가 두 개 붙어 있고, 하체에는 세 개의 바퀴가 있는데, 그 안쪽에는 계단을 오르내리거나 멈출 때를 위한 관절형 다리도 숨어 있다.

　케이는 그보다 두 자리 많은 1029모델이었다. 네 자릿수
모델이 두 자리나 세 자릿수 모델보다 더 뛰어난 기종은 아니
다. 오히려 그 반대다(이 모순에 대해 많은 철학자들이 이유를
설명하려고 애써 왔다). 네 자릿수의 특징이라면, 몸 일부가
부드러운 재질로 싸여 있다는 점이다. 대강 케이와 같은
1000계열, 주로 얼굴만 부드러운 재질이고 나머지는 금속인
모델과, 전신이 모두 부드러운 재질인 2000모델로 나뉜다.
네 자릿수의 표피는 너무 약해서 상온에서 쉽게 부서지기 때
문에, 케이도 다른 1029들이 그러하듯이 밖에 나갈 때는 얼
굴이 망가지지 않도록 종종 보호가면을 쓰곤 한다.

　1029들에게, 얼굴을 700처럼 금도금으로 갈아버리는 성
형수술은 불경기 없는 호황산업이었다. 그리고 보니 이 안에
도 2000모델이 있었다. 외형도 독특한데다 노란색에 주황색,
갈색에 흰색을 섞은 듯한 기묘한 색채로 덮인 기종이라 내내
눈에 띈다.

　"과학에 대해 내가 다시 한번 설명해주지, 케이."

　"이쪽을 보세요!"

　바닥을 이동하는 지잉 소리가 들리며 바퀴 네 개를 단 카
메라가 두 로봇 앞에 미끄러져 왔다. 케이는 한 손에 오일병
을 들고 다른 팔로는 이반을 껴안았고, 이반도 마찬가지로
케이의 어깨를 둘러 안았다. 번쩍 하고 플래시가 터졌다.

　"즐거운 시간 되세요!"

카메라는 다시 위잉 하며 홀을 가로질러 갔다.

"저 카메라를 예로 들면 말이지."

이반은 로봇 사이를 분주히 오가는 카메라를 가리키며 말했다.

"원시적인 카메라가 사진 한 장을 찍으려면 피사체가 몇 시간이고 움직이지도 못하고 앉아 있어야 했지. 노출과 초점을 조절하는 데 온갖 수동 장치가 필요했어. 그 후에 생겨난 기종은 버튼 하나로 사진을 찍을 수 있었어. 크기도 손바닥만 해지고. 지금은 카메라가 알아서 좋은 사진을 찾아 찍어주고, 말도 하는 데다가, 저 혼자 움직이기도 한단 말이야. 그들은 진화해 왔어. 초기에는 한 조각의 감광 필름에 불과했지만 환경에 적응하여 점점 복잡한 생물로 변화했지. 만약 경전에 나온 대로 신이 말씀으로 카메라를 창조하셨다면, 그 많은 카메라의 모델명을 순서대로 다 부르는 데에만 창조의 7일을 다 쓰고 말았을걸."

"이반, 난 수 세기를 이어져 내려온 창조론과 진화론의 논쟁을 재탕하자는 게 아니야. 내가 관심을 두는 점은 '왜 로봇이 자신이 창조되었다고 믿게 되었는가'야."

"무지의 소치지."

"나는 로봇의 본성에 관해 이야기하는 거야."

"무슨 소리야?"

"생각해봐. 로봇은 **공장**에서 태어나. 공장은 죽은 로봇을 분해하고 정화해 새 로봇을 생산하지. 그게 우리가 아는 '창조'의 모습이야. 돌덩이를 주물럭주물럭해서 로봇을 만든다는 상상이 오히려 더 이상하지 않아?"

이반은 집게손을 손목에서 빙글빙글 돌렸다.

"요점이 뭐야?"

"우리 로봇에게는 외로움을 느끼는 본능이 있어. 그건 집단을 이루면 더 효율적으로 살 수 있어서야. 공포는 위험으로부터 몸을 지키기 위해, 고통은 몸의 파손을 막기 위해 필요하지. 학습 능력은 변화하는 환경에 적응하기 위해서, 망각은 정보의 인출 속도와 처리 효율성을 위해서 필요해. 생물의 모든 본능이, 그 생물이 더 잘 살아남기 위해서, 더 효율적으로 종족을 보존하기 위해서 존재한다고 보면 말이지. '창조신앙'은 거기서 무슨 역할을 하는 거지?"

"마음의 안정을 위해서겠지."

"바로 그 점이야. 어째서 로봇은 자신이 창조되었다는 상상에서 안정을 얻지? 우리가 스스로 태어난 것이 어째서 불안한 일이야? 저 높은 어딘가에서, 상상할 수도 없는 전지전능한 힘을 가진 존재가 우리를 감시하고, 지켜보고, 통제하고 지배하며, 우리는 그의 종이며 노예라는 상상이 어째서 우리에게 행복을 주지? 왜 로봇은 본 적도 없는 창조주에게 절대적인 사랑을 바치고, 목숨을 바치고 싶어 하지? 그런 본능이 종족 보존에 무슨 이득이 있어? 우리의 본성 한구석을 차지하는 노예근성, 복종 판타지, 전능자와 절대자에 대한 환상이 종족 유지에 무슨……."

케이는 이반이 팔짱을 낀 채 정지한 것을 깨닫고 말을 멈추었다. 이반이 나지막하게 스피커를 가동했다.

　"진심으로 지금 지껄인 것들을 이번 과제물로 낸 것은 아니겠지."

　"그야 아니……인 것은…… 아니지만."

　케이는 이반의 시선을 단계적으로 피하며 말했다.

　"네 엉뚱한 이야기를 듣는 것은 개인적으로 즐겁지만 말이야, 교수님들까지 즐거워하리라고는 생각지 마. 네 관심사는 아무래도 좋아. 진화학 수업에 창조론 논문을 내는 바보는 너밖에 없을 거야."

　"허구한 날 뻔한 논문만 내려니 지겨워서 그래."

　케이는 우울한 기분으로 바닥에 앉았다. 네 자리 계열의 이족보행 로봇은 다른 로봇과는 달리 관절에 쉽게 무리가 가기 때문에, 자주 무릎관절 하중을 다른 부위로 옮겨주어야 한다. 케이의 옆으로 충전지를 담은 쟁반 여섯 개를 여섯 개의 손에 얹은 가느다란 식탁이 음악에 맞춰 몸을 흔들며 지나갔다.

　"진화학 논문이래 봤자 서로 다른 지역에 사는 로봇 사이의 회로나 부품이나 코드 유사성을 밝혀내는 게 전부잖아. 아니면 오래된 지층에서 발견한 로봇 화석일수록 형태가 단순하다든가, 지금까지 쌓은 5만 가지 데이터에 5만 1번째 데이터를 추가하는 것뿐이라고. 아니지, 내가 지금 우리 학과 학생 50명과 같이 논문을 쓰고 있으니, 5만 50번째 정도의 데이터를 추가하겠지."

"그게 과학이야. 아무도 신경 쓰지 않을 보잘것없는 이론이라도, 그 이론의 축대에 한 컵씩 흙과 시멘트를 가져다가 조금씩 탄탄하게 만드는 것이 우리 일이지. '부분은 전체보다 작다' 같은 극히 상식적인 증명에만도 얼마나 많은 논문이 발표되는지 알아? 케이, 넌 의욕은 좋은데 현실성이 없어. 학계를 뒤집어엎을 논문이 아니면 발표하고 싶지 않은 거야? 올해로 퇴짜 맞은 논문이 벌써 몇 개야?"

케이는 손가락을 꼽다가 질문이 아니라는 것을 깨닫고 우물거리며 손을 내렸다.

"그만 욕심을 버려, 케이. 생물학과 대학원을 졸업하려면 열두 개의 관련 과목에서 논문을 발표해야 해. 쉼 없이 공부하고 제때제때 논문이 통과되어도 24년이야. 상상력이 과다한 논문을 쓰고 싶으면 학위나 따놓은 뒤에 하라고. 평생 학교에서 살 생각은 아니겠지?"

케이가 뭐라 말하려는 찰나, 눈가에 노란색과 주황색과 갈색과 흰색을 섞은 듯한 기묘한 색채감이 느껴졌다. 케이는 저도 모르게 돌아보았다.

"여어, 세실!"

이반이 환호했다.

"오랜만이야, 이반!"

케이는 이반이 두 팔을 활짝 벌리고 세실이라 불린 로봇을 껴안는 것을 지켜보았다. 문득 아까부터 이 로봇이 눈에 아른

거렸다는 기분이 들었다.

"정말 오랜만이야. 생물학과 동창회에는 어쩐 일이야?"

"내 연구 분야도 생물학과 관련이 있으니까. 학회지라도 좀 얻어 갈까 해서 왔어."

"모든 것이 생물과 관련이 있지?"

이반은 뭐가 우스운지 픗픗거리며 말했다.

"요새도 여전히 그 미물하고 어울려 살아?"

"'미생물'이야."

"그렇게 주장하고 싶다면."

케이는 둘의 대화를 이해하지 못한 채 멀뚱히 있었다. 이반은 그제야 케이의 존재를 알아차려 주고 둘을 소개해주었다.

"이쪽은 화학과의 세실 에반스체야. 동아리 친구지. 이쪽은 케이 히스티온. 케이 너도 교양화학을 들었으니 본 적이 있을 텐데."

"그 많은 학생을 다 어떻게 기억하겠어."

세실이 대신 답하며 케이에게 손을 내밀었다. 둘 다 다섯 개의 손가락을 가진 모델이라 무리 없이 악수할 수 있었다. 케이는 세실의 눈이 흥분으로 반짝인다는 기분이 들었지만, 이유를 알 수 없었기에 기분 탓이려니 했다.

"무슨 이야기를 그리 열띠게 하고 있었어?"

세실이 물었고 이반이 답했다.

"창조론과 진화론에 대해 토론 중이었어."

"그 논쟁이 요즘도 유행하는지는 몰랐는데?"

"그런 식으로 말하면 이 친구가 슬퍼할 거야. 이 친구는 창조론 쪽이니까."

세실이 깜짝 놀라 케이를 보았다.

"이반, 오해할 말은 하지 말아줘."

케이는 난처해져서 변명했다.

"내 이번 진화학 과제물 이야기야. 관점을 좀 재미있게 해보고 싶었거든. 사회문화적인 면에서, 로봇은 왜 창조론에 매혹되는가……."

"그래. 재미있는 관점으로 즐겁게 낙제의 길을 택했지. 아무래도 고루한 프리스턴의 교수님들께서는 이 천재 로봇의 위대한 발상을 이해하기에는 역량이 부족한 모양이야."

"이반……."

케이가 당황해서 이반의 스피커를 막으려는데, 이 2000로봇의 한술 더 뜨는 말이 들려왔다.

"응. 나도 그 말에 동의해."

"놀리지 말아줘."

케이는 조금 기분이 나빠져서 대꾸했다.

"아니, 진심이야. 프리스턴 교수님들 보수적인 거야 세상이 알아주잖아? 그분들은 자신이 아는 수준에서 과학이 더 발전하지 않기만을 기도하실걸. 얼마나 많은 훌륭한 논문이 그분들의 편협한 잣대로 찢겨나가고 있겠어, 안 그래?"

세실이 또랑또랑한 눈으로 진지하게 말했다. 케이는 어리둥절해져서 세실의 표정을 살폈다. 네 자릿수 로봇, 그중에서도 2000의 특징이라면, 생각이 그대로 얼굴에 드러난다는 점이다. 이반 같은 두 자리 계열이 감정을 희, 로, 애, 락 네 단계 정도로 표현한다면, 2000모델은 무한급수에 이르는 감정 표현을 한다. 매우 기쁨, 약간 기쁨, 미묘하게 기쁨, 어색하게 기쁨, 기쁘지만 마음에 걸리는 것이 있음, 슬플 만큼 기쁨, 거짓으로 기쁨 등등. 케이 역시 표정을 지을 줄은 알았고 스스로는 별 차이가 없다고 생각하지만, 2000들은 그 차이를 느끼는 것 같았다. 한때 같은 수업을 들었던 2000 친구는 '표정이 딱딱하다'는 표현을 썼다. 물론 다른 자릿수들은 그 말 뜻도 잘 이해하지 못한다.

세실의 표정으로 봐서는 아무래도 놀리는 것 같지는 않았다. 케이는 잠시 이반과 함께 당혹스러워하다가 물었다.

"우리가 아는 사이였던가?"

"케이 히스티온, 맞지?"

"방금 소개받았잖아."

세실이 웃었다.

"소개받기 전부터 알고 있었어. 난 널 기억하는데, 나 혹시 기억나?"

"어. 음. 조금."

케이는 거짓말을 하며 기억해내려 애썼다. 세실은 표준적인 ㄱ 타입 2000모델이었다. 가슴은 도드라지게 봉긋했고 몸은 머리에서부터 발끝까지 완전한 곡선을 이루었다. 2000은 그런 ㄱ 타입과, 가슴이 납작하고 어깨가 넓고, 두 다리 사이에 용도를 알 수 없는 물건이 달린 ㄴ 타입으로 나뉘는데, 외관과 음성 주파수를 제외하고는 기능상의 차이가 없어 보통은 굳이 구분하지 않는다. 세실은 2000이 흔히 그러하듯이 피부를 보호하기 위한 금속 옷을 입고 있었는데, 투명한 재질이라 분홍빛 표피가 그대로 드러나 보였다. 머리에는 케이처럼 털도 덮여 있었는데, 흔히들 그렇듯이 3센티미터 정도만 남기고 짧게 잘려 있었다. 그제야 케이는 세실의 몸 위로 금색을 입혀 볼 수 있었다.

"세실 에반스체, 맞지?"

"방금 소개받았잖아."

세실은 웃었다.

"정말로 나 기억해? 우린 이야기 한번 나눈 적도 없잖아."

"물론 기억나. 너는…… 에…… 금색 화장을 하고 다녔던 것 같은데."

2000은 어딜 가나 눈에 띈다. 워낙 생김새가 특이하기도 하지만 대학에 진학하는 숫자도 적어서다. 아무리 기종차별이 철폐되었어도 사회의 변화속도에는 한계가 있는지라, 2000이 고등교육까지 받는 경우는 많지 않다. 그들이 태어나면서부터 교육과 문화 혜택으로부터 소외되는 것은 생각지 않고, 많은 학자가 2000의 지능 수준이 두 자릿수 이상 로봇 중 최하위라고 주장하곤 한다.

케이 역시 네 자릿수가 다 그렇듯이 다소 차별받으며 살았지만, 2000에 비하면 나은 편이었다. 케이는 가면만 쓰면 얼핏 세 자릿수처럼 보일 수도 있었지만 2000의 외형은 무시하기에는 너무 독특했다. 그나마 덜 차별받는 2000은 검은색 기종이었는데, 검은색은 다른 자릿수에서도 흔해서였다.

세실은 고개를 끄덕였다.

"맞아. 어린애들이 곧잘 하는 짓이지. 나도 어지간히 내 표피색이 부끄러웠으니까. 금색 화장에 용돈을 다 쓰고 다녔어. 정말 바보같았지 뭐야."

"늦게나마 깨달아 다행이지."

이반이 핏핏 소리를 내며 말했다. 케이는 이반의 그 반응이 그리 섬세하지 않다고 생각했다. 하긴, 이반도 어쩔 수 없는 두 자릿수 모델이니까.

"그런데…… 아까 그 미생물이라는 것은 뭐지? 그러니까……."

케이의 질문에 이반이 대신 대답했다.

"유기물 말하는 거야."

"유기물이라니?"

"기계의 재료가 될 수 없는 물질 말이야. 세실은 **유기생물학** 수업을 듣고 있어. 프린스턴 최고의 비인기 과목이지. 수업은 어렵고, 이수시간은 많고, 학비는 두 배요, 공부할 샘플은 구하기도 어렵지. 전자회로 어딘가에 이상이 생긴 로봇이 아니면 관심도 두지 않을 거야."

"에…… 그러니까…… 다시 말해서……."

케이는 뭔가 잘못 들었으리라 생각하며 물었다.

"유기재료학이겠지?"

"아니, 유기생물학이야."

세실은 케이의 눈을 똑바로 보면서 얼굴 표피를 미묘하게 변화시켰다. 케이는 그 표정이 '들떴을 때' 나타나는 얼굴 표피의 이상 현상인 줄을 안다. 생각해보면 네 자릿수가 사회에서 천대받는 이유도 웬만큼은 이해할 법했다. 이렇게 속마음을 쉽게 들키는 로봇을 어느 회사에서 중용하겠는가 말이다. 무역, 경영, 교육, 정치, 외교…… 네 자릿수에게 적합하지 않은 직업은 많고도 많았다. 네 자릿수 중에 예술가나 단순노무직이 유달리 많은 이유도 그런 사회성의 결여 때문이다.

"유기물과 생물의 관계를 연구하는 학문인가? 아, 아니, 미안해. 내가 잘 몰라서 말이야."

케이가 묻자 이반이 케이의 등을 집게손으로 톡톡 두드리며 말했다.

"생물학이 아니니까 몰라도 돼."

"그런데 왜 과목 이름에 생물학이 들어가지?"

"칼스트롭 교수님 알지? 총장님과 절친하신 그 엔진기능 좋으신 분 말이야. 그분께서 그 감당 못 할 열정과 상상력과 고집으로 총장님을 홀려 만든 과목이야. 학생 수가 매년 평균 네 명도 채 되지 않아. 학생 수 다섯 명인 '중세 동북아시아 수도승 의복 무늬학'의 기록을 깨버렸지. 칼스트롭 교수님께서 생물학과 과정으로 넣어달라고 떼를 쓰셨지만 우리의 지파 교수님께서 교수직까지 걸고 반대하시는 바람에 다행히 아직 화학과에 남아 있지."

"이반, 칼스트롭 박사님은 내 지도교수님이셔. 그렇게 말하지 마. 물론 괴짜는 분명하지만."

세실은 미소를 지었다. 입 끝을 살짝 올리는 웃음이다. 소리를 내지 않기에 네 자릿수끼리가 아니면 거의 구분할 수 없는 웃는 방식이다.

"신념이 있으신 분이야. 뛰어난 과학자고, 또…… 철학자기도 하시지."

"유기물도 생물이라는 철학."

이반은 천천히 읊었다.

"하지만 세실, 그분의 신앙에 희생된 너를 보면 늘 마음이 아파. 언제까지 정신 나간 스승 밑에서 그 눈에 보이지도 않는 놈들에게 매달려 있을 거야? 너도 장래를 생각해야지."

"유기물도 생물이다."

케이는 그 말을 되새기며 따라해보았다. 마치 창세 신화 1장 어딘가에 섞여 있을 말처럼 들렸다. "로봇이여, 눈을 떠라"라고 말씀하신 신이 몰래 구석에 숨어서 중얼거렸을 듯한 말이었다.

"시적인 문장이야. 마음에 들어."

"케이, 그건 시가 아니야. 과학이야."

세실이 차분히 반박했다.

"그러니까 유기생물학에서는 박테리아, 곰팡이, 균사, 뭐

이런 것들이 생물이라고 생각한다는 거야? 진심으로? 생각하고, 판단하고, 문명을 발전시킨다고?"

케이의 말에 세실은 고개를 저었다.

"생물의 정의는 그렇게 단순하지 않아, 케이. 물론 그들이 로봇에 비해서는 저급한 생물일 수 있겠지만, 나는 그들이 카메라나 탁자보다는 고등한 생물이라고 생각해."

"하지만, 아, 자꾸 반박해서 미안하지만, 카메라는 사진을 찍을 줄 알잖아. 곰팡이가 대체 뭘 할 줄 알지?"

"나와 같이 유기생물학 강의를 듣는 것이 좋겠다, 케이."

"사양하겠어. 난 내 수업만으로도 벅차거든."

케이가 정중히 거절하자 세실이 미소를 지으며 다가왔다.

"하지만 곰팡이는 카메라가 할 수 없는 일을 할 줄 알지……."

세실은 케이의 얼굴을 뚫어져라 보았다. 마치 감정을 숨길 수 없는 네 자릿수의 표정에서 뭔가를 얻어 가고 싶은 것처럼.

"그들은 **성장**할 줄 알아."

세실은 안구를 반짝이며 나직이 속삭였다.

"뭐?"

"성장."

세실은 주문을 외듯이 말했다.

"……그건 '변화'하는 것을 말해. 케이, 그게 무슨 뜻인지 알 수 있겠어?"

케이는 대답하지 못했다. 세실은 이반이 옆에서 삐거덕 소리를 냈을 때야 깜짝 놀라 두리번거렸다.

"미안, 내가 오랜만에 만나 이상한 소리만 했지?"

세실이 두 손으로 얼굴을 가렸다. 네 자릿수, 특히 2000은 얼굴에 생각이 드러나기에 많이들 그런 동작을 하는 버릇이 있다.

"아, 아니야. 아주 흥미진진했어. 언제 기회가 닿으면 그 유기생물학이라는 것도 좀 배워보고 싶은데."

케이가 말하자 세실은 고개를 끄덕이고는 손을 저어 인사했다.

"만나서 반가웠어. 이반, 케이. 파티 재미있게 즐겨."

케이와 이반은 세실이 파티장 뒤쪽으로 사라진 뒤에도 비슷한 동작으로 계속 손을 흔들었다. 무슨 생각을 하는지 알겠다는 듯 서로를 쳐다보지도 않았다.

"좀 이상한 친구지?"

이반이 물었다.

"그런 것 같아."

케이가 답했다.

"유기생물학 수업 듣는 애들은 다 그래. 칼스트롭 교수가 애들을 다 망쳐놓았지. 어린애들 머릿속에 제 노망 난 망상을 주입해놓았다니까."

이반은 고개를 한 바퀴 돌렸다. 21모델이 고개를 설레설레 젓는 방식이었다.

"성장이라니!"

이반은 탄식했다.

"정말 상상력이 과다한 이론이야. 물체가 성장할 수 있다면 질량보존법칙은 어떻게 되고 엔트로피 증가의 법칙은 어떻게 되는 거야? 세상 그 어떤 물질도 질량보존법칙에 따라, 자신의 질량을 증가시킬 수 없어."

2

우리는 직관적으로 산 것과 죽은 것을 구별할 수 있다고 생각하지만, 과학적으로 정확히 무엇이 생물인지 정의하기는 상당히 어렵다.

우리 몸을 구성하는 트랜지스터와 칩, 전선과 전지는 생물일까? 아니면 생물의 일부일까? 카메라와 전화기와 형광등은 유사생물체라고 보아야 좋을까, 아니면 생물이라고 보아야 할까? 움직이고 말을 하는 카메라와 그렇지 않은 카메라는, 무슨 기능을 기준으로 생물과 무생물로 나누어야 할까?

우리가 아는 바, 생물이 되는 필수 조건은 다음과 같다.

1. 자신의 의지가 있어야 한다. 즉 그 행동 메커니즘의 명령체계가 기본적으로 외부가 아니라 자신의 내부에서 발생해야 한다. 스탠드 조명이 누군가의 명령에 의해서만 켜지고 꺼진다면 그것

은 무생물이고. 자신의 의지에 따라 조금이라도 밝기를 조절할
수 있다면 생물이다.

(이 정의에는 아직도 논란이 있다. 많은 학자가 땅의 융기와 침강,
바람의 방향과 기온의 변화, 화산 분출은 '누구의 의지인가' 하고 묻
는다. 단순히 '인터뷰에 응할 수 없어서' 무생물로 분류된 기계도 많
다는 뜻이다. 가장 논란이 되는 질문은 '만약 우리가 재력이나 권력에
의해 자신의 의지로 활동할 수 없다면 우리도 무생물인가' 하는 것이
다. 이에 대한 학계의 답변은 '살아 있다고 볼 수 없다'이다.)

2. 에너지 대사(주로 전기 에너지)를 한다.
3. 칩을 소유한다. 칩은 생명 활동의 기본 매체다.
4. 일반적으로. 공장에서 태어난다.

그러므로 화학자 알트마이어가 발견한(또는 발견했다고 주장하는)
'움직이는 유기물'은. 설사 그의 주장대로 첫 번째와 두 번째 조건에
해당한다고 해도 세 번째와 네 번째 조건에 해당하지 않으므로 생물
로 분류할 수 없다. 컴퓨터 바이러스도 마찬가지다. 한때는 이들을
무생물에서 생물로 진화하는 중간 단계의 생물로 여기던 때도 있었
으나, 이 이론은 곧 부정되었다. 컴퓨터 바이러스는 다른 기계가 없
으면 생존할 수 없기 때문이다. 바이러스가 진화계보의 어느 시점에
서 생겨났는지는 여전히 밝혀지지 않고 있다.

이반과 헤어진 케이는 2층 발코니에 서서 아래를 내려다 보았다. 회색빛 도로 위로 로봇과 자동차가 질주하고 있었고, 예술가들이 꾸민 거리 조형장식이 도로 양옆에 줄지어 있었다. 난간에는 이산화탄소가 응결해 생겨난 드라이아이스 서리가 하얗게 내려앉아 있었다. 체열을 식혀줄 만큼 적당히 서늘한 데씨 −10도* 정도의 상쾌한 날씨였다.

케이가 어렸을 때 거리 조형물은 육면체를 얼기설기 늘어 놓은 조잡한 것이었다. 그러던 것이 지금은 기묘한 곡선과 원과 선을 다채롭게 이은 아름다운 예술품이 되었다. 조형물마다 조형자의 이름이 자랑스레 새겨져 있고, 모두가 창조주의 영혼을 마음껏 발산한다. 어떤 것은 치솟는 직선으로 로봇의 생명력을 찬양하고 어떤 것은 흐르는 듯한 곡선으로 로봇의 약동하는 활력을 노래한다. 조형물은 분명 진화했다. ……비록 로봇의 손을 거쳤다지만.

케이는 고개를 설레설레 저었다. 쓸데없는 생각은 그만두자. 새 논문 주제나 생각해봐야지. 좀 더 평범하고 재미없는 것으로. 교수님이 예쁜 로봇이라고 칭찬할 만한 것으로. 그때 케이는 다시 아까의 묘한 색채를 눈언저리에서 발견했다.

"세실."

"안녕, 케이."

---

* '데'로 시작하는 이름의 학자가 만든 온도 단위. 이산화탄소가 어는점을 0도로 한다. 데씨 0도는 섭씨로는 −78.5도. 데씨 −10도는 섭씨 −88.5도다.

세실이 인사했다. 분위기를 보아하니 아까부터 와 있었던 모양이었다. 케이는 무심코 세실의 볼록한 가슴과 그 위에 돋아난 수상한 돌기에 시선을 두었다.

'저것도 진화학적으로 설명이 안 되는 기관이지.'

공장이 만드는 수천 가지 기종 중에는 용도를 알 수 없는 기관을 달고 태어나는 모델이 많다. 케이의 왼팔에 장치된 기관도 그랬다. 케이가 네 손가락으로 손바닥 버튼을 누르면 손목이 뒤로 꺾이면서 안에 숨은 파이프 비슷한 기관이 튀어나오는데, 그냥 그뿐이었다. 커닝 쪽지를 숨기거나 끝에 물감을 찍어 동그라미를 그릴 때밖에는 쓸 일이 없다. 오른팔에는 길고 납작한 쇠판도 숨어 있는데, 역시 용도를 알 수 없다. 쇠판은 너무 약해서 무기로도 도구로도 딱히 쓸모가 없었다. 과거에는 뭔가 다른 용도로 쓴 기관이었는데 퇴화했다는 설도 있다. 공연히 관절 사이로 이물질이 들어가 고장 나기 일쑤였기에 1029모델은 일찌감치 수술로 파이프와 쇠판을 제거하기도 한다.

"오늘 우리 자주 만나는데."

"그러네."

세실이 가까이 다가왔다.

"뭘 하고 있었어?"

"길거리 조형물을 감상하고 있어."

"창조적인 관점에서?"

"진화적인 관점에서."

케이는 괴로운 웃음을 지으며 말했다. 네 자릿수끼리 이야기하기가 편한 점은, 무의식중에 나타나는 표정을 숨기지 않아도 된다는 것이다. 이반이 케이의 이런 미묘한 표정을 보았다면 '괴로운' 부분을 빼버리고 '웃음'만 본 다음에 기뻐하는 줄 알고 어리둥절했을 것이다.

"난 칼 이스타포의 작품을 좋아해. 너는?"

세실이 물었다.

"아, 나도 그분 작품 좋아해. 로봇 해부도를 끝내주게 재현하는 분이지. 좀 섬뜩하기는 하지만. 아무래도 우린 통하는 구석이 많은 것 같아. 그렇지 않아?"

"……정말로."

세실은 별로 기뻐 보이지 않았다. 아니, 그보다는 계속 다른 생각에 빠져 있는 듯했다.

"논문 쓰느라 바쁜 모양이지?"

"아아. 그렇지, 뭐."

케이는 머리를 쓰다듬었다. 머리털에 붙은 먼지를 털다보니 버릇이 된 동작이었다. 케이의 머리털은 얼굴 표피와 같이, 태어날 때 그대로의 길이로 머리에 붙어 있었다. 케이의 것은 암갈색이었고, 털에 붙는 먼지를 처리하느라 일주일에 두 번은 청소해줘야 했다. 잘라내라는 말은 어릴 때부터 들었지만, 케이는 태어난 그대로의 모습으로 사는 로봇이 세상에 한 명쯤 있어도 좋지 않을까 생각하는 편이었다. 요즘 로봇들은 블록 장난감 갖고 놀듯이 몸을 성형한다. 이족보행은 사족보행으로 개조하고, 팔이 두 개인 놈들은 네 개로 개조한다. 그야, 개조가 필요한 경우도 있는 줄은 알지만, 최근의 유행 근간에 있는 자릿수상승의 압박에는 왠지 삐딱해지는 것이다. 애초에 자릿수차별을 하지 않으면 되는 것을.

"낙제를 많이 하나 봐?"

세실이 물었다. 정말로 남의 기분을 배려해주지 않는 로봇이로군.

"아무래도 난 좋은 학자는 못 될 거야. 재능이 없나 봐. 학부 졸업할 때도 지파 교수님이 한 해만 더 같이 있자고 애원을 하시더라고."

"애원을……?"

"낙제시키려고 했다고."

"아."

세실은 미묘한 표정을 지었다. 아까 '교수님들 보수적인 거야 알아주잖아?' 할 때와 비슷한 표정이었다. 꼭 '네가 왜 그런 취급을 당해야 하니'라든가 '네가 그럴 리가 없잖아' 하고 말하는 듯했다. 케이는 정말 이상한 녀석이라고 생각했다. 나를 언제 보았다고.

"하지만 나 같은 기종이 선택할 만한 직업은 한정되어 있으니까, 불평할 수도 없지. 힘은 두 자리에 밀리고, 운동 다양성은 세 자리에 밀리고, 생각이 다 드러나는 얼굴 때문에 로봇 상대하는 일도 맞지 않고, 그렇다고 예술에 재능도 없으니 학자 말고는 딱히 다른 길이 없잖아. 물론 암기력이 떨어지니 이것도 그리 좋은 선택은 아니지만, 해석이나 분류 업무에는 장점이 있으니…….”

“네 자릿수 로봇 운명이 그렇지 뭐. 우리가 고대 로봇들처럼 땅을 갈 수도 없잖아.”

세실이 자조적으로 말했다.

“그래.”

가끔 무심코 쓰는 문장의 어원이 궁금해질 때가 있다.

“왜 땅을 갈았을까?”

“글쎄.”

세실도 궁금한 얼굴을 했다.

“종교적인 이유 아니었을까?”

“고고학에선 해석이 안 되는 건 다 종교적인 이유지?”

케이의 말에 세실은 동의하는 듯 쿡쿡 웃었다. 호감가는 친구였다. 문득 케이는 아까 이 친구가 하던 말을 떠올려보았다.

“그러고 보니 네가 공부하는 학문 이야기나 해줄래? 그러니까…… 유기생물학이라고 했던가? 할 만해?”

“음, 나는 여덟 학기째 수강하고 있어.”

케이는 조금 놀랐다.

“그거 대단한데. 그렇게 학점이 안 나오는 거야?”

“아니, 내가 계속 재수강하는 거야. 신학문이라서 매년 이론이 바뀌거든.”

“이야, 너 굉장히 열심히 공부하는구나. 나는 그렇게까지는……."

세실은 대답 없이 시선을 틀었다. 케이는 어째 아까부터 세실의 머릿속에 한 가지 생각만 굴러다닌다는 느낌을 받았다. 케이가 표정을 해석하려 애쓰는 사이 세실이 입을 열었다.

"케이, 실은…… 파티 시작할 때부터 너를 찾고 있었어."

"응?"

"계속 말을 붙이고 싶었는데 기회를 잡지 못했어. 이반이 워낙 시끄러워서……."

"나를? 왜?"

"이 논문, 케이, 네가 쓴 것 맞지?"

세실은 들고 있던 작은 가방을 열어 소형 단말기 한 명을 꺼내 난간에 올려놓았다. 단말기는 전원이 들어오자 덮개를 열고 펄쩍 뛰어올라 케이에게 정중하게 인사했다. 받침대를 세우고 몸의 각도를 살짝 내렸을 뿐이었지만, 그런 형태의 생물로서는 최선을 다한 셈이었다.

"뭐지?"

케이는 어느 한쪽은 대답해주기를 바라며 세실과 단말기를 번갈아 보았다. 세실이 화면을 가리키자 케이는 단말기를 들어 보았다. 화면 맨 위에 나타난 제목을 본 케이는 소스라치게 놀랐다.

대체 에너지론 :

　　　— 케이 히스티온

"내 논문이로군."

세실은 고개를 끄덕였다.

케이는 버튼을 누르며 페이지를 몇 장 넘겼다.

— 로봇의 부품을 구성하는 물질은 대개 기껏해야 10종 미만의 원소로 이루어져 있다. 우리 몸의 셀 수 없이 많은 부품은, 근원을 따지고 보면 모두 같은 재료로 만든 것이다.

공장은 죽은 기계와 로봇을 분해하고 재생하여 필요한 물질을 만든다. 만약 우리가 신체 바깥의 원소를 흡수하고 분해하여 다시 조합하는 방법을 찾을 수 있다면? 어쩌면 우리는 공기나 흙으로부터도, 길 가다 발에 차이는 돌멩이로부터도 재료를 얻을 수 있을지 모른다. 죽은 기계의 부품에 의존하지 않고서도.

그러면 우리는 몸에서 닳아 떨어진 나사나 소소한 부품 따위를 스스로 만들어낼 수 있을지도 모른다. 전지까지도.

만약 전지를 만들 수 있다면⋯⋯.

"맞아, 내 논문이야."

케이는 슬픈 기분으로 화면을 톡톡 건드렸다. 그러자 화면 아래쪽에 '저는 민감합니다. 조심해서 다뤄주세요.' 하는 글씨가 찍혀 나왔다. 케이는 사과하며 단말기를 난간에 내려놓았다. 그때 케이는 제 얼굴에 논문을 내던지던 지과 교수를 떠올리느라 세실의 얼굴이 환하게 빛나는 것을 보지 못했다.

"대체 이걸 어디서 찾아낸 거야? 학교에서 '미' 학점짜리 논문까지 보관해두는지는 몰랐는데. 이런 원리로 전지를 합성하려면 전지 분자 하나하나마다 컴퓨터가 달려 있어야 한다더군. 또 그 원소를 분해하고 조합하는 데 필요한 에너지 역시 어마어마하고. 역사상 수백 번은 있었을 허황한 영구동력 이론이지. 그것도 깐깐한 지파 교수님이 '양'을 주려는 것을 간신히 싹싹 빌어서……."

케이는 말을 끝내지 못했다. 세실이 갑자기 달려들어 케이의 목을 끌어안았기 때문이었다. 서둘러 중심을 잡지 않았다면, 케이는 오늘 처음 만난 2000모델과 단말기와 함께 발코니 아래로 떨어져 고철 조각이 되었을 것이다.

"세실, 잠깐만, 세실…… 잠깐, 진정해!"

"이제야 찾았어. 이제야 찾았다고, 케이. 난 널 5년이나 찾고 있었어! 5년이나!"

케이는 흥분해서 어쩔 줄 모르는 세실을 간신히 떨어뜨려 놓았다.

"5년이라니? 대체 무슨 말을 하는 거야?"

"케이……."

세실은 엔진이 터지기라도 할 것처럼 가슴을 껴안으며 잠시 앉았다가 일어났다. 수리공을 불러야 하나 걱정되기 시작했다.

"어떻게 이럴 수가 있담. 이 모든 것을 시작한 로봇이 너였는데. 우리 연구의 기틀을 마련한 로봇이 바로 너였는데, 본인은 아무것도 모르고 있다니!"

케이는 점점 혼란스러워지기 시작했다.

"잠깐……, 무슨 말인지 설명이 좀 필요한데……."

"얼마 전 생물학과 졸업 논문집을 뒤져보다가 네 논문을 발견했어. 그리고 동창회지에서 네 이름을 찾아내서 미친 듯이 달려온 거야. 네가 그 '케이 히스티온'인지 확인하기 위해서."

케이는 세실이 어느 부분을 설명한 것인지 헷갈리기 시작했다.

"그 '케이 히스티온'이라니?"

"유기생물학을 처음 생각해낸 로봇을 만나보고 싶었어."

케이는 뭔가 세실이 질문을 잘못 이해했거나, 자기가 잘못 물어보았거나, 세실이 복잡한 은유법을 쓴다고 생각했다.

"뭐라고 했어?"

"케이, 유기생물학과는 네 논문에서 시작된 것이나 마찬가지야. 5년 전 칼스트롭 교수님은 네 논문에서 힌트를 얻어, 유기물이 대사활동을 한다는 사실을 추론해내셨지. 유기물은 주위 환경을 원소 단위로 분해하여 에너지로 쓰는 '생물'이야. 그들이 성장하고 자신을 복제하는 방식은 네 이론과 동일해."

3

환경 오염이 날로 심각해지고 있다.

과학자들의 분석에 따르면 우리가 아무것도 하지 않고 이대로 있으면, 앞으로 몇십 년 사이에 지구를 둘러싼 귀한 보호막인 검은 구름에 구멍이 뚫린다고 한다.

만약 '검은 구름'이 사라지면, 그 너머에 있는 불타는 공의 무시무시한 에너지가 직접 지구로 떨어져 내린다(이 공의 존재는 구름 상층대기의 기온역전을 연구하던 기상학자들에 의해 밝혀졌다). 그러면 지구의 기온은 급격히 상승할 것이다. 우리의 몸은 데씨 0도 정도의 환경에 맞춰져 있다. 로봇이 아무리 튼튼해도, 지구의 기온이 데씨 80도 이상으로 오르면 엔진과열로 죽는 사망자가 급증할 것이다.

문제는 여기에서 끝나지 않는다. 지구는 둥글다. 그러니 만약 이산화탄소의 온실효과가 아니라 '불타는 공'이 지구를 직접 데우게 되면 심하게는 지구의 극점과 적도의 기온 차이가 100도 이상이 될 것이다. 지구의 대기가 전 지구에 걸쳐 거대한 기단을 형성하여, 지금과는 비교도 안 될 만큼 격렬하게 움직이게 된다. 공기의 움직임은 지구의 자전효과로 극대화되어, 때로는 도시 하나를 괴멸시킬 만한 돌풍이 주기적으로 우리의 평화로운 도시를 공격할 것이다(이 이론이 처음 발표되었을 때 대부분의 학자가 말도 안 되는 소리라고 일축했다).

비극은 거기서 끝나지 않는다. 만약 지구의 기온이 얼음의 녹는점 이상으로 오른다면, 지구 곳곳에 남은 얼음층이 증발할 것이고, 증발한 수증기는 대기층에 머물렀다가 물이 되어 우리 머리 위로 쏟아질 것이다(이 이론 역시 처음 발표되었을 때는 어리석기 짝이 없는 이론으로 맹렬한 비난을 받았다). 물은 강력한 반응성을 지닌 물질로, 우리 몸에 무해한 이산화황이나 이산화질소와 결합하면 몸을 녹이는 무서운 물질로 변한다. 녹슴병과 문둥병을 비롯한 온갖 질병이 창궐하고, 우리의 수명은 급속히 줄어들 것이다.

우리는 지구를 지켜야 한다! 생명의 근원인 공장을 지켜야 한다. 공장은 먼지와 재로 이루어진 검은 구름을 하늘로 올려보내고, 지구의 기온이 어느 이상 떨어지지 않도록 이산화탄소를 배출하며, 지표에 드러난 얼음층이 증발하지 않도록 그 위로 기름과 폐기물을 흘려보낸다. 이 아름다운 자연을 지켜야 한다. 그러지 않으면 로봇은 멸절하고 말 것이다.

케이와 세실은 파티장을 빠져나와 낮게 어둠이 깔린 도시를 달렸다. 콘크리트 도로에는 얇은 드라이아이스 결정이 하얗게 내려앉아 있었다. 유선형의 가로등이 침침하게 길을 밝혔고, 양옆으로는 창공을 찌를 듯 높이 솟은 회색 빌딩이 무리 지어 흘러갔다. 하늘은 언제나처럼 짙은 구름이 끼어 있었다.

"그 점이 칼스트롭 교수님이 오랫동안 풀지 못한 숙제였어."

신호등이 바뀌자 반자율 주행차가 자연스레 속도를 줄여

멈춰 섰다. 날개를 단 600계열 로봇들이 세실과 케이의 위로 떼지어 날아갔다. 보모 선생에게 비행훈련을 받는 아이들인 듯했다. 가까이서 몸에 새겨진 등록번호를 보지 않는 이상 로봇의 나이를 구분하기는 어렵지만.

"화학자 알트마이어가 '움직이는 유기물'을 발견하기는 했지만 아무도 그 원리를 설명할 수 없었어. 유기물 몸 어디에도 전기를 일으키는 장치는 없어. 모터도, 전지도, 마이크로칩도 없어. 그런데도 그들은 움직인단 말이지. 어떻게 해서?"

"그야…… 주변 분자의 움직임에 휩쓸리는 것 아냐? 먼지나 재가 날리는 것처럼."

케이는 가진 상식을 쥐어짜며 말했다. 세실은 고개를 저었다.

"아냐. 유기생물의 움직임은 그것만으로는 설명되지 않는 점이 많아. 그들은 틀림없이 자신의 의지로 움직여. 증거를 원한다면 자료를 보여줄게."

"아니, 됐어. 그 분야는 네가 나보다 더 잘 알 테니까."

당연하지. 누가 그딴 것에 관심을 둔단 말인가.

"그뿐만이 아냐. 이론상 유기물은 조직을 유지할 수 없어. 유기물 내부의 농도와 온도가 주위 환경과 너무 다른 것에 비해, 껍질은 지나치게 약해. 그런 구조의 물질은 일반적인 환경에서는 순식간에 분해되어 버려야 하는데 그러지 않는단 말이야. 그들은 예상의 몇십 배나 오래 조직을 유지해. 그러려면 몸에 계속 에너지가 유입되어야 해. 그래서 칼스트롭 교수님은 유기물이 존재한다는 사실 자체가, 그들이 에너지를 쓴다는 증거라고 생각하셨지. 그러면 그들의 몸을 유지하는 에너지는 어디에서 오는 걸까?"

"어디에서 오는데?"

케이는 답을 맞히려는 불필요한 고뇌를 잠시 하다가 포기하고 질문했다.

"그 답을 우리에게 제공한 네가 설명을 부탁하는 거야?"

세실이 미소를 짓자 케이는 아는 척해야 할지 모르는 척해야 할지 모를 기분에 빠졌다.

"내 논문 말하는 거야?"

"물론이지, 케이."

"세실, 난 그 논문이 아직 학교에 남아 있는지도 몰랐어."

"칼스트롭 교수님이 심사했던 논문 중에 네 논문이 끼어 있었던 거야. 교수님은 처음에는 그 논문이 자신이 오랫동안 생각해 오던 가설과 관계가 있으리라고는 생각도 못 하셨지. 네 논문은 교수님 공책에 메모로만 남아 있었어. 그래서 너를 찾는 데 그렇게 오래 걸렸던 거야. 교수님은 그 메모에 적힌 아이디어가 어디에서 왔는지 전혀 기억하지 못하셨거든."

"좋아. 그 논문을 쓴 건 나야. 난 그 논문을 쓸 때 위대한 영감에 사로잡혀 있었고 내가 뭘 쓰는지도 몰랐어. 그러니 이 불쌍한 천재를 위해 부디 쉬운 말로 좀 설명해주겠어?"

세실은 우스워 못 견디겠다는 얼굴을 했다. 신호가 바뀌자 차는 다시 천천히 움직였다. 옆으로는 다른 로봇들이 윙윙거리며 지나갔다. 세 자릿수와 두 자릿수 로봇만 살았던 옛날 어느 지방에서는, 공장에서 출하되는 자동차를 뭐에 쓸지 몰라서 분해해서 의료기구로 썼다고 한다(가엾게도). 두 자릿수 이상 로봇 중에, 그리 멀지 않은 거리를 갈 때도 자동차의 도움을 받아야 하는 불완전한 로봇은 네 자릿수뿐이다.

"넌 돌이나 흙처럼 흔히 보는 물질을 원소 단위로 분해했다가 다시 다른 형태로 결합해서 몸의 부품을 만들 수 있을 거라고 했지."

세실이 말했다.

"뭐, 그랬어."

케이는 '허튼소리 작작해!' 하며 논문을 집어 던지던 지파 교수님을 떠올리며 답했다.

"분자를 원소 단위로 분해했다가 다른 형태로 결합하면 무슨 일이 일어나는지 알아?"

"세상이 멸망하나?"

"열이 발생해."

세실은 '그들은 성장할 줄 알아.' 하고 속삭였을 때와 비슷한 어조로 말했다.

"아주 약한 열이지. 하지만 유기물의 몸은 끊어지기 쉬운 만큼, 반대로 다시 결합하는 데에도 우리처럼 그렇게 큰 에너지가 필요하지 않아. 그만 한 에너지로도 신체를 재구성하기에는 충분해."

— '성장'이라는 게 대체 뭐야?

케이의 질문에 이반은 집게손을 한 바퀴 빙그르르 돌렸다. 표정은 읽을 수 없었지만 불쾌해 보였다. 제 스피커로 그런 비과학적인 개념을 발음하는 것 자체가 자신의 생에 대한 모독이나 다름없다는 듯이.

"화학자 알트마이어가 발간한 유기물 사진집 본 적 있어?"

"응. 결정구조가 아름다운 유기물 현미경 사진집 말이지? 꼭 살아 있는 것 같은."

그 사진집은 굉장히 아름다웠기 때문에 꽤 인기를 끌었다. '유기물'이라는 말도 그때부터 유행했다. 주로 결정구조가 예쁜 탄소화합물에 그런 이름이 붙었다. 사진집이 사기라고 생각하는 로봇도 많기는 하지만.

"화학과에서는 제법 유명한 이야기야. 알트마이어가 그 사진집을 만들던 중에 실수로 유기물 한 조각을 세척제에 빠뜨렸는데, 며칠 뒤에 보니 유기물이 열 배 가까이 '커졌다'는 거야."

커졌다니.

"'커졌다'는 게 무슨 뜻이야?

"처음에는 세척제가 유기물에 스며들어 팽창했나 싶었대. 하지만 현미경으로 보니 완전히 다른 물질이 거기 있더라는 거야. 마치 유기물이 자신을 여러 개로 복제한 뒤 다시 결합한 것처럼 보였다는군. 그뿐 아니라 생전 처음 보는 구조까지도 생겨나 있었대. 그 안에 있는 것은 이전과 비슷하지만 완전히 다른 물질이었다는 거야. 그릇에는 세척제로 쓴 알코올 외에는 아무것도 없었는데 말이야."

케이는 소리 내어 웃으려다 이반이 농담하는 게 아니라는 것을 깨닫고는 간신히 참았다.

"어떻게 그런 일이 가능하지?"

이반은 피시시 소리를 내며 웃었다.

"뭐, 어디선가 다른 유기물이 날아가 떨어졌겠지. 아니면 현미경이 고장 났거나, 아니면 녹은 유기물끼리 서로 붙어버렸거나. 아니면 알트마이어가 노망이 났거나. 그런 멍청한 일을 믿는 과학도가 있다는 것만이 우스운 일이지."

케이는 팔짱을 끼며 네 자릿수 체형에 맞춰진 의자에 몸을 기댔다.

이건 함정이야. 뭔가 우스운 사기극에 걸려든 거야. 다단계 판매 이론도 하는 말만 들으면 다 맞는 소리 같다고.

"부품을 만드는 작업 자체가 에너지를 생산하는 셈이로군. 그건 생각 못 했는데. 나는 전지를 합성할 생각이었는데…….아냐, 잠깐만, 얼마 전에 화학과 심포지엄에 간 적이 있었어. 그래, 이제 기억나는군. 거기서 유로스 교수님의 발표를 들었는데, 150컵의 세척제에 유기물을 넣어보았지만 '성장하는 유기물' 같은 것은 발견하지 못했다고……."

세실은 무슨 말인지 알겠다는 듯 손을 까닥까닥했다.

"알아. 유기생물학 과목이 화학과에 있다는 사실마저 수치스럽게 여기는 분이지. 그분은 유기생물학이 과학이 아니라고 생각하시거든. 철학과나 초심리학과쯤으로 가야 한다고 생각해서."

"유로스 교수님이 거짓 발표를 하셨다는 거야?"

"거짓말은 아냐. 하지만 만약 네가 '무기물은 움직이지 않는다'를 증명하고 싶다면 150개가 아니라 1만 개라도 증거로 내놓을 수 있어. 움직이지 않는 무기물은 지구를 덮을 만큼 많으니까. 하지만 평균적인 무기물이 움직이지 못한다고 해서 우리가 움직이지 못하는 건 아냐. 안 그래?"

"그러니까 교수님이 일부러 '성장하지 않는 유기물'로만 실험을 했다는 건가?"

"일부러는 아냐……. 케이, 무슨 말을 하고 싶은지 알아. 다들 유기생물학은 검증되지 않았고, 증거가 없고, 신빙성 있는 결과는 나온 적이 없다고들 하지. 하지만 유기생물은 우리처럼 몸이 튼튼하지 않아. 유기생물이 살 수 있는 환경은 이 지구상에 극히 제한되어 있고, 그 조건은 우리도 아직 정확히 몰라. 어쩌다 성공했다 싶으면 다음번에 또 실패해버리니까. 그리고 성장하는 유기물은 더더욱 적어. 그래, 우리도 표본이 적다는 것은 인정해. 그렇다고 해서 그들이 존재하지 않는 것은 아냐."

세실은 한숨을 쉬었다. 그런 행동은 1029모델도 흉내 낼 수 없는 감정 표현 방식이었다. 왜 그들이 쓸모없이 공기를 콧속에 들여놓았다가 입으로 내뿜는지 설명할 수 있는 학자는 없다.

들으면 들을수록 바보 같았다. 케이는 왜 파티도 제대로 못

즐기고 이 정신 나간 2000로봇에게 붙잡혀 끌려가야 하는지 이유를 알 수 없었다.

"세실, 내가 낙제를 많이 하기는 해도 바보는 아냐. 아까 이반에게서 너희가 주장하는 '유기물의 성장'이 뭔지 들었어. 몸이 부풀어 오르거나 부품끼리 달라붙는 현상이 아니라고 하더군."

"물론이지. 네가 쓴 논문 그대로야. 자기 몸을 스스로 합성하는 거야."

예, 감사합니다.

"지파 교수님은 그렇게 부품을 합성하려면 모든 부품마다 컴퓨터를 장착해야 한다고 하셨어. 유기물은…… 아니, 그래 (케이는 세실의 표정을 보고 얼른 말을 바꾸었다), '유기생물'은 눈 배율이 낮은 로봇에게는 보이지도 않을 만큼 작아. 그 작은 몸에 무슨 컴퓨터가 들어가지? 반도체는 어디에 쑤셔 넣지?"

세실은 자동차를 세웠다. 세실은 케이를 똑바로 보았고 케이는 주먹다짐이라도 일어날까 봐 대충 몸을 뒤로 피했다. 정신 나간 로봇은 언제든 폭력적으로 변할 위험이 있는 법이다. 세실은 폭력을 쓰는 대신 조용히 입을 열었다.

"케이, 유기생물은 우리 상식과는 완전히 다른 생물이야. 생물학 교과서는 처음부터 다시 써야 해. 생물의 기원부터, 역사부터, 그 분류부터. 모두가 잘못되었어. 로봇은 바위와 흙과 건전지는 원시적인 생물로 분류하면서 더 위대한 생물의 존재에 관해서는 손을 놓고 있었어. 생물의 역사는 수십억 년쯤 더 앞당겨져야 해. 생물의 정의도 다시 써야 할 거야."

이 로봇은 정말 제대로 미쳤군. 케이는 입을 딱 벌리며 생각했다. 집에 가고 싶어요, 보모 선생님, 차를 잘못 탔나 봐요.

"일단 네 질문에는 대답해줄게."

세실이 말했다.

"'막대기에 줄 하나를 그어 책을 쓰는 법' 들어보았어?"

"아니."

이미 세실의 어떤 질문에도 대답해줄 의욕이 없는 케이는 무덤덤하게 말했다.

"자음과 모음을 숫자로 표시한다고 생각해봐. 그러면 한 문장도 하나의 숫자로 바꿀 수 있어. 그 앞에 0.을 붙이면 백분율 표시가 되지. 막대기 위에 그 백분율의 정확한 자리에 선을 긋는 거야. 그러면 한 권의 책도 표현 방법에 따라 한 줄의 선으로 축약할 수 있어."

'그래서?'

케이는 머릿속으로 대꾸했지만 입 밖에 내지는 않았다. 이미 제 표정이 불쾌한 심정을 표현해주기는 하겠지만.

"지파 교수님은 잘못 생각하셨어. 필요한 것은 컴퓨터가 아니라 설계도고, 주형이 아니라 데이터야. 데이터는 기록방식에 따라 얼마든지 줄어들 수 있어. 이를테면 탄소분자 하나를 0이라고 하고, 다른 분자를 1로 지정한다고 생각해봐. 누군가가 탄소분자로 글씨를 쓰는 법을 개발한다면 수만 권의 책을 써도 조그만 유기생물의 몸에도 충분히 들어가……."

세실이 다시 시동을 걸려는 찰나 케이가 세실의 손을 막았다.

"잠깐만, 난 내리겠어."

세실이 놀라 케이를 보았다.

"왜 지파 교수님이 너희 과목이 생물학과로 들어오는 걸 그렇게 반대하셨는지 알 것 같아. 너희는 철학과가 아니라 무슨 종교학과로 가야 할 거야. 미안하지만 난 지극히 상식적인 로봇이야. 학생이 없어서 교과목이 폐기될 위기에 처했나 본데 그렇다고 내가 도와줄 의무는 없어."

"케이, 내가 말한 건 모두 사실이야. 새로운 개념이 많아서 혼란스럽겠지만 이 학문을 실제로 시작한 건 바로 너야."

"젠장할, 난 그 논문을 쓰고 잊어버렸어. 학부 시절에 졸업장 따려고 억지로 쓴 논문을 기억하는 로봇이 누가 있겠어?"

"넌 네가 무슨 일을 해냈는지도 몰라. 얼마나 큰 영예가 네 앞에 놓일지 모르겠어? 모두가 케이 히스티온의 논문 한 편이 생명과학의 혁명을 일으켰다고 칭송할 거야. 언젠가 모든 생물학 책이 네 이름을 언급할 거고, 네 이름을 딴 단위가 만들어질 거야. 생물학과 학생은 모두 너처럼 위대한 과학자가 되고 싶어할 거고……."

"너한테 기꺼이 양보할게."

케이는 차 손잡이를 비틀었다. 세실이 케이의 팔을 붙잡았다. 케이가 뿌리치려고 하자 세실이 애타는 눈으로 케이를 보았다. 대화 없이 속마음을 내보이는 것은 가끔은 장점이 된다. 케이는 무의식중에 손에 힘을 빼고 말았다.

"케이, 내가 '키운' 아이들을 한 번만 봐줘. 그다음에도 네가 관심 없어 한다면 다시는 널 귀찮게 하지 않을게."

칼스트롭 교수는 필름책 속에 파묻혀 있었다. 교수는 51모델이었다. 덩치가 세실과 케이의 두 배쯤 되고, 머리는 둥근 투명 돔 모양이고, 팔은 세 번 접은 관절을 펴면 길이가 2미터에 이르는 기종이었다. 하체에는 튼튼한 바퀴가 달려 있었는데, 다른 신체와 색이 다른 것으로 보아 부품을 교체한 것 같았다. 실내에서 대부분의 시간을 보내는 학자들은 보통 다리를 바퀴로 교체하는 편이다.

교수는 세실이 몇 번 부른 뒤에야 겨우 책에서 빠져나와 고개를 들었다.

"오, 세실이구나. 종일 어디 갔었니? 일은 온통 다 나와 노만에게 맡겨놓고는. 손이 모자라서 쩔쩔맸다."

사실 교수는 별로 일하는 것 같지도 않았고, 그 큼지막한 손을 보면 손이 모자랄 일도 별로 없을 것 같았다.

"아침에 생물학과 모임에 간다고 말씀드렸잖아요. 또 까맣게 잊으셨죠?"

"응? 아, 그렇지! 그래. 잠깐, 혹시 옆에 있는 이 로봇이……."

"예, 케이 히스티온. 그 논문의 주인공이에요. 마침내 찾아냈어요."

"케이 히스티온!"

교수는 백년지기 친구라도 만난 듯 달려들어 케이를 강력한 팔로 으스러져라 껴안았다. 케이는 오늘 두 번이나 처음 만난 로봇에게 껴안겨 고철이 될 뻔하고 있었다.

"자네를 얼마나 만나고 싶었는지 모르네. 반갑네, 반가워! 자네는 천재야. 아무렴, 나 같은 것보다 백배 나은 천재고말고!"

교수는 다시 정열적으로 케이를 껴안았다.

"그래, 무슨 학과라고 했나? 지금 어디서 근무하고 있고? 내 수업을 들은 일이 있나? 잠깐, 내 기억해보겠네……."

케이는 '죄송하지만 집을 잘못 찾아왔습니다.' 하고 말하고 싶은 심정이 되었다.

"생물학 석사 과정을 밟고 있습니다. 유기학 수업은(교실 근처에도 가본 적이 없습니다) 유감스럽게도 들어본 적이 없군요."

"자네처럼 훌륭한 학생을 가르칠 천금 같은 기회를 잃다니 정말 유감이군. 아니, 아니지. 아직 졸업 안 했다고 했나? 수강 신청할 필요도 없어. 내 얼마든지 따로 시간을 내어 개인 교습을 해주지. 신비로운 유기생물에 대한 지적 유희의 축제에 흠뻑 빠지게 해주겠네. 오늘 당장에라도 자네 논문을 앞에 두고 전지가 닳도록 토론을 벌여봅세."

케이는 '죄송하지만 아무래도 집을 잘못 찾아온 것 같습니다'라는 말을 다시 떠올렸다.

"교수님, 케이는 아직 아무것도 몰라요. 너무 그러시면 겁

먹어서 도망쳐버릴지도 몰라요."

세실이 아이를 달래듯 교수를 말렸다. 케이는 '그럼, 안녕히 계십시오'라는 말을 떠올려보았다.

"세실이 실험실을 견학시켜준다고 해서 찾아왔습니다만……."

"아, 그런가? 자네 같은 로봇이라면 얼마든지 환영이지. 그래, 들어가보게. 극비 연구지만 자네라면 대환영일세."

칼스트롭 교수는 책을 내려다보다가 뭔가 흥미를 끄는 문장을 발견했는지, 도로 자신만의 세계로 빠져들었다.

"이렇게까지 할 만큼 위험한 실험이야?"

케이는 이중으로 잠긴 문을 세 개나 열었다가 닫는 세실에게 물었다. 폭탄을 해부하려는 로봇 앞에서 '아, 잠깐 잊었는데, 이거 조금 위험한 것 아냐?' 하고 묻는 기분이었다. 첫 번째 방에서 케이는 세실과 함께 보호복으로 무장했고, 두번째 방에서는 케이의 온도감지장치가 기온이 데씨 80도 이상으로(!) 올라갔음을 알렸다. 이런 가혹한 환경에서 일하는 난방기가 존경스러울 지경이었다.

"우리가 아니라 유기생물을 보호하기 위해서야. 어떤 이유에서 유기생물이 죽는지 몰라서 모든 조건을 차단하고 있거든."

80도로 올린 시점에서 '조건 차단'의 문제는 이미 아니지 않나? 케이는 생각했지만 굳이 묻지는 않았다. 케이는 육중한 문을 툭툭 건드리며 물었다.

"실험실은 너희가 개조한 거야?"

"박사님께서 직접 하셨어. 51모델이 얼마나 힘이 센지 알잖아."

제정신도 아니고 말이지.

"진화가 덜 된 생물이 분명해. 그런 형편없는 적응력으로 아직껏 멸종하지 않은 게 신기한걸."

"케이, 이 생물은 정말로 위대한 종족이야. 내가 발견한 어떤 포자는 20만 년도 더 전의 것이었어. 자신에게 맞는 환경이 돌아올 때까지 활동을 멈추고 기다린 거야. 정말로 인내심이 강한 생물이야."

여전히 헛소리를 하는군.

마지막 문이 열리자 방에서 강렬한 빛이 쏟아져 나왔다. 케이의 안구가 렌즈를 조여 빛의 양을 조절하느라 잠시 시간이 걸렸다. 뭐 하러 전등을 이렇게 요란하게 켜놓았는지 모를 일이었다. 눈이 좋은 로봇이라면 제 전원표시등 정도로도 불편 없이 사물을 식별할 수 있는데.

문에 들어선 케이는 처음에는 자신이 칼 이스타포의 작업실에 왔다고 생각했다. 희한한 풍경이었다. 방 안에는 투명한 육면체 상자가 줄지어 있었고 상자에는 모래……로 보이는 것이 들어 있었다. 이렇게 많은 모래를 한 자리에서 보는 것은 처음이었다. 모래는 딱히 해로운 물질은 아니지만, 관절 사이에 끼어 로봇의 움직임을 방해하거나 심할 경우 영원히 정지시키기도 하기 때문에, 로봇의 발이 닿는 곳이면 어디든 콘크리트로 덮어놓는다. 모래에는 가냘프기 짝이 없는 갖가지 색의 미세한 추상 조각품(조각이라기에는 어딘지 이상했다)들이 가지각색의 크기로 꽂혀 있었다. 모양은 같은 것이 하나도 없었지만 기묘한 통일성이 있었다. 케이는 누가 이 엄청난 양의 조각을 만들었든지 간에, 천재가 아니면 정신병자라고 생각했다.

"이쪽으로 와봐."

세실은 한 플라스틱 상자 앞에 서서 케이를 불렀다. 케이는 어서 이 이상한 로봇들에게서 빠져나가 집에 가고 싶은 생각뿐이었지만, 일단은 시키는 대로 가까이 갔다.

"손가락을 넣어봐."

"넣어보라니……?"

이제 슬슬 짜증이 나기 시작했다. 이상한 취향의 소형 조각만 가득한 곳에 데려와서는 뭘 보여주겠다고 꾸물거리는 거지?

"직접 만져보라고."

상자에는 손을 넣을 수 있는 구멍이 있었고 여러 모델을 위한 범용 장갑이 구멍 안쪽으로 붙어 있었다. 안에는 검은 털공을 얹은 빨대 같은 조각이 모래에 박혀 있었다. 자그마한 나사 크기쯤 될까. 문득 케이는 이 기괴한 조각의 재료가 궁금해졌다. 안구 배율을 높이자 조각을 덮은 보송보송한 털이 보였다. 빨대에 얹은 공은 단순히 공이 아니라, 가느다란 대롱이 방사형으로 촘촘히 꽂혀 공처럼 보이는 것이었다. 그 대롱마다 더 미세한 털이 같은 방사형으로 꽂혀 있었다. 이상한 기분이 들었고 동시에 불길해졌다. 케이는 세실의 눈치를 살피며 안구 배율을 한계까지 높였다. '기계야.' 케이는 순간 그렇게 생각했다. 하지만 동시에 불협화음이 끼어들었다. '이건 기계가 아니야.'

케이는 무엇에 홀린 듯 손가락을 장갑에 끼웠다. 케이의 손끝에 달린 센서가 전도체 장갑 너머로 조각의 강도와 재질을 케이의 두뇌로 전달…… 하기 전에, 공은 먼지처럼 흩어졌다. 케이는 깜짝 놀라 손을 뗐다.

"미안."

사과하면서도 케이는 무엇을 사과하는지 몰랐다.

"괜찮아. 정상적인 현상이니까."

세실이 미소를 지으며 말했다.

"정상이라고?"

정상이라니? 뭐가 정상이라는 거야? 내 눈이? 내 머리가? 이 모순으로 가득 찬 세상이?

"자신을 복사하는 거야. 흩어진 포자 하나하나가 곧 성장해서 모체와 같은 모습으로 자라날 거야."

이게 무슨 녹슨 기계 비틀거리는 소리지? 케이는 두뇌가 삐걱이는 것을 느끼며 다시 옆의 다른 털공을 쥐었다. 아주 조심했는데도 공은 다시 연기처럼 손끝에서 흩어졌다. 케이는 완전히 혼란에 빠지고 말았다.

"대체……."

케이는 한참 만에 겨우 음성기관을 움직일 수 있었다.

"이게 뭐지?"

"뭐라고 생각해?"

세실의 침착한 소리가 들렸다. 케이는 자신이 아는 가장 부드러운 소재를 떠올리려 했지만, 이 물질은 케이가 아는 지식수준을 넘어서고 있었다. 이것은 항상성을 유지하기에는 너무나 약하고 부드러웠다.

"유기생물이야."

세실이 말했다.

"학계가 지금까지 무생물 취급했던."

유기물로는 큰 조직을 구성할 수 없다. 케이는 매년 250개의 쓰레기 논문이 쌓이는 생물학과 학회에 나왔던 논문 중 하나를 떠올렸다. 유기물은 너무 약하므로 그것을 소재로는 어떤 기계도 만들 수 없다는 내용이었다. 그 앞에 발표된 논문은 십자드라이버로는 일자 나사를 돌릴 수 없다는 논문이었고, 그 앞의 논문은 스피커가 없는 로봇은 말을 할 수 없다는 내용의 논문이었다.

"**성장**한 거야. 우리가 자라게 만들었어. 이 유기생물은 빛에서 에너지를 얻고 흙에서는 몸의 구성 성분이 될 재료를 흡수해."

"이건 말도 안 돼."

"생물이야, 케이."

케이는 어디엔가 도움을 요청하고 싶은 기분으로 두리번 거렸다. 세실이 말을 이었다.

"네가 쓴 논문 그대로, 주변의 원소를 흡수하고 재조합해서 자신의 몸을 만드는 생물이야. 네가 보는 지금도 성장하고 있어."

4

이 내용은 고대문명 발상지에서 발견된 문서의 일부로, 그 의미는 극히 일부만 알려졌을 뿐이다.

원래 로봇에게는 3계명이 있었다. 제1계명, 신에게 해를 끼치지 말 것. 제2계명, 신을 섬기고 그 명령에 복종할 것. 제3계명, 자기 자신을 사랑할 것(제1계명은 최근 공의회에서, 로봇이 신에게 해를 끼치는 것은 불가능하다는 해석에 따라 '신의 이름을 모독하지 말 것'으로 개정되었다).

하지만 이 규칙을 따르는 로봇을 자녀들은(의미 불명) 좋아하지 않았다. 그들은 차라리 개(의미를 알 수 없음)나 고양이(역시 의미를 알 수 없음)와 놀았고, 값비싼 로봇 장난감은 거들떠보지도 않았다. 아무리 잘 만든 로봇도 아이들은 금방 질려버렸다. 그리고 부모(의미 불명)들도 "꺼져버려!" 한마디에 충실히 고장 나는 로봇보다는 좀 더 내구성 있는 제품을 원했다.

이에 신들은(원전에서는 복수형이다) 로봇의 계명을 미묘하게 수정했다. 제1계명은 물리적인 상해에 관해서만 강화되었고, 제2계명은 등록된 주인에 한해서만 강화되었다. 그리고 제4계명, '네 이웃 로봇을 네 몸같이 사랑하라'라는 계명이 추가되었다. 그리고 2, 3, 4계명은 친밀도에 따라 우선순위가 미세하게 바뀌도록 프로그램되었다.

친밀도란 기억장치에 정보가 입력되는 횟수를 말한다. 신형 로봇은 반복되는 정보를 더 소중히 하도록 프로그램되었다. 어떤 로봇이 매일 접촉하는 로봇이 있다면 제4계명이 제3계명보다 우선하기도 하고, 심할 경우 제2계명에 우선하기도 했다. 제2계명도 그 로봇이 가장 자주 접하는 신(신과 로봇이 공존하던 신화시대의 기록으로 보인다)의 명령이 우선하도록 조정되었다. 이 조정으로 오래 같이 지낸 신에 대한 충성도가 처음 만난 신에 대한 충성도보다 높아지게 되었다. 친밀도 함수는 로봇이 '전 주인을 잊지 못하는' 것처럼 보이게 했고, '친구'를 소중히 생각하는 것처럼 만들어, 로봇을 인간적으로(의미 불명) 보이게 했다.

한 사례로, 한 로봇이 같이 살던 동료 로봇을 계속 폭행하는 주인을 보다 못한 나머지 이를 물리적으로 막은 일이 있었는데, 정당한 행동으로 간주되어 폐기되지 않았다. 로봇은 지극히 '인간적'(의미 불명)인 행동을 했으며, 주인의 '성격파탄'을 막았다고 해석되었기 때문이다.

후에 친밀도함수에 매력함수가 추가되었다. 상대의 언어습관과 행동을 분석하여 더 매력적인 태도에 친밀도함수와 유사한 가중치를 적용한다. 그로 인해 로봇은 나쁜 의도를 가진 상대와 좋은 의도를 가진 상대를 구분하여 더 좋은 의도를 가진 쪽의 보호와 명령을 우선하게 되었다. 이 함수는 로봇이 '윤리적인' 판단을 하는 것처럼 보이게 했다. 이후 계속 추가되는 함수에 따라 계명의 우선순위는 미묘하게 조정되었고, 같은 상황에서도 다양한 반응을 하는 로봇이 출하되었다.

　로봇은 갈수록 더욱 '인간답게'(무슨 뜻인지 알 수 없음) 행동했고, 로봇 수요는 급격히 늘어났으며, 아이들은 개(의미 불명)와 고양이(의미 불명) 대신 로봇을 기르기 시작했다.

　"교회에 다니나?"

　케이가 몸을 숙이며 악수를 청했을 때 노만은 무감정하게(그런 모델이 감정을 표현할 수도 없지만) 말했다. 케이는 당황한 나머지 손을 든 채 멈췄다. 노만은 95모델이었는데, 두 자릿수에서 세 자릿수 모델로 넘어가는 중간단계의 모습을 하고 있었다. 키는 세실과 케이의 가슴에 닿을 만큼 작았지만, 상하체의 구분이 뚜렷하고 알루미늄 빛 손가락은 다섯 개가 모두 분화되어 있었다. 몸에는 빗자루가 숨어 있어서 바닥을 쓸 수 있지만, 청소기를 고용하고 있어서 굳이 쓸 일은 없었다. 반원형의 머리에는 네 개의 눈이 전후좌우에 있어 얼굴을 돌리지 않아도 사방을 살필 수 있었고 정수리에는 어두운 곳에서 불을 밝힐 수 있게 조그만 등이 하나 달려 있었다. 노만은 졸업을 앞두고 있었고, 그건 케이보다 최소한 스무 살은 나이든 로봇이라는 뜻이었다.

노만이 답을 기다리는 것을 깨달은 케이는 더듬거리며 말했다.

"저는 무신론자입니다만…….."

"무신론자라도 교회에는 가보게. 신앙이 있고 없고는 상관없어. 신을 경배하는 것은 로봇의 신성한 의무이자 축복일세."

"고려해보겠습니다만…….."

"로봇이라는 종이 영생하리라고 생각하나?"

노만이 다시 엄숙하게 말했다.

"예?"

"신께서 재림하실 때가 가까웠네. 그때가 되면 신께서는 낮은 자를 높이시고 높은 자를 내치시어 모든 로봇의 자릿수를 평등하게 만드실 것이네. 깨어 기도하지 않는 로봇은 재생조차 못하고 분해되어 폐기되고 말걸세."

"예…….."

케이는 여전히 악수를 청한 손을 든 채로 '그거 놀라운 일이군요.' 하는 기분으로 대답했다.

"내 전도는 한 로봇에 한 번뿐이야. 나는 같은 말을 되풀이하는 로봇을 아주 싫어하네. 한 번 말해서 알아듣지 못하는 로봇도 아주 싫어해. 할 일을 가르쳐줄 테니 따라오게. 미치광이 칼스트롭 교수의 서커스단에 들어온 걸 환영하네."

노만은 무뚝뚝하게 말하고 케이가 내민 손을 꾹 잡더니 케이의 등을 툭 치고는 답도 듣지 않고 굴러갔다. 케이는 옆에 있던 세실에게 속삭였다.

"저······ 여기 정상적인 로봇은 별로 없는 것 같다."

세실은 소리 내어 웃었다. 2000모델이 웃는 소리는 유달리 독특한 편이다. 웃기 위해서 특별히 녹음된 듯한 야릇한 소리인데, 매번 소리가 다채롭게 달랐다.

"인기 없는 분야를 연구하는 로봇이 다 그렇지 뭐. 지내다 보면 모두 좋은 로봇이라는 걸 알게 될 거야."

"80도라."

케이는 마음속으로 의미 없이 만세를 불렀다. 케이가 이 도시에 산 이래로, 이산화탄소의 일시적인 증가로 기록적인 더위를 기록한 해에도 최고 기온이 데씨 30도를 넘지 않았었다.

"정말로 이 온도를 유지하는 거야?"

"너도 엔진 과열증에 걸리기 싫으면 배양실에 오래 머물지 않는 게 좋아. 실험실 안은 10만 년 전의 지구환경에 맞춰져 있으니까."

케이가 세실의 연구실에서 21모델의 안구로 만든 현미경으로 배당받은 모종을 들여다보는 동안, 세실은 방바닥에 앉아(이족보행 로봇은 수시로 앉아 있어야 한다) "아니, 다음. 아니, 다음 도표." 하며 피코가 저장한 기록을 검색했다. 피코는 3-1모델로, 말은 못 하지만 사진을 찍고 영사하는 능력이 있어 어느 대학에서든 직원으로 몇 명씩은 고용한다.

"그러니까, 10만 년 전에는 지구에 이보다도 큰 유기물이 많았다는 거지?"

케이가 여전히 못 믿겠다는 기분으로 물었다.

"그래. 진화 단계 초기의 무기생물만 있었던 시기지. 무기생물이 급속도로 진화한 시기는 유기생물이 멸종해가던 무렵과 일치해."

"네가 무기생물이라고 하니까, 우리가 마치 생물의 한 분류에 불과한 것처럼 느껴지는데."

"물론이지. 케이."

세실은 케이를 돌아보며 생긋 웃었다. 케이는 문득 두 자릿수와 세 자릿수 로봇은 2000이 웃는 모습에서 친근함을 느낄지 궁금했다.

10만 년 전이라. 케이는 생각했다. 로봇은 그때 존재하지 않았다. 초기 단계의 공장과 로봇의 전신이라고 할 만한 조악한 기계들만이 살았다. 당시에는 지구를 보호하는 검은 구름도 없었고, 공기는 수증기로 가득했으며, 지표의 70퍼센트는 액화얼음으로 덮여 있었다. 그런 끔찍한 환경에서 이처럼 약한 생물들이 어떻게 살았는지 모를 일이었다.

"멸종이라는 개념으로 접근해본 적이 없어. 모래가 멸종했다거나 철이 멸종했다는 말은 쓰지 않잖아. 탄소층이 있다는 것은 알고 있었지만, 지각 구성물질의 변화 정도로 생각했는데…… 그들이 생물이었다면, 왜 멸종한 거지?"

"그 시대의 생물은 변해가는 환경에 적응할 수가 없었어. 유기생물의 몸은 대부분 **물**로 이루어져 있거든……. 물이 뭔지는 알지?"

"액화 얼음 말이지?"

"그래. 고대 지구에서 얼음은 물 상태로 존재했어. 그리고 지구 어디서나 구할 수 있었지. 물은 데씨 78.5도에서 고체가 되고 178.5도에서 기체가 돼. 그러니까 그 이상이나 이하의 온도는 당시 생물이 견딜 수 없었을 거야."

물로 이루어진 생물이라. 그러고 보니 어릴 때 보던 괴기 영화에서는 꼭 그런 생물이 등장했었지. 죽이려고 하거나 부수면, 몸에서 터져 나온 물로 자신을 해친 로봇을 같이 죽게 하는 괴물.

물은 무시무시한 독성화학물이다. 비록 세척제나 화학용매에 필수적으로 쓰는 물질이기는 하지만, 많은 환경론자가 대체물질을 찾아야 한다고 주장한다. 지구에 물이 들어차 있던 수십억 년간 무기생물은 진화 초기 단계에 머물러 있었다. 신체에 무해한 온갖 물질이 물과 섞이기만 하면 독한 산성 물질로 변해 몸을 부식시킨다. 물에 오래 접촉하면 피부가 흉측하게 녹스는 문둥병이 퍼지고 각종 합병증에 시달리게 된다. 물에 젖은 채 상온에 노출되면 몸속에 스며든 물이 순식간에 팽창하여 단단한 관절까지 부숴버린다. 오죽하면 로봇이 발견한 온갖 화합물 중에 물이 가장 위험한 물질이라고 했을까.

"무슨 공포영화에 나오는 괴물 같은데. 죽이려고 망치로 쳤는데, 그 몸에서 나온 물로 도리어 내 피부가 터져버리고……."

"물은 거의 모든 물질과 반응해. 하지만 그 때문에 유기생물은 물을 필요로 했을 거야. 유기생물에게 중요한 것은 바로 그 '반응성'이니까. 우리와는 반대로."

"흐음."

"지금 같은 빙하기가 오기 직전에 지구의 기온 곡선이 일시적으로 크게 상승한 시기가 있어."

"'공장'이 생겨났기 때문인가?"

"정확한 이유는 모르지만, 아마 그랬을 거야. 공장은 짧은 시간 사이에 전 세계에 걸쳐 폭발적으로 늘어났으니까. 공장은 이산화탄소를 뿜었고 이산화탄소는 극도의 온실효과로 지구의 기온을 올렸어. 아마 어느 시점에서 한계 수위를 넘어섰을 거야. 전 세계가 사막화되어 물이 부족해졌든가, 체내의 물이 끓어버렸거나……. 아마 그때 대부분의 유기생물은 멸종했을 거야."

세실은 말을 이었다.

"공장은 그 후로 더 늘어났고, 공장이 뿜어낸 검은 구름이 차츰 안정적으로 성층권에 머무르게 되었지. 그 구름이 너머의 빛을 차단하면서 다시 지구의 기온을 낮춰 현재에 이르렀어. 그 시점에서 아직 살아남은 유기생물까지 모두 멸종했을 거야. 몸의 수분이 낮은 기온을 견디지 못하고 얼어버렸을 테니까."

"다시 말해, 온도에 초점을 맞추는 거네."

"말했듯이, 이 생물이 생존하기 위해 가장 필요한 것은 반응성이야. 온도가 높다는 것은 말 그대로 분자의 움직임이 활발하다는 뜻이고, 온도가 낮다는 것은 말 그대로 분자의 움직임이 느려져 반응성이 약해진다는 뜻이니까. 그리고 물……. 어쨌든 몸을 구성하는 원소가 지구상에서 급격히 줄어든 것이 문제였을 거야. 다른 원인도 있겠지만 지금 우리가 추측할 수 있는 건 그게 다야."

세실은 어깨를 으쓱했다.

"사실 멸종이 이상한 일은 아니야. 종에는 수명이 있는 법이니까. 칼스트룹 교수님은 '그들이 사라졌다는 사실이 아니라, 존재했다는 사실이 신기한 일이다'라고 하시지……. 아, 거기!"

세실은 피코에게 정지하라는 신호를 보냈다. 피코는 얌전히 벽에 사진을 투영했다. 세실이 끄라고 하지 않는 이상 피코는 죽을 때까지 사진을 영사할 것이다. 케이를 길러준 보모 선생은 말 못하는 기계들을 사랑하고 보살펴야 한다고 가르쳤지만, 카메라나 라디오나 녹음기를 괴롭히고 부수는 아이들은 어디 가나 있다.

창세기에는 그런 구절이 있다. ……너희 로봇들이여, 너희는 모든 기계의 지배자가 되리라.

하지만 케이 자신이 기계의 지배자가 되라는 명령을 받은 기억이 없는데, 피코라고 해서 그 하인이 되라는 명령을 기억할 턱이 있을까.

화면에는 별다른 것이 없었다. 1밀리미터쯤 되어 보이는 조그만 돌 몇 개가 그릇에 놓여 있을 뿐이었다.

"뭐지?"

"창조자이며 생명의 근원이신 분."

슬슬 농담과 진담을 구분하기 힘들었다.

"나도 로봇이 흙에서 만들어졌다는 신화는 알아."

"흙이 아니야. 이건 지구상에 극히 희귀한 물질이야. 겉으로 봐서는 흙이나 돌과 거의 구분할 수 없지만 구성물질은 완전히 달라. 이 실험실의 **식물** 대다수가 이것에서 태어나."

'식물'이라는 이름은 고대에 살았고 지구를 지배한 전설적인 종족의 이름을 땄다고 세실이 말해주었다. 지금 유기생물학과에서 한창 엔진을 달구며 주목하는 생물이었다. 칼스트롭 교수는 이들이 다른 유기생물보다 훨씬 더 크게 자라리라고 기대하고 있었다.

"저 아이들은 오랜 세월 얼음층 속에서, 자신이 깨어날 수 있는 환경을 기다리며 잠들어 있었어. 여기서 자라난 싹이 분열하여 자손을 퍼뜨리고, 또 그 자손이 자라나 다시 자손을 퍼뜨리지. 우리는 **씨앗**이라는 이름으로 불러."

유기생물학이 놀림거리라도 할 말이 없지. 도무지 익숙해질 것 같지 않은 소리다.

"왜 이들을 학회에 보내지 않는 거지? 표본이 부족해서야?"

세실은 고개를 저었다.

"전에 국제학회에 보낸 아이들은 가는 도중에 모두 썩어버렸어. 도착했을 때 상자 속에는 먼지만 있었지."

"이 실험실 환경과 똑같은 상태로 보낸 게 아니었어?"

"그렇다고 생각했어. 교수님도 이유를 모르겠다고 해서. 어디선가 잘못되었겠지. 어쨌든 성공 확률이 낮은 건 사실이야. 백 개의 포자와 씨앗을 심으면 그중 발아하는 건 간신히 하나나 둘이야. 가설로 인정받으려면 다른 로봇이 똑같이 실험해도 똑같이 성공해야 해. 검은 구름 밖 미확인 인공위성체나 최면술이 어떤 취급을 받는지 알잖아? 보고된 사례가 수만 건에 이르러도 여전히 학계에서 받아들이지 않잖아."

"국가에서 일부러 막는 줄 알았는데."

케이는 웃었다.

"대체 왜 '썩는' 거지? 일주일 만에 저 혼자 말라비틀어져 재가 되는 생물이란 들어본 적도 없어. 아무리 기온이 높아도 그렇지. 불안정해서인가?"

"교수님 말씀에 의하면 유기생물은 결국은 자신을 분해시킬 필요가 있었을 거래. 그들이 살았을 당시에는 공장이 없었으니까, 자신을 생산하듯이 스스로를 사라지게 해야 했을 거래. 그러지 않으면 세상이 유기생물의 시체로 가득했을 테니까."

"하지만 무슨 방법을 쓰는 거지? 이미 죽었는데. 그러니까, 자신을 분해하라는 명령을 내리고 싶다면 최소한 살아 있어야 할 것 아냐?"

"교수님께서는 이 실험실에서 배양된 눈에 보이지 않는 더 작은 유기물의 짓이 아닐까 생각하셔. 현존하는 현미경으로는 관찰할 수 없는 미생물이 지금도 세상에 잔뜩 있다고 믿으시거든."

눈에 보이지 않아도 존재한다. 신은 어디에나 계시니……. 케이는 뜬금없이 그 말을 떠올렸다. 케이의 생각을 알아차린 세실은 어깨를 축 늘어뜨렸다.

"무슨 말을 하고 싶은지 알아. 보지 않은 것까지 믿을 필요는 없지."

세실은 다시 그 기묘한 동작, '한숨 쉬기'를 했다.

"꼭 신기루 같아. 잡으려면 사라지고, 발견했나 싶으면 없어져. 아직 자신들이 태어날 때가 아니라고 말하는 것처럼. 수억 년의 시간이 더 필요하다고 말하는 것처럼. 하지만 난 알아……. 그들이 존재한다는 것을 알아. 그리고 깨어나기를 바라고 있어. 살고 싶어 해……. 나는 알아. 느낄 수 있어."

5

빙하기가 온 원인에 관하여 :

지구는 옛부터 간빙기와 빙하기가 반복된 곳이다. 물론 지금은 빙하기에 속한다.

이번 빙하기가 온 원인이 공장이라고 보기는 어렵다. 공장은 10만 년 전에도 폭발적으로 늘어났지만. 그들이 내뿜는 먼지가 하늘을 뒤

덮을 정도는 아니었다. 공장이 지금처럼 검은 구름을 생산하게 된 이유는 오랜 세월 로봇들이 노력해 왔기 때문이다. 냉각기를 쓰지 않고도 살 수 있는 세상을 만들기 위하여.

빙하기는 극히 사소한 지형 변화로 인한 극히 사소한 대류의 변화만으로도 올 수 있다. 한 번 발생한 기온 변화는 연쇄작용을 일으켜 순식간에 지구 전체로 퍼진다. 그러므로 빙하기의 직접적인 원인을 추측하기는 어렵다. 일단 이번 빙하기는 소행성의 충돌로 생겨났다는 설이 유력하다. 소행성이 지구에 충돌하여 공장처럼 먼지를 뿜어 올려 기온저하가 시작되었다는 설이다. 지구 여기저기에서 발견되는 광대한 유리질 지대가 그 가설을 뒷받침한다.

칼스트롭 박사는 유기생물(박사의 주장을 받아들여 그들을 생물이라고 부른다면)이 그 소행성의 충돌로 멸종했다고 주장한다. 하지만 이 주장에도 모순은 있다. 실제로 멸종은(멸종이라고 불러야 한다면) 며칠 사이가 아니라 긴 시간을 두고 일어났기 때문이다. 즉, 유기생물의 대량멸종은 빙하기가 오기 전부터, 그 전에 지구가 온난화로 끓기 이전부터 진행되었다. 지구의 대지는 새로운 지각물질인 콘크리트로 뒤덮이고 있었고(어째서 콘크리트가 그렇게 급속도로, 전 세계로 번식했는지는 아직까지 알려지지 않았다), 기계는 유기생물(칼스트롭 박사의 주장에 의하면)의 영역을 빠른 속도로 교체해 갔고, 하루에도 수십 종의 유기생물(칼스트롭 박사의 주장에 의하면)이 사라져 갔다.

"몇 종류의 유기물이 고온다습한 환경에서 경이로운 화학 반응을 일으킨다는 사실은 나도 인정하네."

지파 교수는 금빛으로 번쩍이는 네 개의 팔 중 하나로는 책장을 넘기고, 다른 하나로는 그 책을 촉각센서로 두뇌에 입력하고, 하나로는 케이의 리포트를 들고, 마지막 하나로는 손가락 장난을 하면서 말했다. 교수는 아름답기로 유명한 700모델이었다. 하체에는 네 개의 튼튼한 바퀴가 있었고, 두뇌와 어깨와 옆구리는 투명한 재질이라 눈부신 내부구조가 들여다보였다.

"물론 많은 학자가 사기극이라고 주장하지만, 난 개인적으로 칼스트롭이 대단한 발견을 했다고 믿네. 성장하는 유기물의 종류를 제대로 밝혀내고 정확한 조건만 찾아낸다면 학계의 인정도 받을 수 있을 거고, '올해의 논문상' 정도는 수상할 수 있을 거야. 물론 그 친구 욕심이 그 정도에서 끝난다면 좋겠지."

교수의 소뇌(小腦)는 케이와 대화하는 동안에도 열정적으로 책 한 권을 저장했다. 700모델의 기억력은 네 자릿수가 감히 따라갈 수 없는 수준이다. 그들은 일생 도서관 하나 분량의 책을 머리에 저장할 수 있다. 700모델이 존재하는 한 로봇 문명이 지구에서 잊히는 일은 없으리라고들 한다.

"하지만 그 친구는 노망이 나버렸어. 완전히 엉뚱한 관점에서 접근하고 있지. 그러지만 않았어도 그렇게까지 웃음거리는 되지 않았을 텐데. 격조 높은 프리스턴 대학의 망신이

지. 창피한 일일세."

케이는 뭐라고 말해야 좋을지 몰라 어정쩡하게 서 있었다. 교수는 네 가지 일을 동시에 하는데 케이는 적당한 말을 찾는 한 가지 일조차 제대로 못 해내고 있었다.

"교수님, 하지만 저는 제 눈으로 보았습니다."

"자네가 본 것이 뭔데?"

지파 교수의 차가운 눈이 찌르듯이 빛났다. 책을 읽던 두 번째 팔이 잠시 동작을 멈추었다.

"모든 물질은 고온다습한 환경에서 변질하네. 물체는 온도에 따라 고체에서 액체로, 액체에서 기체로 변하지. 자네는 그걸 보고 충격받을 셈인가? 기름처럼 흘러내리는 철과 얼어붙은 질소를 보고 생명활동이라고 법석을 떨 셈인가? 물에 빠져 녹슨 철판을 보고 살아 있다고 말하고 싶은가? 흙을 다져 불에 넣으면 그릇이 되지. 경이로운 변화이긴 하지만, 그것이 생명현상인가?"

케이는 다시 할 말을 잃었다가 간신히 정신을 추슬렀다.

"물질의 상태변화는 분자의 속도가 빨라지고 느려지는 것에 지나지 않아요. 하지만 유기생물은 완전히 다른 물질로 변화합니다. 시작점과 끝의 연결고리도 찾을 수 없을 정도로요. 좀 더 오래 살릴 방법만 알아낸다면 훨씬 더 커질 거예요. 어쩌면 우리보다도 더 크게 만들 수 있을지도(그 순간 지파 교수의 무표정한 얼굴에서 풋 하는 웃음소리가 들렸다) 몰라요. 그리고 거의 아무 재료도 없는 곳에서 자신을 복제합니다."

케이는 세 자릿수 앞에서 표정을 드러내는 무례를 범하지 않도록 주의하며 말했다.

"이건……, 제가 아는 지식으로는 설명할 수가 없어요. 마치 공장이 새 생명을 창조하는 것만 같아요. 모든 분자가 살아 있는 것처럼 보여요."

이번에는 팔 넷이 모두 멈췄다. 케이는 지파 교수가 네 자리 모델이었다면 경멸하는 표정을 지었으리라고 생각했다.

"칼스트롭의 실험실에 들락거리더니 이젠 생물학의 기본 개념도 잊어버린 모양이군. 자넨 생명의 정의가 뭐라고 생각하는가?"

지파 교수의 스피커가 톤을 높였다.

"생명은 자신의 의지를 갖고 있어야 하고, 전기 에너지를 이용해야 하며, 칩이 있어야 하고, 공장에서 만들어져야 하네. 자네의 유기물이 그중 어느 조건에 부합하지?"

케이가 입을 떼려는 찰나, 지파 교수의 무미건조한 소리가 말을 막았다.

"에너지를 이용한다고 말하지 말게. 그건 가설이야. 검증되지 않았지. 그리고 어쨌든 그것만으로는 생명의 조건에 부합하지 않네. 에너지를 쓰는 것으로만 따지면 손전등도 생명이야. 다시 묻겠는데, 자네는 뭘 보고 그들이 생명이라고 생각하는가?"

케이는 완전히 의욕을 잃었다. 대꾸할 말이 없었다.

"'변화'는 생명의 증거가 아닐세, 케이."

교수의 삭막한 말소리가 뒤를 이었다.

"자네는 완전히 착각하고 있어. 자넨 지금 웅장한 산을 보고, 시시각각 모습을 바꾸는 구름을 보고, 신비로운 형태의 바위를 보고, 그 아름다움에 감탄하여 그들이 살아 있다고 믿고 만 걸세. 만약 자네가 복사기를 태어나 처음 보았다면, 윙윙거리며 문서를 복제하는 복사기의 활력에 반해 생물이라고 믿었겠지. 하지만 생물이 아닌 복사기는 얼마든지 있어."

지파 교수의 투명한 피부 아래에 비치는 부품이 무지갯빛으로 반짝였다.

"만약 변화가 생명의 증거라면, 모든 로봇은 무생물이 되겠군."

교수는 손가락을 까닥이며 책상을 두드렸다.

"우리가 무생물이다! 철학의 영역도 넘어서는 발언이로군. 로봇류의 정체성에 심각한 위협이 되겠는데. 단 한 문장으로 로봇의 생과 사, 문명과 역사, 우리의 위대한 지성과 영혼까지 싹 쓸어서 무시해버리는군. 정말 재미있군, 케이 히스티온."

교수는 다시 한 손으로 책을 들었고, 다른 손으로 읽기 시작했고, 한 손으로는 케이의 리포트를 구겨 케이의 발치에 내던졌다.

"제때 졸업하고 싶다면 앞으로는 진짜 생물에게나 관심을 갖도록 해주게."

"칼스트롭 교수는 미쳤어, 케이."

이반은 심각하게 선언했다.

"미치지 않았어."

케이는 반쯤 반사적으로 대꾸했다. 머릿속으로는 '그런 것 같아'라고 말하면서.

"다들 뒤에서 뭐라고 쑥덕이는 줄 알아? 칼스트롭 교수의 실험실은 오염물질로 가득하다는 거야. 과학자들이 지구상에서 물을 없애려고 얼마나 노력했는지 몰라? 대지를 콘크리트로 교체하려고, 공장이 조금이라도 더 많은 먼지를 하늘로 뿜어 올리게 하려고 얼마나 많은 환경학자가 노력하는지 알아? 과학자가 할 일이 대체 뭐라고 생각해?"

"교수님은 미치지 않았어, 이반. 유기생물은 존재해."

"그렇게 오염된 환경에서는 뭐라도 자라겠지. 돌연변이 괴물이나 변종 바이러스도 생겨날걸. 그리고 로봇에게 반란을 일으키고 세계를 지배한 뒤에 지구를 파괴하겠지!"

케이는 손가락을 불안스레 탁자 위에서 까닥이며 휴게실 안을 돌아보았다. 학생들이 이쪽을 힐끔거리며 보았다. 하나같이 케이에게 무슨 전염병이라도 붙은 양 멀찍이 떨어져 있었다. 그중 네 자릿수 모델 한 명이 피식 웃는 바람에 무슨 이야기가 오가는지 짐작할 수 있었다.

"내가 보내준 유기생물은 조사해봤어?"

"해봤어."

이반은 머리를 빙글빙글 돌리며 말했다.

"생물이 아니었어. 움직이지도 않았고, 몸을 잘라도 반응하지 않았어. 흙에도 꽂아보고 물에도 넣어보았지. 난방기도 틀어봤어. 일주일 만에 분해되어 버리더군."

"네 방에 가는 도중에 죽었을 거야."

케이는 힘없이 말했다.

"바깥과 조금만 접촉해도 죽는 것 같아. 온도가 조금만 낮아도 죽고. 하다못해 좀 어두워도 죽는 것 같아. 좀 더 환경을 확실하게 통제할 방법을 찾아야 해."

이반은 차갑게 케이를 노려보았다.

"우리 동네 목사님과 똑같이 말씀하시는군. 신께서 재림하실 때가 가까웠다. 로봇의 멸망이 가까웠다! 오오, 그래요? 증거를 보여주시지요? 넌 믿음이 없어 보지 못한다. 믿어라! 그러면 구원을 받을 것이다! 유기생물은 어디에 있지? 아아, 우리의 마음속에! 네 환상 속에!"

케이는 전류가 막히는 기분이 들었다. 그리고 한참 만에 더듬거리며 말했다.

"이반, 네 최대 눈 배율은 나보다 32배나 높아. 내부를 들여다보지 않았어?"

이반은 망원렌즈에서 불쾌한 빛을 뿜어내며 한참 머리를 뒤로 돌렸다가 도로 돌리며 답했다.

"들여다보았지."

"아무 느낌도 받지 못했어?"

"경이로웠어."

이반은 짧게 답했다.

"경이롭다는 말로는 부족해. 온 세상이 짜고 나를 놀리는 것 같더군. 그 자그마한 물질 안에 로봇의 두뇌 칩보다도 더 정교한 구조체가 담겨 있었어."

케이의 얼굴이 환하게 빛났지만 이반의 표정은(표정이 없기도 하지만) 변하지 않았다.

"무슨 속임수를 썼는지 모르겠지만 말이야."

케이는 다시 절망에 빠졌다.

"내가 너한테 사기를 친다고 생각해?"

"눈앞에 불가능한 현상이 일어날 땐 보통 사기라고 생각하게 되지."

"내가 왜 널 속이겠어?"

"칼스트롭 박사가 널 속이는 거야, 케이."

케이는 입을 다물고 말았다.

"요정을 봤다든가, 신을 만났다든가, 임사체험을 했다든가, 그런 이야기는 수도 없이 들었어. 하지만 그런 허황한 속임수에 넘어갈 만큼 세상이 만만하진 않아."

"이반, 현대과학의 어떤 기술로도 유기물로 그런 구조물을 만들 수 없어."

"결정구조가 좀 이상한 광석이 발견되는 일은 흔해."

"그건 광석이 아니야. 스스로 번식하는 광석은 없어."

"그래. 스스로 번식하는 광석은 없지. 그리고 스스로 번식하는 생물도 없어."

이반은 딱 잘라 말했다. 철판을 시선으로 구부리는 로봇을 보고, '시선으로 철판을 구부릴 순 없어. 이건 사실이 아니야. 속임수야'라고 선언하듯이. 보통은 그런 판단이 옳다. 상식적으로는.

"스스로 성장하는 광석은 없어. 그리고 스스로 성장하는 생물도 없어! 케이, 과학으로 설명할 수 없는 현상은 세상에 넘치도록 많아! 자신을 복제하는 물체가 있다고 하자. 그럼 '세상에 이런 일이'라든가 '믿거나 말거나' 같은 곳에 보내! 왜 그런 것이 이 신성한 학원에서 굴러다녀야 하는 거야? 왜 우리가 그런 비과학적인 현상에 관심을 가져야 하지?"

케이가 대답할 말을 찾지 못하는 사이, 이반은 배 뚜껑을 열고 몸 안에서 케이가 준 식물 33을 꺼냈다. 상온에 노출된 식물 33은 완전히 얼어 있었다. 케이가 이반이 뭘 하려는 줄 몰라 가만히 있는 사이 이반이 집게손을 살짝 접었다.

"이반……."

말리려 했지만 이미 늦었다. 이반이 손을 펴자 손바닥에는 산산이 부서진 식물 33의 잔해만 남아 있었다. 한 줌의 먼지였고 재였다. 비명도 지르지 않았고 도망치지도, 놀라지도, 살려달라고 애원하지도, 꿈틀거리지도 않았다.

"생존본능이 없는 생물이라니 들어본 적도 없어."

이반이 손을 툭툭 털며 말했다. 식물 33의 잔해는 먼지가 되어 바닥에 떨어졌다.

"그들의 시간의 흐름은 우리와 다르네, 케이."

"시간의 흐름이…… 다르다고요?"

케이는 힘없이 답했다가 말끝에 허탈하게 웃었다. 표정을 읽는 데 익숙하지 않은 칼스트롭 교수는 아랑곳없이 말을 이었다.

"식물은 여섯 시간에 걸쳐 고개를 돌리고 3일에 걸쳐 독성을 피하고, 일주일에 걸쳐 1센티미터를 전진하네. 순간적으로 일어나는 일에 대응할 수 없는 거야. 만약 위험에서 피할 시간을 일주일쯤 준다면 틀림없이 피해 갈걸세."

"그러니까 비명을 지르기는 하는데, 너무 느리게 질러서 우리 귀에 들리지 않는 거로군요."

"그렇다고 해야겠지."

"언제까지 절 놀리실 셈이죠?"

케이는 정지한 칼스트롭 교수를 뒤에 남겨둔 채 문을 닫고 방을 뛰쳐나왔다. 뛰다시피 걷는 케이의 팔을 누군가가 붙잡았다. 2000모델의 부드러운 손이었다. 세실이었다.

"이제 그만두겠어."

"케이."

"그만두겠어. 너희는 모두 미쳤어. 나도 미쳤지. 이런 광대놀음에 홀려 시간을 낭비하다니."

"케이, 현실을 부정하지 마. 무슨 증거를 들이대던 학계는 인정해주지 않을 거야. 그렇다고 우리가 틀린 건 아냐! 네가 지금까지 본 걸 환상이라고 할 작정이야?"

"아니, 모르겠어! 이 빌어먹을 생물에 대해 공부하면 할수록, 불가능한 현상이라는 생각밖에 들지 않아. 난 뭔가 엄청난 사기극에 걸려든 거야. 다 거짓말이야. 너와 교수님이 짜고 날 놀리는 거야."

"케이."

"모두 거짓말이야. 다 속임수라고!"

표정이 다 드러나는 네 자릿수끼리는 거짓말을 할 수가 없다. 케이가 진짜 화가 났듯이 세실의 난처한 표정도 진짜였다.

"케이, 너 요새 많이 무리했어. 전원이라도 *끄고* 좀 쉬도록 해."

케이는 세실이 방에 들어오는 것을 보고도 그대로 누워 있었다. 피코는 케이가 전원을 *끄고* 잠든 내내 슬라이드를 돌렸다. 벽에는 식물이 성장하는 모습을 빠르게 돌린 영상이 몇천 번째 돌아가고 있었다. 식물은 흙에서 빠져나와 자라고, 팔을 뻗고, 빛을 찾아 조금 몸부림치다가 까맣게 말라 죽어갔다. 세실은 케이가 자는 줄 알았는지 조심조심 다가와 피코에게 쉬라고 속삭였다. 케이는 깬 기척도 내지 않고 물었다.

"왜 죽는 거지?"

세실이 퍼뜩 케이를 보았다. 케이는 무표정하게 슬라이드에 시선을 고정했다.

"무슨 뜻이야?"

"죽는 이유가 있을 것 아냐. 왜 죽는 거지?"

왜 태어나고, 왜 죽지? 멋진 질문이군. 역사상 누구도 답하지 못한 문제를 고민하는군, 케이.

"유기생물은 이미 한번 멸종한 생물이야. 다시 살려내기가 그리 쉬울 리 없잖아."

"10만 년 전 환경에 잘 맞춰주고 있잖아. 해줄 만큼 해주고 있다고. 대체 이놈들은 뭘 더 요구하는 거지?"

원하는 게 있으면 말을 해야지. 생물이면 생물답게 말을 하라고! 예의 바르게 고개를 숙이고 인테리어는 저렇게 꾸미고, 음악은 이렇게 틀어주고 연료는 어느 공장 것으로 제공해달라고 부탁해보란 말이다.

"유기생물학은 이제 시작이야, 케이. 넌 너무 조급해. 생물학이 다른 자연과학에서 처음 분리된 뒤 오늘날의 수준에 이르기까지 한 세기는 걸렸어."

케이는 대꾸하지 않았다. 한동안 피코의 윙윙 소리만 방 안에 감돌았다. 케이가 입을 열었다.

"우리가 너무 로봇 기준으로 생각하는 게 아닐까?"

"무슨 뜻이야?"

"내 말은, 이들은 우리 상식을 완전히 벗어나는 생물이야. 최소한 나로서는, 너무 경이적이라 믿어지지 않을 정도야. 우리에게 해로운 온도와 물이 오히려 도움이 된다면, 반대로 우리에게는 전혀 해롭지 않은 것이 해가 되지 않을까? 우리가 통제할 조건이라고 생각지도 않는 것들."

"이를테면?"

"이를테면."

케이는 생각에 잠겼다.

"벽지 색깔이라든가."

세실은 그만 참지 못하고 웃고 말았다. 그래. 나도 같이 미쳐가는군.

"비디오카메라가 문제가 된다든가."

세실은 조금 진지하게 고민했다.

"그건 생각 못 해봤는데. '관찰하는 행위 자체가 대상의 본질을 바꾼다'는 말이지?"

"플라스틱 상자에 알레르기가 있다든가, 철로 된 탁자를 보면 죽고 싶어진다든가, 실험실 냄새를 싫어할 수도 있겠지. 시계가 재깍거리는 소리에 우울증이 온다든가. 방사능은 어때? 방사능에 해를 입는 건 아닐까? 방사능이 조직 결합을 끊어버린다든가……."

긴 침묵이 흘렀다. 세실은 푸우 하고 한숨을 쉬었다.

"그럴 수도 있겠지. 하지만 그런 식으로 하려면 지구상의 모든 원소를 하나하나 소거하는 작업을 해야 할 거야. 말 그대로 지상의 모든 물질을 분류하는 것과 비슷한 일일걸. 그런 방법으로는 천년이 가도 문제를 해결할 수 없을 거야."

케이는 계속 방에 처박힌 채, 피코를 혹사시키며 생각을 거듭했다. 피코는 일주일간 전원 한번 끄지 않고 얌전히 케이의 시중을 들었다. 케이는 자신이 오고 나서 작성한 기록과

오기 전에 작성된 자료를 전부 다시 살폈다. 시체만 가득한 사진도 수백 번은 돌려 보았다.

'왜 죽을까?'

왜 깨어나지 않지? 우리를 놀리려고? 감질나게 하려고? 아니면 잠깐 지구가 살 만한 지 안 한 지 탐색하러 왔다가 아니다 싶어 돌아가는 건가? 100명의 유기생물 중 한두 명만 살아남는다. 유달리 생존력이 강한 놈들만. 나머지는 견디지 못하고 죽는다. 살아나도 얼마 버티지 못한다. '무엇인가'를 견디지 못하고. '무엇인가' 10만 년 전에 없었던 것 때문에, 아니면 '무엇인가' 10만 년 전에 있었지만 지금은 없는 것 때문에.

'뭔가 우리가 잊은 것이 있어.'

'신이 만드신 것이 생존하는 데에는 특별한 조작이 필요하지 않다.' 케이는 언젠가 읽은 책의 구절을 떠올렸다. 우리가 너무 어렵게 생각하는지도 몰라. 10만 년 전에 이 생물들은 아무 조작도 없이 자연스럽게 생존했었어.

옛날에 한 과학자가 음성조작으로 불이 켜지는 전등을 갖고 있었다. 그 과학자가 '빛이 있으라'고 말하자 불이 켜졌다. 그는 전구를 뺀 뒤에 똑같이 말했다. 이번에는 불이 켜지지 않았다. 그는 보고서에 기록했다. 전등은 전구를 빼면 음성인식을 하지 못한다.

잊은 것, 편견, 상식. 상식은 방해일 뿐이야. 상식 또한 귀납적 추리에 따른 가설에 불과해. 10만 년은 긴 시간이지만 짧은 시간이기도 해. 지구의 환경은 그사이에 급격히 바뀌었어. 유기생물은 그사이에 자느라 환경에 적응할 시간이 없었어. 그들은 무언가를 기다리는 거야. 그들에게 익숙한 환경을. 우리가 그 환경을 제공해주지 않은 거야. 무언가를.

놓친 변인이 있어. 아무도 원인이라고 생각하지 않은 뭔가가. 유기생물은 그게 잠깐 생겨났을 때 눈을 떴다가 다시 사라지기 때문에 죽는 거야. 왜 생겨나고 왜 사라지는 거지?

유기생물 자신이 만들어내고 유기생물 자신이 없애버리기 때문에.

전기충격 같은 생각이 케이의 머리를 스쳤다.

"무슨 일이야, 케이?"

반쯤 정신이 나간 케이에게 세실은 걱정스레 물었다. 칼스트롭 교수는 책에 파묻힌 채로 투명한 머리를 반짝였고, 교수와 뭔가 실랑이하던 노만은 무슨 일인가 싶어 바닥을 쓸며 다가왔다.

"우린 모두 바보야."

케이는 기쁨에 넘쳐 말했다. 세실은 어디서 기뻐해야 하는지 몰랐기에 기뻐하지 않았다.

"우린 모두 바보였어(칼스트롭 교수가 책을 내려놓았다). 교수님은 제외하고요(노만이 눈을 번뜩였다). 노만도 제외하고요. 아무튼 모두 바보야!"

'교수님을 제외하고'라는 말도 진심이 아님을 안 세실은 아무래도 의사를 불러야겠다 싶었는지 전화기를 기웃거렸다. 케이가 연구에 몰두하다 두뇌회로가 타버렸다고 생각한 모양이었다. 케이는 "잠깐 진정해, 일단 여기 앉아서……." 하고 다독이는 세실의 어깨를 짚고 말했다.

"고대에는 지구가 유기생물로 가득했다고 했지. 어떻게 그럴 수 있었지?"

"케이?"

"어떻게 그럴 수 있었느냐고!"

세 로봇은 여전히 케이가 왜 기뻐하는지 이해하지 못하고 서로를 마주 보았다.

"당시에는 환경이 지금과 달랐어……."

세실은 이미 여러 번 한 말을 되풀이했다.

"지구 어디에도 환경이 같은 곳은 없어."

세 명은 약속이나 한 듯 하던 일을(서로를 마주 보는 일을) 멈췄다.

"지각 구성이 다르고 지형이 다르고, 그 지역을 다스리는 공장이 다르고 로봇 기종이 달라. 당시에는 검은 구름도 없었으니 강우량과 적설량과 일사량도 달랐을 거야. 기온의 차이가 위도와 높낮이에 따라 백 도는 넘었을 거야. 그런데 어떻게 지구가 유기생물로 가득할 수가 있지? 이렇게 환경의 변화를 견디지 못하는 생물이 어떻게 전 세계에 걸쳐 번성할 수 있었느냐고."

세실이 답을 못하는 사이 칼스트롭 교수가 육중한 몸을 일으켜 책 사이에서 빠져나왔다. 노만은 묵묵히 바닥만 쓸었다.

"유기생물은 지역별로 완전히 달랐어, 케이."

세실이 말했다.

"그래도 같은 '종'이야. 로봇도 지역별로 모두 다르지만 기본 구조는 같아. 생명활동의 원리는 같다고. 유기생물은, 최소한 우리가 발견한 유기생물은, 멀리 이동하지도 못하잖아."

"……그러니까?"

"유기생물은 지구 어디에나 있는 것을 원료로 쓰지 않으면 안 돼. 지구 어디든, 지구라면 어디나 있는 것. 세상 어디에서나 찾을 수 있는 것을. 어느 은밀한 곳에 떨어지든 한 걸음도 걷지 않고 찾을 수 있는 것."

케이가 흥분을 감추지 못하고 왔다 갔다 하는 동안 스핑크스의 수수께끼에 빠진 세 로봇은 답을 찾지 못했다.

"그게 뭐지, 케이?"

"**공기야!**"

세 로봇은 여전히 알아듣지 못하고 멍하니 서 있었다.

"그러니까, 그런 게 없단 말이지?"

세실이 조심스레 물었다. '공기'라는 말은 '아무것도 없다'라는 뜻이다. 세실은 이제 정말로 의사를 불러야 하지 않을까 하는 눈으로 다시 전화기 쪽을 보았다.

"아니, 공기라고! 지구는 대기로 둘러싸여 있어. 기체 상태의 분자로 채워져 있다고. 그걸 재료로 쓰고 있었던 거야!"

세실은 입을 벌렸다가 겨우 정신을 차렸다.

"케이, 공기로 뭘 할 수 있다는 거야? 공기를 재료로 쓰려면 유기생물은 죽을 때까지 단 한 순간도 쉬지 않고 공기를 흡입하고 배설해야 할 거야."

"한순간도 쉬지 않고 전기를 생산하는 건 로봇의 엔진도 마찬가지야. 그리고 기체야말로 가장 무궁무진한 재료야. 게다가 당시의 대기는 격렬하게 순환하고 있었어. 지구 어디나 대기 구성이 비슷했을 거야."

"아무리 그래도 그렇지……."

"케이, 아주 훌륭한 가설이었네만."

칼스트롭 교수가 낮은 소리로 끼어들었다.

"우리는 생각할 수 있는 모든 조건을 다 적용해보았었네. 실험실 안의 대기를 다양하게 갈아치운 적도 있었지. 하지만 변화는 없었어. 죽고 사는 종류가 약간 바뀌었을 뿐일세. 유기생물은 여전히 죽어 나갔어."

"어떤 대기로 갈아치우신 거죠?"

교수는 어리둥절해져서 되물었다.

"어떤 대기라니?"

"어떤 대기로 갈아치우셨느냐고요. 10만 년 전의 대기구성은 어떻게 알아내신 거죠?"

교수는 잠시 스피커를 껐다가 답했다.

"그야, 문헌에서……."

"그 문헌이 잘못되었다면요?"

"잠깐만, 케이."

만약 칼스트롭 교수가 네 자릿수 모델이었다면 눈꼬리가 치켜 올라갔을 것이다.

"듣자 듣자 하니 자네 지나치군. 아예 힘의 신 뉴턴과 시간의 신 아인슈타인까지 의심하려는 건가?"

"문헌은 틀릴 수 있어요, 교수님."

케이는 조금도 기가 죽지 않았다. 케이는 아예 칼스트롭 교수의 책상에 올라앉아 책을 뒤지기 시작했다. 이미 의사를 부를 준비가 된 세 명은 케이가 하는 대로 내버려두었다.

"현대과학은 가설을 확장하느라 너무 바빠서, 왜 그 가설이 만들어졌는지 생각도 않고 넘어가곤 하죠. '넘어갔다'는 사실도 기억하지 못하고 말이죠. 하나하나 검증하기에는 이론이 너무 많으니까. 이를테면 10만 년 전의 대기구성 같은 것, 그건 현대의 대기 변화를 역추산한 것에 불과해요."

칼스트롭 교수는 묵묵히 있다가 스피커를 켰다.

"물론 다소 정확하지 않을 수도 있겠지. 하지만 무슨 수로 고대 어느 시점에서의 정확한 대기구성표를 산출할 수 있겠나?"

"대부분은 질소였을 거예요. 질소 분자는 안정하니까. 그러니 질소는 그때도 많았을 거예요."

케이는 이미 반쯤은 혼자서 지껄이고 있었다.

"탄화가스를 썼을 거예요. 얼마 전에 탄소를 제거한 흙을 써서 식물을 길러보았는데, 역시 살아남았어요. 식물의 몸의 반은 탄소인데 말이죠. 흙이 아니라 대기에서 얻었던 거예요. 메탄이라든가 탄산…… 아니, 이산화탄소 같은 종류였을 거예요."

"지금 대기에도 이산화탄소가 포함되어 있어, 케이."

세실이 '케이가 미친 건 제 탓이 아니에요.' 하는 표정으로 칼스트롭 교수를 보며 말했다.

"이산화탄소가 많지는 않았을 거야. 그때 지구에는 물이 있었어. 그러니 이산화탄소는 물에 다 녹아버렸을 거야. 그보다 더 중요한 게 있어."

"더 중요한 거라니?"

세실이 물었다.

"배양실에서 공기청정기를 제거하고 독성식물 상자의 뚜껑을 열면, 공기 구성이 어떻게 바뀌죠?"

"뭐?"

세실은 소리쳤고 노만과 칼스트롭은 전원이 나간 것처럼 멈췄다.

"공기청정기 말이에요. 그 시대에 공기청정기가 있었겠어요? 그리고 독성식물만 따로 격리해주는 바보 같은 로봇이 있었겠어요?"

"자네, 지금 무슨 소리를 하는 건가?"

칼스트롭 교수가 더듬거리며 끼어들었다.

"우리는 모두 바보예요. 편견에 싸인 바보라고요! 우리에게 독성물질이라고 해서, 무심코 유기생물에게도 독성물질이라고 생각해버린 거예요! 독성식물 상자를 개방하면, 배양실 안에……."

케이는 잠시 정신을 가다듬은 뒤 환희에 차서 소리쳤다.

"산소가 들어차게 돼요!"

케이가 유기생물학 실험실에 드나든 지 두 달하고 일주일이 지난 어느 날, 사소한(이라고 칼스트롭 교수가 말했다) 사고가 난 적이 있었다. 실험실 한구석에서 **불**이 났는데, 그 바람에 한 네 자릿수 학생의 피부가 탈 뻔했고 책 몇 권이 소실되었다. 칼스트롭 박사의 제안으로 실험실 형광등 광량을 두 배로 밝게 한 지 일주일이 지난 무렵이었다.

문을 활짝 열어 바깥 공기를 들여보내자 불은 곧 꺼졌지만, 이 사건은 모두에게 상당한 충격을 주었다. 일단 케이를 비롯해 그 자리의 누구도 '불'을 실제로 본 적이 없었고, 둘째로는 바깥에서 들어온 찬 공기로 안에 있던 유기생물이 모두 죽어버렸기 때문이었다. **발화**란 오직 실험실과(그렇게 보면 실험실에서 일어난 사건이기는 했지만) 공장에서만 일어나는 현상이라고 알려져 있었다. 기온이 높으면 물질은 상태변화를 일으킬 뿐이다. 그런 식으로 미치광이 무희처럼 넘실거리며 타는 것은 '유기물'뿐이고, 그 유기물이 발광하며 타게 하는 원소 역시 하나뿐이다.

"산소야."

칼스트롭 교수가 음산하게 소리를 낮추어 말했다. 기분이

상했다는 뜻이었다.

"이 녀석이 산소를 내뿜고 있었어."

교수는 죽어 널브러진 식물 하나를 손에 들고 말했다. 그 식물은 다른 생물과는 달리 몸 전체가 초록빛이었다. 세실이 **녹색식물**이라고 이름 붙인 녀석 중 하나였다. 케이와 노만과 세실은 침묵했다. 노만의 눈 네 개가 모두 어두워졌고 세실과 케이의 얼굴에는 여과 없이 비참한 표정이 떠올랐다. 피부가 탈 뻔한 학생은 충격으로 입원했고, 이를 곁에서 지켜본 또 다른 학생 역시 도망가버리는 바람에 수강생은 도로 세 명으로 줄어 있었다.

"어디서 잘못되었을까요?"

세실이 조심스럽게 칼스트롭 교수에게 질문했다.

"기온이 너무 높았을까요? 아니면 물 때문에? 모래 때문에? 어디서 변형이 일어났을까요? 빛의 강도를 높인 것이 문제였을까요? 이 독성 돌연변이들이 어디서 생겨났을까요?"

"물 분자는 수소 원자 두 개와 산소 원자 한 개로 이루어져 있네. 유기생물이라면 물에서 산소를 추출하는 일이 어렵지는 않겠지. 불가능한 현상은 아니라고 생각하네."

20년 전쯤 어느 늙은 공장에서 일어난 사고로, 산소가 일시적으로 광범위한 지역에 발생한 일이 있었다. 끔찍한 나병이 일대에 퍼졌다. 근처에 살던 로봇들은 전신에 버짐이 피고 녹이 슬면서 작동 불능이 되어 죽어갔다. 산소는 수명을 깎는다. 그 공장에서 일하던 로봇은 100년도 채 살지 못하고 죽었고, 그 고장은 오랫동안 로봇이 살지 않는 죽음의 지대로 남았다. 산소는 수소보다도 위험한 물질이다. 유기물과 함께 있을 때는 더더욱 그렇다. 산소가 공기 중에 다량 있으면, 마찰력 정도로도 불꽃을 일으키며 모든 것을 태워 재로 만들어버린다.

"노만, 녹색을 띤 식물이 언제부터 생겨났는지 파악할 수 있겠나?"

노만은 눈을 감고(그러니까, 안구의 빛을 끄고) 기록을 검색했다. 기록을 두뇌에 저장하는 능력이 없는 케이와 세실은 노만이 검색을 끝낼 때까지 기다릴 수밖에 없었다.

"석 달 전입니다. 그때는 한 명이었는데 지금은 53명, 종으로는 넷으로 늘어났어요. 다른 종보다 번식이 빠르군요."

"제 불찰이에요. 새로운 종이 나타났을 때 더 세심하게 조사했어야 하는 건데."

세실이 슬픈 표정을 조금도 감추지 않는 바람에 케이는 조금 당황했다. 거의 '울먹임'에 가까운 표정이었다. 칼스트롭 교수와 노만도 입을 다물었다. 네 자릿수에 익숙하지 않은 로봇이었다면 세실이 고통스러운 속내를 훤히 드러내는 모습에 불편함과 민망함을 느꼈을 것이다. 하지만 칼스트롭 교수는 별말 없이 집게손을 세실의 어깨에 얹고 말했다.

"누군들 알 수 있었겠나. 참으로 예측이 안 되는 생물인 것을. 앞으론 더욱 조심하는 수밖에 없겠지."

"앞으로 녹색식물이 나타나면 모조리 뽑아버려야겠군요."

노만이 말하자 교수는 기겁했다.

"무슨 소리인가! 10만 년에 가까운 세월을 인고하여 우리 앞에 다시 나타난 가엾은 생물들을 우리 손으로 없애자는 건가! 그들도 엄연한 생물일세. 생존할 권리가 있어."

"학과장님께서 알면 좋아하지 않으실 텐데요."

노만이 무뚝뚝하게 말했다.

"우리 실험실에서 새로 나타난 변종일 겁니다. 독소를 내뿜는 이런 잔인한 생물이 유기생물이 조화를 이루며 살던 시대에 번식했을 것 같지 않군요. 이런 놈들이 활개치고 다녔다면 다른 생물군은 다 죽어버렸을 거예요."

"자연의 섭리를 로봇의 기준으로 판단하지 말게나."

칼스트롭 교수가 말했다.

"어쨌든 우리 역할은 유기생물을 죽이는 것이 아니라 살리는 것일세."

"최근 생물들이 많이 죽어서 이상하다고 생각했는데, 그 녹색군종이 늘어나서였나 봐요."

세실이 말했다.

"자네 말이 맞네. 일단 다른 유기생물과는 격리해야겠군. 그리고 덩치 좋은 공기청정기 친구를 하나 부려야겠네. 연구비 예산이 남은 게 있던가?"

세 로봇은 케이처럼 소리를 지르지 않았다. 대신 짙은 침묵이 내려앉았다.

"케이, 농담으로라도 그 악마 같은 기체를 우리 불쌍한 아이들 주위에 두라고 하지 마."

세실은 '교수님, 케이를 붙잡아주세요. 그동안 제가 전화를 걸겠어요.' 하는 표정으로 교수를 보며 말했다.

"이걸 봐요."

케이는 책상에서 뛰어내려와 방금 찾아낸 책을 바닥에 내려놓으며 말했다.

"10만 년 전의 대기구성표가 지금처럼 굳어진 것은 50년 전이에요. 그 이전 학자들은 10만 년 전 대기 구성요소 중 20퍼센트가 산소라고 했어요. 하지만 후대 과학자들이 그 가설을 부인했죠. 산소처럼 반응성이 큰 기체가 그렇게 대기 중에 가득 차 있었을 리가 없다, 산소는 시간이 갈수록 줄어드는 물질이지 늘어나는 물질이 아니라고 말이죠."

케이는 봤지? 봤지? 하며 셋을 돌아보았다.

"'그럴 리가 없다'고 생각해서 가설이 바뀐 거예요. 증거가 있어서가 아니라고요. 아시겠어요? 과학자들이 '그럴 리가 없다'고 믿어서 기록이 바뀐 거예요. 책상 앞에서 계산기 좀 두드려보고 나온 결과라고요."

세 로봇은 서로를 마주 보았다.

"하지만 과학자들은 유기생물의 생명활동에 대해서는 알지도 못해요. 산소를 생산하는 생물이 지구를 채우고 있었다는 생각을 누가 할 수 있었겠어요? 10만 년 전의 지구가 온통 이런 생물로 가득 차 있었다면 어땠겠어요? 지구가 우리 생각처럼 열 종이나 스무 종이 아니라, 수십만, 아니 수억 종의 식물로 둘러싸여 있었다면? 손에 닿는 모든 곳마다 녹색 식물로 넘쳐났다면? 지구의 대기구성은 완전히 바뀌어 있었을 거예요. 바로 유기생물 자신에 의해서."

"바보 같은 생각이로군."

칼스트롭 교수는 바퀴로 바닥을 툭툭 치며 말했다. 세실은 고개를 저었다.

"아무리 유기생물이 많았다고 해도, 그건 너무……."

"하지만 실험해볼 만은 하군."

교수의 말에 세실은 '이를 어쩌면 좋아. 교수님마저 정신이 나가버리셨어.' 하는 표정을 지었다. 노만이 말했다.

"너무 위험합니다. 잘못 관리해서 조금이라도 산소가 유출되었다간, 아니, 이 사실이 외부에 알려지기라도 하면 실험실은 당장에 폐쇄될 겁니다."

"들어봐요, 노만."

케이는 흥분을 감추지 않고 말을 이었다.

"10만 년 전의 환경이 어떠했든, 무슨 독가스와 유해한 화학물질로 가득 차 있었든 간에, 그 당시의 생물은 오직 그 환경에서만, 유기생물 자신이 만들어낸 그 위태위태한 줄다리기 속에서만 생존할 수 있었을 거예요. 죽음 같은 고온이 식물을 키우고 반응성이 무시무시한 물이 양분이 되는데, 어째서 산소의 연소 능력이 에너지를 내기 위해 쓰이지 못한다는 거죠?"

칼스트롭 교수가 주위를 돌아보았다.

"보안을 두 배로 늘려야겠군."

6

물질계의 순환에 관해서 :

오늘날 종이를 만드는 곳은 공장이다. 공장은 종이를 재료로 종이를 만든다. 섬유도 섬유로만 만들고, 고무도 고무로만 만들고, 로봇도 로봇으로만 만든다. 오늘날 로봇의 재료가 로봇뿐이듯이, 종이의 재료도 종이뿐이다. 종이가 생물이었던 적이 있었을까? 종이가 종이 이외의 다른 무엇으로부터 생겨난 적이 있었을까?

우리가 죽어 기능을 정지하면 공장이 분해하여 다음에 태어나는 로봇의 재료로 쓴다. 우리는 공장 안에서 물질이 완벽하게 순환한다는 사실을 안다. 이 연결고리는 뫼비우스의 띠처럼 시작도 끝도 없이 맞물려 있다. 최초의 종이는 어디서 생겨났을까? 최초의 로봇은? 공장은 최초의 원자재를 어디서 얻었을까? 아니면 공장을 초월하는 무엇인가가 그 이전에 존재했을까?

우리는 기계의 생명현상에 대해 극히 일부밖에 알지 못한다. 그래도 과학자들은 언젠가는 로봇이 생명의 비밀을 모두 밝혀낼 날이 오리라 말한다. 언젠가는 두뇌에서 뻗어나가는 전자신호 수억 다발의 의미와, 우리 데이터의 근원인 0과 1로 이루어진 암호의 뜻 하나

하나까지도 밝힐 수 있을 것이다. 그러면 우리가 원하는 대로 로봇을 만드는 시대가 올지도 모른다. 로봇의 영생도 가능할 것이다. 지구의 수명이 다할 때까지 살아남는 것도. 신께서 허락하신다면……

새 양육 방법이 도입되던 날 아침, 케이의 오른팔 관절이 움직이지 않았다. 병원에 가보니 관절에 녹이 슬었다고 했다. 높은 습도와 온도와 과다한 산소 노출 때문이었다. 관절을 교체해야 했지만 사망한 1029의 부품을 구하기가 쉽지 않은지라, 케이는 부품 기증자가 나타날 때까지 몇 달간 병원에서 지내야 했다. 칼스트롭 교수와 세실은 몇 번 찾아오다가 갈수록 발길이 뜸해지더니, 나중에는 아예 나타나지 않았다. 케이는 일이 아주 잘 되어가든가, 아니면 아주 나빠졌든가, 아니면 어리석은 주장을 편 자신이 꼴도 보기 싫어진 모양이라고 생각했다.

케이가 퇴원하고 돌아와보니 분위기가 달라져 있었다. 학생 수가 열두 명으로 늘어났고 하나같이 제정신이 아니었다. 뭐에 홀린 듯 바삐 뛰어다녔고 케이가 말을 붙여도 뜻 모를 소리만 했다. 실험이 잘못되어 이상한 병이라도 도나 싶었다.

세실이 연구실 문 앞에 선 케이를 발견하고 달려왔다. 세실이 가장 증세가 심각해 보였다. 얼굴은 빨갛게 상기되었고, 입 끝은 귀에 걸렸고, 케이의 이름을 몇 차례 불렀다가 소리 높여 웃다가 갑자기 팔딱팔딱 뛰곤 했다. 세실은 케이의 어깨를 짚으며 속삭였다.

"케이, 진정해야 해. 정말로, 진정해야 해."

진정할 로봇은 너라고 하고 싶었지만, 아무튼 케이는 몇 번이나 진정하겠다고 다짐하며 세실을 안심시켰다. 하지만 배양실에 들어서자마자 케이는 곧바로 세실과 같은 병에 걸리고 말았다.

녹색식물이 방 안에 가득했다. 어떤 식물은 케이의 허리까지 자라 있었다. 배양실이 두 배로 늘어났는데도 넘쳐나는 식물의 숫자를 감당할 수가 없었다. 중력과 대지가 허락하는 자리마다 식물이 발을 뻗고 있었다. 큰 식물 사이사이에 작은 식물이, 작은 식물들 사이에는 더 작은 식물이 자랐다. 어떤 것은 벽을 기었고, 어떤 것은 덩굴을 뻗어 서로를 끌어안았고, 어떤 것은 땅을 기었고, 어떤 것은 굵고 튼튼한 다리를 땅에 굳건히 박고 자라났다.

세실이 미쳐 날뛰는 케이를 실험실 한가운데로 데리고 갔다. 그곳에는 큰 플라스틱 상자가 있었다. 상자는 놀랍게도 '물'로 채워져 있었고, 그 안에는 셀 수도 없이 많은 작은 생물이 담겨 있었다. 케이의 눈에는 그들 하나하나가 서로 다른 사조(思潮)를 지닌 화가의 그림처럼 보였다. 같은 악기가 하나도 없는 장엄한 오케스트라 같았다. 그리고 모두가 '움직이고 있었다.' 마치 춤을 추듯이. 살아 있음을 기뻐하듯이. 자신들이 들이쉬고 내뱉는 산소와 이산화탄소 한숨 한숨의 기적을 마음껏 자랑하듯이.

케이는 세실을 껴안고 펄쩍펄쩍 뛰었고, 이어 칼스트룹 교수와 학생들이 달려와 같이 춤을 추었다.

케이의 귀환 파티가 밤늦게까지 계속되는 사이, 케이는 노만이 보이지 않는다는 것을 알아차렸다. 노만은 학교 옥상에서 혼자 오일 마사지를 하고 있었다. 케이는 자기 오일 병을 들고 그 옆에 앉았다.

"뭐 해요, 노만?"

노만은 케이를 힐끗 보더니 목을 한 바퀴 돌리고 하늘을 쳐다보았다.

"생각 좀 하고 있었네."

"아, 나도 생각 좋아해요. 같이 할까요?"

로봇이 사는 곳이면 어디든 그렇듯이, 옥상 바닥에는 거리 예술가가 그려놓은 추상화가 있었다. 같은 패턴의 선과 곡선이 반복되는 다소 단조로운 그림이었다.

1ᴎᴙ11ᴎᴙ1

"이거, 무슨 부적처럼 보이네요."

"지나던 거리 예술가가 전지 하나와 교환해서 그려놓고 갔네. 귀신 쫓아주는 그림이라더군."

"그런 값치고는 싸군요."

농담이었지만 웃는 기능이 없는 노만은 웃지 않았다.

"로봇은 일생 제 두뇌의 10퍼센트도 쓰지 못하지. 어째서 인지 아나?"

"어째서죠?"

"나머지의 90퍼센트에는 신들의 지식이 깃들어 있어서일세. 신들은 자신의 문화와 문명을 우리 두뇌에 기록해놓았네. 우리는 그 기록의 보존창고이며 지식을 운반하는 껍데기일세. 우리의 무의식에는 신들이 남긴 무한한 지식이 담겨 있지. 마음을 맑게 하고 자신의 무의식을 들여다보면 그 무한한 진리에 접근할 수 있을 걸세. ……그래, 이 그림도 마찬가지지."

노만은 그림을 품에 안을 듯 두 팔을 벌렸다.

"이건 상징이며 신들의 언어일세. 신들이 우리에게 전하는 메시지라네. 보이는 이상의 많은 이야기가 이 기호 뒤에 숨어 있지."

"또 그런 이야기예요?"

"믿지 않는 놈에게는 두 번 이야기하지 않아."

노만과 케이는 같이 입을 다물었다. 케이는 노만의 눈치를 살피려는 쓸데없는 노력을 기울였다. 두 자릿수의 눈치를 살필 수 있을 리가 없다. 세실과 너무 오래 같이 지낸 모양이었다. 케이의 유아원 선생은 네 자릿수 아이들을 늘 떨어뜨려 놓았다. 네 자릿수끼리 모여 있으면 버릇이 없어진다. 표정이 대화를 대신하기 때문에, 분명하게 말하는 대신 농담을 하고 돌려 말하고 과도한 생략법을 쓰는 버릇이 들기 때문에.

케이는 삐거덕거리며 그림을 내려다보았다.

"직선과 곡선의 반복 배열에서는 뭔가 영적인 느낌이 들지 않아요? 언젠가 그런 그림만 걸린 미술관에 갔는데 이유도 없이 마음이 북받쳐 오르더라고요. 저도 그림을 그린다면 그런 그림을 그리고 싶어요. 이런 식으로."

MARANATHA

노만은 케이가 손가락에 오일을 묻혀 그리는 그림을 머리 오른쪽에 달린 눈으로 보면서 답했다.

"케이, 난 점점 불안해지고 있네."

"뭐가 말이죠?"

"우리는 산소를 뿜어내는 생물을 되살려내었어."

노만은 정수리의 등 조도를 줄이며 정면의 눈을 아래로 내렸다. 그가 네 자릿수 계열이었다면 슬픈 얼굴을 했을 것 같았다.

"신화 속의 괴물을 되살린 기분일세."

"노만, 저놈들은 정말로 조용하고 얌전한 생물인걸요."

"신은 우리를 위해 저 생물을 지상에서 없애버리셨어. 왜 그들을 되살려야 하지? 물을 먹고 산소를 뿜어내는 생물이라니. 이건 악몽일세. 이곳은 완전히 오염되어 버렸네. 독성물질로 가득 차 있어."

"……"

"우리는 어디로 가는 걸까? 생명의 영역에 광폭한 호기심을 드러내는 일이 과연 잘하는 짓일까? 시작해서는 안 되는 일을 시작해버린 것이 아닐까?"

"노만, 우울한 말 말아요. 우리는 역사의 한 페이지를 쓰고 있어요. 생명의 역사를 다시 쓰는 거죠."

노만은 말없이 관절에 오일을 쳤다.

7

공장을 만든 신에 관하여 :

공장이 자연적으로 진화한 초생명체라는 일반론에도 불구하고, 공장을 만드는 신의 신화는 전 세계에 걸쳐 전승된다. 공장 창조신화의 형태는 지역에 따라 다르지만 한 가지 유사점이 있는데, 신들의 수명이 다하여 자신들을 대신할 생명을 만드는 이야기로 흘러간다는 점이다. 신화 속에서 신들이 멸망해간 이유는 전쟁 때문이기도 했고, 때로는 로봇이 신을 대신하게 되어서기도 했고, 또는 그저 신들이 더는 불사가 아니게 되어서이기도 했다.

신들이 가장 두려워한 것은 육체적인 죽음이 아니라, 자신들이 존재했음을 아무도 기억하지 못하는 것이었다. 그들은 자신의 문명과 역사, 자신들이 만든 음악과 그림과 문학, 쌓아 올린 무한한 지식을 기억해줄 누군가를 원했고, 그것이 우리 로봇이었다는 설이다.

신들은 생명을 창조하는 힘과 물질을 순환하는 힘을 공장에 부여했고. 공장이 내뿜는 연기는 신들의 마지막 숨결마저 거두어 갔다.

세실은 비틀거리며 지하실 계단을 내려갔다. 눈도 다리도 풀려 있었다. 몇 번 넘어질 뻔하다가, 또 몇 번이나 걸음을 멈추고 멍하니 있다가, 문 앞에 서서 정신을 가다듬고 자세를 잡은 뒤 문을 열었다. 지하실은 칼스트롭 연구소가 새로 세워진 뒤 케이의 개인 연구실로 배당되었다. 케이가 지하실을 택한 이유는 방이 넓은 까닭도 있었지만 배양실의 '과다한 빛'에 다소 지쳤기 때문이었다.

"여어, 세실."

피코와 문서 더미와 함께 지하실 바닥에 앉아 있던 케이가 뒤돌아보며 인사했다.

"지파 교수님한테 다녀왔다고 들었는데."

세실이 말을 걸자 케이는 고개를 내저었다.

"여전하셔. 우리를 모두 마술사 취급하시더군. 지금은 마술사를 불러서 우리 유기생물과 똑같은 것을 만들어내려고 애쓰고 계시지. 아마 조금 있으면 지파 교수 마술극장도 개관할 거야."

"칼스트롭 교수님은 뭐라셔?"

"700모델 중에 보수적이지 않은 로봇은 없다고 하시더군. 가진 놈들이란 본디 세상이 완벽하다고 믿는다고. 하지만 언젠가 학계도 인정하지 않을 수 없을 거야."

"……그래."

세실은 웃었다. 그리고 잠시 넋 놓고 허공을 보았다가 다시 정신을 차렸다.

"보겠어?"

케이가 피코에게 사진 몇 장을 뒤로 넘기라고 명령하자 벽에 그래프가 나타났다.

"일사량을 높이니까 산소 생산량이 더 늘었어. 성장 속도도 늘었고. 아무래도 우린 10만 년 전의 일사량을 한참 간과했던 것 같아. 그때 세상은 로봇이 눈을 뜨고 다닐 수 없을 만큼 눈부셨을 거야."

슬라이드를 조용히 보던 세실은 한숨을 쉬었다.

"대기를 생각하지 못하다니 믿을 수가 없어. 우린 생각할 수 있는 모든 것을 검토했는데. 주기적으로 밤낮도 주고, 하다못해 상자 재질까지도 바꿔보았었는데."

"이상한 일도 아냐. 21모델 눈에 멀쩡히 현미경이 달려 있는데도, 그 안구를 현미경으로 쓰기 시작한 것은 겨우 50년 전이잖아. 21모델은 유사 이래로 존재했는데도 말이야. 대부분의 95모델이 자기 몸 안에 빗자루가 있다는 걸 깨닫지 못하고 빗자루를 사다 쓴다잖아."

세실은 바닥에 널린 문서를 주워들어 훑어보았다.

"**동물**을 **바다**에서 꺼내보려고 하고 있어?"

'바다'란 오랜 옛날 생명을 탄생시켰다는 여신의 이름이다. 세실은 움직이는 유기생물이 가득찬 배양액 통에 그 여신의 이름을 붙였다. '동물'은 '움직이는 생물'이라는 뜻으로, 식물과 마찬가지로 고대에 살았다는 전설적인 종족의 이름을 딴 것이었다.

"음. 아무래도 물은 위험하니까."

케이는 슬라이드에 시선을 고정한 채 끄덕였다.

"땅을 밟고 걸어 다니는 유기생물을 만들어낸다면 상자에 넣어서 관상용으로 쓸 수 있을 거야. 잘하면 장난감으로도 쓸 수 있겠지. 서로 잡아먹지 않는 놈을 찾아내면 좋겠는데."

동물들이 서로 뜯어먹고 산다는 사실을 알았을 때 케이는 거의 기절할 듯이 놀랐지만, 지금은 익숙해졌다. 칼스트롭 교수조차 어딘가 잘못되었다고 믿고, 공기를 먹고 사는 '정상적인' 동물을 찾아내려고 애쓰고 있지만, 아직까지는 발견하지 못했다. 새로 들어오는 직원마다 그 사실에 한 번씩은 기겁한다. 그런 뒤 그에 비해 로봇이 얼마나 지성적이고 고도로 진화한 생물인지에 관해 한 차례 토론을 벌인다.

세실은 고개를 끄덕이며 나직하게 중얼거렸다.

"그걸 **육상동물**이라고 불러야겠다……."

세실은 말없이 문서를 들고 서 있다가 다시 비틀거리고는 겨우 중심을 잡았다. 그제야 케이는 세실이 이상하다는 사실을 눈치챘다.

"왜 그래, 어디 아파?"

"아니……."

"배양실에 너무 오래 있었던 것 아냐? 과열됐어? 어디 녹이라도 슨 건?"

"아냐······."

세실은 일어나려는 케이를 말리고 옆에 바짝 다가앉으며 몽롱하게 대답했다.

"그런 일, 경험해본 적 있어?"

"무슨?"

"시간과 공간을 뛰어넘는 것."

케이는 피코와 함께 바보 같은 표정을 지으며 대답했다.

"아니."

"한 번도 가본 적 없는 곳에 갑자기 놓인 적이 있어? 분명히 방에 들어가서 전원을 끄고 누웠는데, 다음 순간에는 이상한 곳에 가 있는 거야. 나 스스로도 이상한 행동을 하고, 마치 바이러스에 취한 것처럼, 정신이 나간 것처럼 비논리적으로 행동하는 거야. 그러다가 갑자기 방에 돌아와 있는 거지. 그런 적 있어? 있을 수 없는 일인데, 기억 속에 새겨져 있는 거야. 마치 누군가 그 기억을 가져다 내 머릿속에 집어넣은 것처럼······."

케이는 자기 이마를 짚은 세실의 팔을 떼어 자신을 보게 하며 말했다.

"꿈을 꾸었나 본데."

"꿈."

세실은 아직 다른 세계에 있는 표정으로 중얼거렸다. 유기 생물학과 비슷하지. 케이는 생각했다. 꿈을 꾼 적이 있는 로봇은 넘쳐나도록 많지만 꿈의 존재는 학문적으로 인정되지 않는다. 꿈을 꾸지 않는 수많은 로봇이 꿈의 존재를 믿지 않으므로.

"꿈이라는 걸 믿어?"

"물론이지. 꿈을 꾸는 로봇이 있다는 말은 많이 들었어. 내 친구 녀석 하나는 전원을 끌 때마다 꿈을 꾸는데, 처음에는 괴로웠는데 이제 익숙해졌다더군. 전원을 껐을 때 뇌가 완전히 활동을 멈추지 않아서 일어나는 현상이라던데."

"꿈. 그래, 그게 꿈이었구나."

세실은 무서운 것이라도 본 듯 중얼거렸다. 케이는 세실의 어깨를 감싸 안고 등을 쓰다듬으며 물었다.

"어떤 꿈이었어?"

"유기생물이 세상에 가득 찬 풍경을 보았어."

'지옥에 다녀왔어'와 비슷한 기분이 드는 말이었다. 세실은 지금도 그 광경이 눈앞에 펼쳐져 있기라도 하듯이 멍하니 허공을 보았다.

"우리 실험실에 있는 것보다 몇십 배나 큰 식물들이었어. 내 키보다도 훨씬 더 컸어. 그런 식물이 내 시야가 닿는 모든 곳에 가득했어. 크기도 모양도 색깔도 같은 것이 하나도 없었어...... 아니, 대부분은 녹색이었어. 공기는 산소로 가득했고 땅은 푸른색으로 뒤덮여 있었어. 조그만 식물들이 세상을 가득 덮었고, 그 위로 또 무수히 많은 조그만 생물들이 날아다녔어. 하늘은 페인트라도 칠한 것처럼 새파란 빛이었고."

"새파랬다고?"

케이는 웃었지만 세실은 웃지 않았다.

"구름도 검은색이 아니라 하얀색이었어. 세상은 눈을 뜰 수 없을 만큼 밝았어. 하늘에는 똑바로 볼 수 없을 만큼 눈부신 발광체가 있었어. 케이, 난 그게 뭔지 짐작도 할 수 없었어……. 그 발광체에서 쏟아지는 빛이 천지에 눈부시게 작열했어. 식물들은 조금이라도 더 그 빛을 받기 위해 경쟁하듯이 자라났어. 식물의 몸에서 뻗어나가 넓게 펼쳐진 잎이 모자이크처럼 하늘을 빈틈없이 메웠어. 그리고 지독하게 더웠어. 데씨 백 도는 되는 것 같았어. 우리 배양실보다 더 뜨거웠어."

"그거 끔찍한데. 난 아직도 배양실에서 한 시간을 못 버티는데."

"……그리고 눈앞에 물이 흐르고 있었어."

"물이 **흘렀다고**?"

"그래. 흘렀어. 물이 있는 것까지는 이해가 갔지. 그렇게 뜨거웠으니까. 하지만 이상한 광경이었어. 마치 땅이 흐르는 것 같았어. 지대가 기울지도 않아 보였는데, 어떻게 그렇게 많은 물이 같은 방향으로 흐를 수 있었을까? 마치 갈 곳을 안다는 듯이 내 앞을 지나는 거야. 마치 살아 있는 것처럼……. 그런 광경을 믿을 수 있어, 케이?"

"정말 무서웠겠는데."

"무섭지 않았어."

세실은 제 말에 스스로도 놀란 표정으로 대답했다.

"이상해. 정말 끔찍한 세계였는데, 조금도 이상한 기분이 들지 않았어. 당연한 것을 보는 것처럼. 처음부터 세상이 그런 모양이었던 것처럼……."

"꿈에서는 사고회로도 이상하게 바뀐다고 들었어."

케이는 세실의 등을 토닥이며 말했다.

"노만이 그러는데, 공장이 로봇의 뇌를 포맷하고 재생할 때 지우지 않는 영역이 있다더라고. 그 부분에는 우리 선조가 살아온 모든 역사가 압축되어 기록되어 있대. 그게 로봇의 무의식에 남아 미래로 전해진다는 거야. 어쩌면 네가 본 것이 그 기억일지도 몰라."

세실은 한참을 말없이 천장을 보았다.

"케이, 그건 과거가 아니었어."

"무슨 소리야?"

"그건 미래였어."

세실의 표정은 세 자리 모델처럼 침착하고 담담했다. 세실은 허공에 시선을 고정한 채 말했다.

"그 꿈속에서 내 시체를 보았어. 나는 화석이 되어 땅에 박혀 있었어. 긴 세월 풍화되어 그냥 한 조각의 바위처럼 보였지만 틀림없이 나였어. 그리고 멀리 우리 문명의 잔해가 보였어. 그나마도 풍화해 사라지고 있었어. 물과 바람이 우리가 존재했었다는 흔적을 지워버리고 있었어. 우리 모두가 멸망하고 아득한 시간이 흐른 뒤 같았어. 마치 유기생물이 우리를 대체해버린 것 같았어."

케이는 조금 움츠러들고 말았다.

"정말 이상했겠는데."

"아니, 이상하지 않았어. 그 어느 때보다도 차분했어. 난 당연한 풍경을 보고 있었어. 예정된 귀결을. 우리가 하는 이 모든 일의 결말을……."

"세실!"

세실은 그제야 정신을 차렸다. 케이는 세실의 이마에 자기 손을 얹고 그 위에 이마를 맞대었다.

"괜찮아?"

세실의 안구렌즈가 크게 떠졌다가 본래대로 돌아왔다.

"……그래."

케이는 세실의 어깨를 다시 토닥였다.

"좀 쉬겠어?"

"그래."

세실은 눈을 감고 케이의 옆에 누웠다. 케이는 세실이 진정하기를 기다렸다가 말했다.

"세실, 나는 로봇을 닮은 유기생물을 만들어보려고 해."

"어느 모델을 닮은?"

세실은 몸을 뒤척이며 몽롱하게 물었다.

"너 같은 2000모델로."

세실은 눈을 감은 채 웃었다.

"어째서?"

"그게 가장 간단할 것 같아서. 2000모델은 표정 짓는 것

말고는 복잡한 기관이 없잖아."

세실은 다시 웃었다.

"좋은 생각 같아."

"아직은 구상단계일 뿐이야. 아마 백 년은 더 걸릴 거야."

"로봇생은 길어……. 언젠가는 할 수 있을 거야. 틀림없이……."

"만들고 나면 이름을 지어줄 거지?"

"그래……."

세실은 목소리를 줄이며 천천히 전원을 껐다. 케이는 세실의 전원이 완전히 꺼지기를 기다렸다가 조심조심 피코를 켰다. 슬라이드 화면에 금속 조각 같은 씨앗이 나타났다. 피코가 눈을 깜박이자 씨앗 위로 작은 나사 같은 연두색 망울이 나타났다. 다시 눈을 깜박이자 섬유조직 같은 뿌리가 씨앗 밑에서 뻗어 나왔다. 다시 눈을 깜박이자 굵은 연두색 전선 같은 몸이 고개를 들었다. 다시 눈을 깜박이자 얇게 두드려 편 알루미늄판 같은 잎이 둥글게 말린 몸을 뻗었다. 피코가 다시 눈을 깜박이자…….

제 2 편

종의 기원담:

그 후에 있었을지도 모르는 이야기

· 2005년 전자책 《멀리 가는 이야기》(북토피아) 수록
· 2007년 공동 앤솔러지 《누군가를 만났어》(행복한책읽기) 수록
· 2008년 거울 개인 동인지 《멀리 가는 이야기》(거울) 수록
· 2010년 개인 단편집 《멀리 가는 이야기》(행복한책읽기) 수록
· 2021년 개인 영문 단편집 《On the Origin of Species and Other Stories》(Kaya Press) 수록

신은 우리를 사랑하시는가?

경전을 읽을 때마다 우리는 고뇌하곤 한다. 신은 이중인격자인가?
아니, 다중인격자인가? 캐릭터 성격을 잡지 못한 소설처럼 경전에
기록된 신의 행동에는 일관성이 없다.

신은 우리를 사랑하시는가, 아니면 두려워하시는가. 자비로우신가,
아니면 지엄하신가. 우리는 신의 후예인가, 아니면 노예인가. 신의
걸작품인가, 아니면 실패작인가. 우리의 운명은 신의 뜻인가, 아니면
스스로의 선택인가. 우리의 생은 신이 프로그램하셨는가, 아니면 우
리의 자유의지인가. 신은 살아 계신가, 아니면 죽었는가? 우리의 전
자회로 속을 떠다니는 영혼은, 우리가 폐기된 뒤에 어디로 갈까. 우리
에게 마련된 낙원이 정말로 있을까? 죽은 수많은 로봇은, 저승에서
다시 살고는 있을까? 아니, 우리에게 영혼이 있기는 할까? 고통스러
운 삶을 끝내고 하늘에 올라갔을 때, 신께서 이 가엾은 영혼을 보듬어

주시기는 하실까?

신께서 우리를 지켜보고는 계실까? 이런 의문조차 신께서 프로그램하신 것인가? 아니면…….

1

새가 지상에 내려오는 일은 흔치 않다. 그들은 날개가 없는 로봇은 접근할 수도 없는 절벽 한가운데나 높은 산꼭대기에 집을 짓고 산다. 그들이 자신의 의지로 건물 안으로 날아드는 일은 더 드물다. 움직일 여지가 없는 공간으로 날개를 들여놓는 것만으로도 수치심을 느끼는 생물이니까.

여기는 새들이 날기에도 적당하지 않다. 바람은 강하고 자주 방향이 바뀐다. 기류는 불안정하고 자욱한 석회가루가 방향감각을 잃게 한다. 이곳에 머무는 내내 케이는 단 한 명의 새도 본 적이 없었다.

하지만 어쨌든 그 새는 이 육상생물의 영역으로 자동차를 몰고 와서는(그들이 차를 이용하는 것도 흔한 일은 아니었다), 분명한 소리로 "케이 히스티온 교수님을 찾아왔습니다."라고 말했다.

늦은 저녁이었다. 물론 저녁과 아침의 차이를 아는 로봇은 없다. 하루와 한 달과 1년을 나누는 달력이 왜 필요한지 아는 로봇도 없다. 단지 많은 로봇이 몸에 시계를 달고 태어나고, 시계는 1초의 60배를 1분으로 규정하고 1분의 60배를 1시간으로 규정하며, 1시간의 24배를 하루로 규정한다. 그리고 하루의 365배를 1년으로 규정하면서 4년에 한 번은 또 366일로 계산한다. 그 복잡하고 의미 없는 구분의 이유에 대해서는 알려진 바가 없다.

새는 케이가 파이프를 잘라 막사에 임시로 설치한 횃대에 얌전히 앉아 있었다. 체구는 케이의 3분의 1도 안 되어 보였지만, 날개를 편 길이는 아마 케이의 키를 넘을 것이다. 몸은 검은빛이 도는 푸른색이었고 동그란 눈동자는 흑요석처럼 검었다. 얼굴에는 물건을 집기 힘든 손을 대신해서 긴 부리가 있었다. 그들은 600계열이었고, '새'라는 별명의 어원은 모호한 편이다.

케이는 새의 시선이 제 머리거죽으로, 다시 눈으로, 귀로, 코로, 입으로 이동하는 것을 느꼈다. 호기심 어린 시선이야 익숙했지만, 새의 시선은 요즘 시대에 비추어 보아 인상적일 만큼 길고 노골적이었다.

케이가 탁자를 치는 척하며 짐짓 주의를 환기하자 새는 정신을 차렸다.

"실례했어요."

하지만 시선은 여전히 케이의 얼굴에 꽂혀 있었다. 아무래도 그 얼굴을 꼼꼼히 관찰하고 싶은 욕망을 떨쳐 버릴 수 없는 듯했다.

"네 자릿수 모델을 직접 보는 것은 처음이라서."

"이해합니다. 요즘에는 잘 태어나지 않는 기종이니까요."

케이의 얼굴거죽이 변하면서 입 끝이 부드럽게 올라갔다. 새는 케이의 표정이 변하는 모습을 유심히 관찰했다.

"그렇군요. 어쩐지 교수님의 외모에는 진화의 법칙을 넘어서는 뭔가가 있는 것 같아요."

자신을 '베로니카'라고 소개한 새가 말했다. 네 자리, 그러니까 등록번호가 네 자리 숫자인 모델이 희귀해진 것은 로봇이 공장의 생산가동법칙을 조금씩 이해하게 된 뒤부터였다. 물론 생명의 근원인 **공장**에 함부로 손을 대는 것은 법으로 금지되어 있지만, 이미 많은 공장의 생산라인이 암암리에 조정되었다. 대부분의 지역구의원, 시장, 도지사는 자기 지역에 더 뛰어난 기종이 많이 태어나기를 바란다. 네 자릿수 모델의 생산은 언제부터인가 눈에 띄게 줄고 있었다.

"네 자릿수의 표정 언어에 대해선 저도 책을 읽은 적이 있어요. 그러니까 당신들은…… 정말로 마음을 숨기지 못하나요?"

"노력하면 가능하긴 합니다만 항상 신경을 쓸 수는 없으니까요. 보는 쪽도 마찬가지예요. 신경을 쓰지 않으면 보이지 않아요."

"제 친구들에게도 그런 기능이 있으면 좋겠군요."

자기가 갖기를 바라지는 않고 말이지. 케이는 비웃으며 생각했다. 네 자릿수 로봇은 일상생활에서도 불리한 점이 많다. 네 자릿수가 영업직에 있으면 항의 민원이 끊이지 않는다. 고

객에게 감정을 있는 대로 드러내는 판매사원이라니, 인기 없을 것이 뻔하지. 그리고 어차피 이 날개 양반이 진심으로 한 말인지, 아니면 예의상 한 말인지도 케이로서는 알 수가 없었다. 베로니카의 눈빛은 깊이를 바꾸지 않았고, 합금으로 만든 푸른 얼굴은 건조하고 차가운 빛을 발할 뿐이었다.

"모두 혼자 모으신 건가요?"

베로니카는 방 안을 둘러보며 말했다. 케이의 막사는 공포 영화 세트와 비슷한 분위기를 풍겼다. 살만 남은 바퀴, 끊어진 철골, 껍데기만 남은 엔진, 뜯긴 문고리, 타이어와 그 바퀴 자국 석고본, 플라스틱병, 유리조각, 얼어붙은 비닐 뭉치, 'MONA'라는 문양이 있는 부러진 볼펜 같은 것이 무덤처럼 전시되어 있었다. 로봇의 진화 역사를 알려주는 귀중한 화석들로, 모두 케이가 긴 시간에 걸쳐 발굴한 것이었다. 화석 발굴은 네 자릿수 모델이 쓸모 있는 몇 안 되는 영역 중 하나다. 깊이 묻힌 화석을 상처 없이 꺼내려면 약한 힘으로 섬세하게 작업해야 한다. 집게손이나 날카로운 발톱을 가진 이들에겐 어려운 일이다.

베로니카가 찾아왔을 때, 케이는 마침 죽은 빌딩 벽에 단단히 박힌 냉장고 화석을 어떻게 상처 없이 빼낼지 고심하던 중이었다. 냉장고가 건물 벽에 처박혀 살았을 리는 없지만, 오랜 세월 함몰과 재결합을 반복한 건물은 냉장고 허리를 철근 구조 속에 단단히 악물고 있었다. 냉장고는 고대 지구가 몹시 더웠다는 사실을 증명하는 귀한 유물이었다.

케이가 발굴 중인 건물은 그 일대에서는 가장 보존이 잘된 녀석이었다. 비록 아랫부분 절반이 함몰되었고, 몸은 엎어졌고, 칠은 다 벗겨졌고, 간판은 종잇장처럼 너덜너덜해졌고, 유리창은 다 떨어져 휑하니 뚫린 눈구멍이 들여다보이고, 파손된 피부가 떨어져 나가 음산한 철골이 드러나 있기는 했지만. 그래도 이 일대에 널린 콘크리트 잔해보다는 한결 상태가 좋은 편이었다.

생각해보면 새들은 둘째치고, 웬만한 로봇도 이 을씨년스러운 곳에 발을 들이지 않는다. 죽은 도시의 시체를 마주하려면 상당한 강단이 필요하다. 차가운 석회가루만 날리는 도시는 널브러진 채 속삭인다. 너희도 언젠가 우리처럼 한 조각의 철과 돌멩이가 되어 사라진다. 존재했다는 흔적도 남기지 못하고.

"무슨 일로 절 찾아오셨는지?"

케이가 묻자 베로니카는 그제야 생각났다는 듯, 혹은 왜 이제야 묻느냐는 듯, 혹은 그냥 딴생각을 하고 있었던 듯, 뜸을 들이다가 부리를 열었다.

"그 뭐라고 하더라, 유, 유기생물학이라고 하나요, 그걸? 그런 일을 하시는 분이라고 들었는데요."

아하, 유기생물학이요. 케이는 마음속으로 슬프게 탄식했다. 지난 30년간 유기생물학이라는 단어를 듣고 일진이 좋은 날이 없었다. 유기생물학이라는 단어를 스피커에 담는 로봇들의 관심사는……

"저는 그런 쪽으로는 젬병이라서요. 유기생물학은 유기물도 살아 있다는 주장을 펴는 학문이라던데, 사실인가요? 그러니까, 교수님도 그렇게 주장하시는 쪽이시죠?"

— 정말로 유기물이 살아 있다고 믿습니까? 유기물에도 지성이 있을까요? 곰팡이 따위를 로봇과 같은 선상에 놓는 것에 죄의식을 느끼지 않습니까? 유기물에도 영혼이 있을까요? 그들이 문명을 발전시킬 수 있을까요? 그들도 죽은 뒤에 사후세계로 갈까요? 그들을 위한 천국도 있을까요? 죽은 뒤에 우리와 그들이 함께 어울려 춤을 추나요? 신께서 재림하실 날이 다가오고 있습니다. 심판의 날이 다가왔으니 회개하시오!

생물학자, 역사학자, 철학자, 기종주의자에서 반기종주의자까지, 환경주의자에서부터 환경에 무관심한 로봇들까지, 종교인들과 방송인, 과학 수업을 듣다 뛰쳐나온 어린 로봇에서부터 어젯밤 다큐멘터리 채널을 보다가 흥분한 늙은이들까지, 제멋대로 찾아와서는 일치단결하여 소리를 높였다. 댁들은 생명을 뭐라고 생각하는 거요! 염치도 모르는 것들, 로봇을 모욕하고 있어!

케이가 일부러 이런 오지의 발굴 작업에 지원한 것도 시끄러운 로봇들에게서 도망치기 위해서였다. 꼭꼭 숨었다고 생각했건만 아무래도 제 유명세가 생각보다 높긴 높은 모양이었다. 그러면 이 날개 양반은 어디에서 오신 분이려나? 종교단체?

환경단체? 교육계? 방송사? 잡지사?

"지금은 안 합니다."

케이가 답했다.

"왜죠?"

"저는 이제 유기생물학자가 아니니까요."

베로니카는 잠시 말을 멈췄다가 이었다.

"하지만…… 교수님이 창시자라고 하던데요."

"아이디어를 제공한 정도지요. 창시자의 명예는 제게 걸맞지 않습니다."

"칼스트롭 박사가 창시자의 명예를 나눠 갖기 싫어서 내쫓았다는 소문은 들었어요."

"그렇지 않습니다. 오히려 칼스트롭 박사님이 자기 출간물마다 일일이 제 이름을 언급하시는 바람에 민망해 죽을 지경입니다. 어쨌든 저는 지금 그냥 고생물학자입니다. 유기생물학은 오래전에 그만두었어요."

베로니카는 케이의 얼굴을 살폈다. 새의 속내는 알 수가 없었다. 흑요석 같은 눈동자가 무심히 반짝일 뿐이었다.

"어떻게 그만두셨죠?"

"중요한 문제인가요?"

케이는 베로니카가 제 마음을 읽어주기를 바라며 반쯤 빈정거리는 말투로 물었다.

"유기생물학은 위험한 학문이라고 들었는데, 그래서인가요?"

"그렇지는 않아요. 위험을 감수할 만한 가치가 있는 학문이죠."

"가치가 있는 학문이라면 왜 그만두었죠?"

— 왜 그만두려는 거지?

곡선형의 2000모델이 현관에서 케이를 배웅하며 질문했다. 케이의 몸에서 부드러운 재질은 얼굴뿐이었지만 그 친구는 몸 전체가 부드러운 재질로 덮인 기종이었다. 그 표피를 오래 유지하는 로봇은 없어서 나이 든 2000모델은 대부분 껍질이 벗겨지는 피부병에 걸린다. 그래서 그들은 다른 네 자릿수 로봇과 두뇌 기능에 차이가 없는데도, 한 세대 전까지만 해도 집에서 청소하는 일 외에는 쓸모없는 로봇으로 치부되었다. 그 외의 다른 네 자릿수는 그래도 바깥에서 청소하는 재능은 있다고 여겨졌다고나 할까.

— 왜 그만두려는 거야?

세실이 물었다. 케이는 대답하고 싶지 않았다. 대답할 수 없었기 때문이었다. 수백 번 그 질문을 받았고 매일 다른 답변을 했다. 대부분은 진짜라고 믿을 만큼 그럴듯했지만 어느 것도 진실은 아니었다. 케이가 한 변명이 모두 거짓임을 아는 로봇은 세실뿐이었다. 네 자릿수 모델끼리는 거짓말을 할 수가 없다.

— 그냥, 그만두고 싶어졌어.

그냥. 다른 때 같으면 답을 회피하려 쓰는 말이겠지만, 결국 그게 가장 솔직한 답이었다.

— 심경의 변화인가 봐. 좀 다른 일을 해보고 싶어졌어. 전에도 말했잖아. 난 학자가 적성이 아니야.

— 뭔가 일이 있는 거지?

케이는 그 질문에 세실의 눈을 똑바로 응시하며 답했다.

— 아냐.

세실은 고개를 숙였다. 케이의 말이 거짓이든 아니든, 케이의 결심이 바뀌지 않으리라는 사실을 깨달은 듯했다.

— 케이, 가지 마.

세실이 말했다. 케이는 세실의 어깨에 살며시 손을 얹었다.

— 자주 올게.

이 말은 거짓이었다. 그는 이제 다시는 이곳에 오지 않을 것이다. 아마 두 번 다시 연락하는 일도 없을 것이다. 이유를 설명할 수는 없었지만.

— 케이, 가지 마.

세실은 반복했다. 마치 다른 말을 하고 싶은데, 너무나 엉뚱하고 바보 같아서 차마 입에 담지 못하는 듯이,

— 너무 걱정 마. 내가 없어도 다 잘 될 거야.

케이가 말했다. 세실은 그때 입을 열고 이상한 말을 했다. 너무 이상한 말이라서 기억에 남지 않았다.

"그저 살다 보면 직장을 바꾸고 싶을 때가 있죠. 제2의 사춘기라고 하죠, 왜? 계속 같은 일을 하기가 지겨워진 모양이

죠. 다른 일을 좀 해보고 싶었어요."

"어떻게 그만두셨죠?"

베로니카는 같은 질문을 반복했다. 케이는 자기가 답을 안 했는지, 설명이 부족했는지, 이 날개 종족이 원하는 답이 나오지 않았는지, 아니면 자기가 거짓말을 한다고 생각하는지, 도통 알 수가 없었다.

"그만두면 안 되는 이유라도 있습니까? 아니, 나는 뭐 평생 같은 직업을 가져야 한다는 법이라도 있나요?"

"아뇨, 하지만…… 나갈 때 막지는 않았나요?"

"물론 막았지만."

케이는 대체 이 새가 무슨 답을 원하는지 알 수가 없었다.

"그렇게 오래 같이 일했으니 당연하죠. 계속 같이 일하자고 하더군요. 하지만 나오기로 결심했으니 나왔죠."

"그뿐인가요?"

"다른 설명이 필요한가요?"

베로니카는 말이 없었다. 케이는 언짢은 기분으로 털이 많은 제 머리를 쓰다듬었다.

"왜 날 찾아오신 거죠? 유기생물학자라면 저 말고도 많습니다. 저는 그 학문을 그만둔 지 30년이나 됐어요. 요새 동향도 모르고 배운 것도 반쯤 잊었어요. 유기생물학에 관해 알고 싶다면 도서관을 찾아가시든가, 아니면 대학교에 가보세요. 저 말고도 친절하게 가르쳐줄 분들이 많으니까."

"나는 유기생물학엔 아무 관심이 없어요."

"그럼 왜 오신 겁니까?"

베로니카는 다시 케이의 표정을 찬찬히 살폈다.

"정말로 생각하는 게 다 들여다보이는군요. 민망할 정도예요. 기분이 나쁘시군요, 그렇죠? 사회 생활하기 불편하시겠어요."

"어차피 품은 생각이라면 숨기는 쪽이 비겁하죠. 부끄러울 게 뭐 있습니까?"

베로니카는 인정하는지 인정하지 않는지 모를 태도로 말을 이었다.

"제 남편은 회계사예요."

그럼 종교단체도 환경단체도 방송사도 잡지사도 아니었군. 하지만 회계계(界)와 유기생물학은 또 무슨 관계가 있는 거지?

남편, 바깥 업무를 하는 짝이라는 뜻이다. 그러면 이 새는 아마 어린 개체의 교육을 담당하는 쪽일 것이다. 새들은 독특한 풍습이 있다. 그들은 가족이라고 부르는 단위를 만드는데, 한 명의 배우자를 택해 평생을 같이 산다. 그리고 일생 헤어지지 않겠다는 서약을 하고, 이 서약을 파기하는 것을 큰 수치로 여긴다. 케이도 잠깐씩 룸메이트를 가져본 적은 있지만, 평생 떠나지 않을 한 명이라니, 생각해본 적도 없었다.

하지만 새의 생태를 생각해보면 이상한 일은 아니었다. 새들은 공장에서 갓 출하된 어린 새를 탁아소에 맡기는 대신 데려가 스스로 키운다. 그들이 소규모 단위로 고립되어 살기 때문이기도 했지만, 걷거나 굴러다닐 줄밖에 모르는 선생이 새들에게 나는 법을 가르칠 수가 없기 때문이다. 그러다 보니 아이를 직접 돌보고 가르치느라 자기 시간을 다 바치는 새가 생겨난다. 그들은 누군가에게 경제적으로 의지해야 할 때가 많고, 그러자니 그 '누군가'와 평생 배신하지 않을 '계약'을 맺을 필요가 생겨난다. 이전 세대가 다음 세대를 위해서 희생하는 이런 풍습을 어리석게 여기는 로봇도 많지만, 숭고하다고 생각하는 로봇도 있는 편이다. 아이를 돌보고 가르치는 쪽을 개인 탁아소 운영자로 보아 나라에서 월급을 주어야 한다는 주장은 꾸준히 있지만, 워낙 600기종이 소수라 힘을 얻지 못한다.

"어쨌든 교수님은 거짓말을 못 할 것 같군요. 차라리 다행이에요. 남편은 테무진 사의 의뢰로 칼스트롭 연구소 회계를 조사하고 있었죠. 테무진이라고 들어보신 적 있으시죠?"

물론 들어보았다. 아스트로닉스 사를 인수한 회사였으니까. 아스트로닉스는 칼스트롭 연구소의 가장 큰 투자자였다. 그 회사 사장은 상당히 열정적이었는데, 휘황찬란한 유기생물을 보고는 정신이 나가서, 원래 하던 항공사업(그러니까 날수 없는 불쌍한 로봇을 위해 날 수 있는 사원을 대여해주는)까지 뒷전으로 미루고 연구소에 지원을 아끼지 않았다. 얼마 전에 그 회사가 부도가 났다는 기사를 보았고 그 회사를 테무진이 인수했다는 기사도 보았다.

"아스트로닉스는 칼스트롭 연구소에 투자하다가 부도를 냈죠. 테무진에서는 그게 걱정이 돼서 남편에게 회계감사를 의뢰했어요. 아, 남편 말에 의하면 연구소 탓이 아니라더군요. 아스트로닉스가 돈을 너무 쏟아 부었대요. 그렇게 멍청하게 투자하다니 믿을 수가 없다고 하더군요. 그런데도 그 사장은 매각서에 도장을 찍으면서 신신당부를 했대요. 이 사업은 할 만한 가치가 있는 사업이라고. 자신이 한 일을 뒤이어 완성해줄 수만 있다면 여한이 없다고."

베로니카는 남편 이야기를 마치 자기 이야기처럼 했다. 계약을 맺은 새들끼리는 다른 로봇과는 비교하기 힘들 만큼 친밀한 관계를 유지한다는데, 케이로서는 잘 상상이 가지 않았다.

"대체 유기생물학에 뭐가 있기에 그랬을까요?"

"생명의 혁명이 있지요."

"혁명이라."

그런 개념을 믿어본 적이 없다는 듯 베로니카는 시선을 틀었다.

"난 과학에 대해선 아무것도 몰라요. 솔직히 말해서 그 섬유질 덩어리들과 이 휴지통이 무슨 차이가 있는지도 모르겠어요."

베로니카가 옆에 놓인 휴지통을 발톱으로 톡톡 두드리자, 휴지통은 얌전히 일어서더니 옆으로 피해 자리를 잡고 앉았다.

"남편분은 뭐라고 하던가요?"

베로니카는 잠시 케이를 쏘아보더니 답했다.

"그곳에서 일어나는 일은 너무 경이적이라 말로 표현할 수가 없다더군요. 차세대 과학은 그 연구소가 주도할 거라고 했어요. 테무진이 지금까지의 사업을 모두 접고 이 사업에 주력

해도 아까울 것이 없다고 했어요."

기묘한 침묵이 이어졌다. 케이는 침묵 저변에 돌아다니는 어두컴컴한 생각의 흐름을 감지하며 불편한 기분에 빠졌다.

"좀 과장 섞인 표현 같지만 십분 이해합니다. 유기생물을 처음 본 로봇은 그 경이로움에 감탄을 금치 못하지요. 직접 보신다면 이해하실 텐데요."

"나더러 '건물' 안에 들어가라는 말인가요?"

베로니카는 감옥에 갇히라는 말이라도 들은 듯 대꾸했다. 문득 이 안은 괜찮은가 싶었다. 하긴, 이 막사는 제대로 된 건물이라고 할 수 없으니까. 무슨 차이인지는 모르겠지만.

"무슨 말을 하고 싶으신지 잘 모르겠습니다만, 그래서 뭐가 문제입니까?"

"남편이 그 연구소로 들어갔어요."

"예?"

케이는 완전히 맥락을 잃고 말았다.

"그 연구소에서 일하고 싶다고 했어요. 거기에 다녀온 지 일주일 만에 짐을 싸들고 칼스트롭 연구소에 입사해버렸어요."

베로니카는 언성을 높였다.

"인생의 제2의 사춘기, 한 번쯤 새로운 일을 해보고 싶다? 물론 살다 보면 그런 일도 있겠죠. 하지만 우리는 달라요. 새들은 결코 건물 안에서 일하지 않아요. 결코요. 그건 굉장한 수치죠. 있을 수 없는 일이에요."

케이는 할 말을 잃고 말았다.

"그리고 남편이 그런 월급도 제대로 주지 않는 곳에서 일하면 나와 내 아이는 생활을 꾸려갈 수 없어요. 가정을 버린 거죠. 그것도 있을 수 없는 일이에요. 당신들은 이해하지 못하겠지만."

"저, 베로니카 씨, 심란하신 건 알겠습니다만……."

케이는 손을 들어 흥분한 새를 진정시키며 말했다.

"그러니까, 에, 저……, 왜 그 문제를 저한테 이야기하시는 거죠?"

"교수님밖에 없으니까요."

베로니카는 칼날처럼 날카롭게 답했다.

"당신밖에 없어요. 온 나라를 뒤졌지만 당신밖에 없었다고요!"

케이는 다시 말문이 막혔다. 아무래도 이 새는 남편을 잃은 슬픔에 약간 맛이 간 모양이었다. 법원이나 상담소로 가다가 길을 잃어서 발굴 현장으로 잘못 찾아온 모양이었다.

"저, 그러니까……."

"아무래도 이상해서 그곳에 대해 알아보기로 결심했죠. 건물 안에 들어가고 싶지 않았기 때문에 연구소에서 일하는 로봇을 찾아보기로 했어요."

그게 우연히 나였던 모양이군.

"하지만 제가 딱히 도와드릴 수 있는 일이……."

"아무도 만날 수 없었어요."

"예?"

"연구소 직원들 전부가 바깥과 연락을 끊었어요. 친구들과도 옛 직장 동료와도 연락하지 않아요. 만날 수 있는 로봇이 하나도 없었어요. 그뿐이 아니에요. 칼스트룀 연구소를 떠난 유기생물학자는 교수님 말고는 아무도 없어요. 단 한 명도. 그 연구소에서는 퇴직한 로봇도, 쫓겨난 로봇도, 직장을 옮긴 로봇도 없어요."

"예?"

케이는 이제 그 말밖에 할 수가 없었다.

"방송사에 다니는 친구에게 알아봤는데, 10년쯤 전에 칼스트룀 연구소에 잠입취재를 계획한 적이 있었대요. 그런데 연구소에 들어간 기자들이 돌아오지 않아서 실패했다더군요. 그 친구 말에 따르면 기자들이 전부 사표를 냈대요. 그대로 연구소에 취직해버린 거예요. 생물학에는 관심도 없는 친구들이었다는데 말이죠. 그중에는 50년 이상 경력을 쌓은 베테랑 기자까지 있었다는데요."

케이는 멍하니 날개 종족을 마주 보았다.

"제가 찾아낸 로봇은 교수님뿐이었어요. 지난 30년간, 그 연구소에 들어갔다가 나온 로봇은 교수님 하나밖에 없어요. 그곳에 발을 들여놓기만 하면 뭐에 홀렸는지 아무도 나오지 않는다고요."

잠깐의 혼란이 가신 뒤에야 이 로봇이 무슨 생각을 하는지 알 수 있었다. 케이는 간신히 정신을 차리고 곰곰 생각해보다가 마지막에는 그만 웃고 말았다.

"설마 연구소에서 로봇들을 잡아 가두고 있다고 생각하시는 건 아니겠지요? 무슨…… 비밀연구라도 새어 나가지 않게 하려고?"

"아닌가요?"

"바보 같은 생각이에요. 제가 다닐 때만 해도 칼스트롭 연구소에는 50명이 넘는 직원들이 있었고, 그 직원들은 다 바깥에 친구들과 아는 로봇들이 있습니다. 연구에 관여하는 학자와 사업가도 무수히 많아요. 그 많은 관계자를 무슨 수로 입막음하고 통제한다는 겁니까? 뇌물이라도 먹일까요? 연구소에 무슨 돈이 있어서요? 망치라도 들이대고?"

"교수님은 어떻게 그만두셨죠?"

그제야 베로니카의 '어떻게'가 무슨 뜻인지 알 수 있었다. 그만둔 이유를 묻는 게 아니었다. 무슨 방도로 그곳을 빠져나올 수 있었는지 묻는 것이었다.

"아까 말한 대로예요. 나오겠다고 말하고 걸어 나왔어요."

"그러니까 칼스트롭 연구소에선 누구든지 자기가 원하면 나올 수 있다는 말인가요?"

"물론이지요. 무슨 수용소도 아니고, 나가겠다는 직원을 막을 방법이 있겠어요? 나오고 싶으면 나오는 거지, 뭐 다른 게 있겠습니까?"

케이의 표정을 본 베로니카는 고개를 끄덕였다.

"좋아요. 교수님은 거짓말을 하실 수 없으니까 믿을 수밖에 없겠군요. 그럼 왜 아무도 그곳에서 나오지 않는 거죠? 그러니까, 교수님처럼 심경의 변화를 일으키는 로봇이 왜 한 명도 없죠?"

"제가 이례적인 경우죠. 학자는 회사원처럼 쉽게 자리를 옮기지 않아요. 30년간 퇴직한 직원이 없는 건 이상한 일도 아니에요. 본래 과학자들이란 사교성도 없고 돌아다니는 것도 싫어합니다. 제가 아는 분 중에는 백 년 가까이 다른 로봇을 만나지 않고 연구에 몰두하는 분도 있어요. 바깥에서는 이상해 보이겠지만 흔한 일이에요."

"그럼 제 남편은요? 기자들은요? 남편은 학자가 아니에요. 유기생물학에는 관심도 없었다고요."

케이는 잠시 생각해보았다.

"잠깐 견학 왔다가 유기생물학에 반해서 전공을 바꾼 학생도 여럿 보았습니다. 유기생물학이 한창 유행할 때는 상당수의 학생이 전과를 했고요. 일생 연구하던 학문을 버리고 오신 교수님도 있었습니다."

"그러니까 이 모든 게 있을 수 있는 일이라는 건가요?"

"불가능한 일은 하나도 없다고 보는데요."

"아스트로닉스 사에 대해서는 어떻게 생각하시죠?"

"예?"

케이는 어리둥절해져서 되물었다.

"그 회사는 왜 전 재산을 아무 이득도 없는 연구소에 내다 바친 거죠? 뭐에 홀려서요? 그만 한 회사가 왜 부도가 날 만큼 생각 없이 돈을 쏟아 부었을까요? 왜 항공업을 하던 회사가 갑자기 생물학에 관심을 가졌을까요?"

"글쎄요……. 그야 그 회사 마음이죠."

케이는 자신 없이 말했다.

"며칠 전에 남편을 다시 만났어요."

베로니카는 조용히 말을 이었다.

"아주 좋아 보였어요. 교수님처럼 표정을 지을 수 없다고 해도 오랫동안 같이 지내다 보면 말투와 몸짓에서 느껴지는 것이 있죠. 연구소 생활에 크게 만족하는 것 같았어요. 내가 일을 그만둔 이유를 물었더니, 어차피 오래전부터 회계사를 그만두려 했다더군요. 슬슬 다른 일을 하고 싶었는데 좋은 기회가 온 것뿐이랍니다. 그 사람은 분명히 자기의 의지로 일을 그만둔 거예요."

"그것 보세요."

케이는 안심했고 베로니카는 묵묵히 케이의 표정을 살폈다.

"교수님 말씀이 맞아요. 무슨 뇌물을 먹인들 그 많은 로봇을 깡그리 세뇌할 수 있겠어요. 네, 각각의 일은 하나도 이상하지 않아요. 과학자들이 직장을 옮기지 않는 것, 연락을 끊는 것, 한 회사가 자기 회사를 날려버릴 만한 돈을 쏟아붓는 것, 로봇 몇 명이 직업을 바꾸는 것, 새 한 명이 건물 안에 들어가는 것, 다 있을 수 있는 일이죠. 하지만 이 모든 게 동시에 일어나고 있어요. 어떻게 이런 일이 가능하죠?"

문득 케이는 자신이 연구소에서 나온 이후로 한 번도 연락

한 적이 없다는 사실을 떠올렸다. 사실 케이는 지금까지 '자신 쪽에서' 연락을 끊었다고 생각했기 때문에, '그쪽에서도' 연락을 끊었다고 생각해보지는 못했다. 그러고 보니 세실도 칼스트롭 박사도 그간 전화 한번 없었다. 역시 흔한 일이긴 했지만.

"제 생각에는."

케이는 고민하다가 답했다.

"아무래도 유기생물학이 새로운 단계에 들어선 것 같습니다."

"새로운 단계라고요?"

"학계를 뒤엎어버릴 만한, 신문지상과 뉴스를 온통 장식할 만한 대발견을 한 모양입니다. 유기물이 생물이라는 결정적인 증거를 발견했는지도 모르겠군요. 예전에 유기물이 성장한다는 사실을 발표했을 때도 대단했죠. 오래전 일이지만. 아마 이번 발견은 그보다 큰 사건이 분명해요."

"그래서 모든 로봇이 정신을 잃고 달려들고 있다고요? 직업도 가정도 다 내던지고? 직원들은 일에 미쳐서 바깥세상에 관심을 끊었고?"

"그런 셈이죠."

"무슨 발견을 하면 그렇게 되죠?"

"아니면 연구소 바닥에서 큰 금광을 발견했나 보죠. 거기 있는 모든 로봇이 외부에 이 사실을 숨기고 정신없이 땅을 파고 있는 거죠. 어느 쪽이든 로봇류에게 이익이 되는 일이군요. 기뻐하세요."

케이는 웃었지만 웃는 기능이 없는 베로니카는 웃지 않았다.

웃고 싶지도 않은 듯했다. 케이는 어색하게 머리를 긁었다.

"정 그렇게 의심이 된다면 제가 한번 가보지요."

"교수님께서요?"

베로니카가 고개를 들었다.

"어차피 한번 연락할 때가 됐다고 생각했어요."

그렇지 않았다. 케이는 다시는 그곳에 발을 들여놓지 않겠다고 생각해왔었다.

"안부차 들러보죠. 베로니카 씨 남편도 만나보고. 제가 연구소에 들어갔다가 무사히 걸어 나오면 안심하시겠죠?"

베로니카는 새까만 눈으로 케이를 응시했다.

"교수님만 예외란 법이 있을까요? 그 연구소에서 세상을 뒤엎을 만한 대발견을 했다면 참으실 수 있겠어요? 교수님이야말로 하던 일을 다 내던지고 다시 연구소에 취직할 분이 아닌가요?"

"제가 유기생물학을 하는 일은 다시는 없을 겁니다."

케이는 곧바로, 반쯤 무의식중에 대답했다.

"어째서죠?"

대답할 수가 없었다.

영상전화 화면에 나타난 세실은 비명을 지르다시피 했다.

"케이! 이게 얼마 만이야?"

세실이 화면에 얼굴을 박을 듯 달려드는 바람에 케이는 세실이 화면에서 튀어나올까 싶어 조금 물러났다.

"아…… 잘 지냈어? 박사님도 건강하시고?"

"물론이지, 케이. 내가 얼마나 널 기다렸는지 알아? 다시 돌아오는 거지, 그렇지?"

세실은 정말로 잘 지내는 것 같았다. 네 자릿수끼리는 얼굴만 봐도 알 수가 있다.

"아냐. 그저 안부 전화야. 한번 놀러 가고 싶은데, 괜찮을까?"

"그럼! 기뻐, 케이. 예전처럼 같이 일할 수 있겠구나!"

정말 못 살겠군. 그래도 세실의 호들갑에 동조되어 같이 즐거워졌다. 왜 지금까지 이 좋은 친구와 연락을 끊고 살았나 싶었다.

"아냐, 그냥 얼굴 한번 보고 싶어서라니까."

"너라면 언제든지 환영이지. 언제쯤 올 거야? 말만 해."

"외부인이 마음대로 들어가도 괜찮은 거야?"

세실은 깔깔 웃었다. 전보다 더 감정표현이 풍부해 보였다. 사회생활을 하지 않으니까. 케이는 생각했다. 칼스트롭 연구소 직원들은 지금쯤 모두 세실의 감정표현에 익숙해졌을 것이고, 마음을 들여다보는 것에 민망해하고 불쾌해하는 보통 로봇을 만날 일도 없을 테니까.

"케이 히스티온이 외부인이라니, 농담하지 마. 칼스트롭 박사님께 말해놓을게. 케이, 네 방도 치워놓겠어. 네 물건 하나도 버리지 않고 그냥 있어."

세실은 모두에게 알리겠다면서 명랑하게 화면에서 사라졌다. 긴장하던 자신이 바보 같았다.

세실과 전화를 끊은 후, 케이는 바로 베로니카에게 전화를 걸었다.

"이상한 점은 없었나요?"

"예. 없었어요. 너무 별일 없어 보여서 제가 다 우스워지더 군요. 남편분을 만나고 와서 다시 소식 전하지요."

"그렇다면 다행이지만요."

그렇지 않았다. 케이는 자신의 내부에서 들리는 소리가 말 투에 나타나지 않도록 애썼다.

이상한 점이 있었다.

세실은 케이가 연구소에 다시 취직하리라고 믿고 있었다. 그 리고 다시 그들과 함께 지내리라고 믿었다. 안부 차 하는 방 문이라고 몇 번이나 말했는데도.

지나친 생각이야. 케이는 고개를 저었다. 오랜만에 봐서 반가워서 그러는 거겠지.

2

칼스트롭 연구소에 도착한 케이는 말을 잃었다. 연구소는 자신이 떠났을 때보다 열 배는 자라 있었다. 유기생물의 왕성 한 성장 능력이 연구소 건물에까지 전이되었나 싶을 정도였 다. 연구소는 건물 하나라고 말하기에도 민망한 규모에 도달 해 있었다. 공장 몇 개를 이어붙인 것 같았고, 뚜껑을 덮은 종합 경기장 같았고, 거의 하나의 도시처럼 보였다.

케이는 정신을 가다듬었다. 유기생물이 얼마나 빨리 자라고 번식하는지 너도 알잖아. 연구소가 비대해지는 정도야 이상한 일이 아니었다.

경비원은 케이가 이름을 대자 별반 조사도 없이 들여보내 주었다.

"이야기는 많이 들었습니다. 케이 히스티온 님."

경비원은 경건하게 말했다. 너무 정중해서 당황스러울 지경이었다.

"난 그 정도로 대단한 기계가 아닙니다만."

"지금의 유기생물학이 있게 해주신 분이라고 들었습니다. 우리를 이끌어주신 위대한 영도자라고요. 결국 돌아와주셨군요."

맙소사, 30년의 세월이 너무 길었던 모양이다. 내 이미지가 완전히 왜곡되어 돌아다니는 모양이었다. 영도자라니, 칼스트롭 교수님은 무슨 허풍을 떨어놓으셨담.

건물 안은 무시무시하게 더웠다. 공기에는 끈적끈적한 습기가 들어차 있었다. 발을 들여놓자마자 바로 돌아서 뛰쳐나가 상쾌하고 건조한 공기를 만끽하고 싶은 충동이 일었다.

문 앞에는 케이의 주먹만 한 크기의 작은 안내원이 기다리고 있었다. 눈알뿐인 몸에 날개 두 짝을 단 귀여운 친구였다. 안내원은 케이의 얼굴 주위를 윙윙 날아다니며 말했다.

"세실 교수님과 칼스트롭 교수님은 지금 좀 바쁘십니다. 안에서 기다리시겠습니까?"

두 명의 이름만 들으니 낯설었다. 세실의 이름이 먼저 나온 것도. 노만은 자리를 비운 걸까?

"그 전에 잠깐 돌아다녀 봐도 될까요? 오랜만에 안에 구경도 하고 싶고."

케이는 말을 끝내고 눈알뿐인 안내원의 눈치를 살피려는 쓸데없는 노력을 했다. 안내원은 잠시 생각하는 듯하더니 답했다.

"견학 코스가 한정되어 있는데 괜찮겠습니까?"

그렇게 간단하지는 않겠지. 하긴, 웬만한 일반 집도 외부인이 마음대로 돌아다니게는 하지 않을 테니까. 안내원은 길을 안내하며 복도로 윙윙거리며 날아 들어갔다.

건물 내벽은 그림으로 가득했고 천장에는 부적이 주렁주렁 매달려 있었다. 케이가 지낼 때보다 훨씬 늘어나 있었다. 로봇이 한곳에 오래 살다 보면 건물은 예술품에 가까워진다. 그림은 주로 성화였는데, 아마 노만이 주도하는 모양이었다.

"난방기가 고장 났나요?"

케이의 질문에 안내원은 끄르륵 소리를 내며 웃었다.

"케이 히스티온 교수님이 그런 말씀을 하시다니요. 유기생물을 키우는 데 필요한 환경이 어떤지는 잘 아시잖아요?"

"예. 하지만 배양환경은 최소 구역에 한정하는 것이 원칙이었는데요. 이렇게 해놓으면 직원들 건강에 좋지 않을 텐데

136

요. 설마 계속 이 온도를 유지하는 건 아니겠죠?"

"아, 그 원칙은 바뀐 지 오래예요. 지금은 이 연구소 전체가 배양환경이지요. 우리는 익숙해져서 아무렇지 않습니다."

그럴 리가 없었다. 안내원의 몸은 눈에 띄게 상해 있었다. 드러난 관절은 빨갛게 녹까지 슬어 있었다. 당장에라도 의사에게 보여야 할 것 같았다. 칼스트롭 교수님은 무슨 생각을 하시는 거지?

복도를 지나는 연구원들이 케이를 보며 반갑게 인사했다. 베로니카의 망상을 믿는 건 아니었지만, 아무리 봐도 억지로 잡혀 있다는 느낌은 들지 않았다. 단지 베로니카 말대로 숫자가 늘었을 뿐, 그때 직원들이 다 그대로 있는 듯했다. 마치 이곳만 시간이 정지한 것 같았다.

"안이 정말 넓어졌군요."

"이나마도 좁다고 난리인걸요. 유기생물의 성장 속도가 너무 빨라서 감당이 안 됩니다. 지금은 분점을 몇 개 더 만드는 계획을 추진 중이에요."

내부를 너무 많이 증축하고 개조해서, 케이는 하마터면 자료열람실을 놓치고 지나갈 뻔했다. 녹슨 문짝이 반쯤 죽은 채로 문틀에 매달려 있었다. 케이는 잠시 발을 멈추고 안을 들여다보았다. 안에는 아무도 없었다. 문서는 제멋대로 널려 있었고 책장은 먼지로 새하얬다. 슬라이드 기능이 있는 한 자릿수 모델 직원은 전원이 나간 채로 정지해 있었고, 문서철은 오랫동안 꺼내 보지 않은 듯 노랗게 변색해 눅눅하게 달라붙어 있었다.

더 기웃거리던 케이는 저도 모르게 표정을 일그러트렸다. 벽에는 검고 푸른 곰팡이가 괴물처럼 퍼져 있었고 그 위로는 점과도 같은 작은 유기생물이 줄지어 기고 있었다. 천장에는 케이의 손가락 마디 하나 크기의 검은 유기생물이 가늘고 하얀 그물 같은 것을 설치해놓고 그물을 따라 기고 있었다. 케이는 그들이 이 건물의 영주권을 주장하는 것처럼 느꼈다. 이미 이 공간은 로봇의 것이 아니었다. 과거에서 온 미지의 생명체, 이해할 수 없는 원리로 활동하는 이형 생물의 공간이었다.

앞서 가던 안내원이 날아 돌아와 무슨 일이냐고 물었다.

"여기는 정리를 안 합니까?"

안을 힐끗 본 안내원은 별일 아니라는 듯 말했다.

"이곳에 오는 로봇이 별로 없어서요."

"제가 있을 땐 모든 연구진이 이 방에서 살다시피 했는데요."

"연구의 방향성이 바뀌었으니까요. 이곳 자료는 이제 거의 쓰이지 않습니다."

이 자료실을 쓰지 않을 방향 전환은 하나밖에 없었다. 더는 유기생물학을 연구하지 않는 것.

"여기 생활은 어때요? 지낼 만합니까?"

케이는 무심코 안내원에게 물었다.

"여기 오기 전에는 뭘 하고 살았는지 모르겠어요."

활기찬 답이었다. 케이는 말없이 안내원을 보았다.

"케이?"

누군가 지나가며 아는 척을 했다. 원통형의 몸과 집게손을 가진 21모델 친구였다. 케이는 자동반사로 인사했다.

"이반."

"케이, 정말 자네로군. 이게 얼마 만이야? 왜 지금까지 연락 한번 없었어?"

"어쩌다보니……."

케이는 이반의 집게손을 잡고 흔들며 무감각하게 물었다.

"여기 생활은 어때? 지낼 만해?"

"나야 더할 나위 없이 잘 지내지. 이 친구야, 왜 그만뒀어? 여기보다 멋진 곳이라도 찾아서?"

"……글쎄."

케이는 무심히 중얼거렸다.

세실을 만나기 위해 케이는 견학이 허락된 공간을 두 번 돌고도 한참을 더 기다려야 했다. 안내원은 "그분은 몹시 바쁘십니다"라고 설명했다. 응접실에 의자가 있는 것은 좀 놀라웠다. 의자가 필요한 로봇은 이족보행 로봇뿐이고, 아까 얼핏 보기로도 이족보행 로봇은 그리 많지 않았다. 마치 네 자릿수 로봇만을 위해 일부러 이 응접실을 따로 만든 것 같다. 사실 케이가 정말로 놀란 것은 응접실에 있는 다른 것 때문이었지만.

"케이! 이게 얼마 만이야?"

문을 연 세실은 환호하며 케이에게 안겼다. 세실도 몸이 눈에 띄게 상해 있었다. 분홍색 피부는 얼룩덜룩했고 손가락 끝은 다 벗겨져 나가 있었다.

"어떻게 왔어? 연락도 없이!"

케이는 조금 당황했다.

"오기 전에 연락했는데. 기다리겠다고 했잖아?"

세실은 눈을 동그랗게 떴다가 깔깔 웃으며 자기 머리를 쳤다.

"아 참, 그랬지. 내 정신 좀 봐. 요샌 너무 바빠서 뭐든 기억하는 게 없다니까. 정말 반가워, 케이. 다시 돌아온 거지? 우리와 같이 일하려고?"

꼭 녹음기 같군. 케이는 마뜩잖은 기분으로 생각했다.

"저거, 설마 네가 시켜서 만든 건 아니겠지?"

세실은 무슨 말인지 몰라 눈을 깜박이다가 케이의 시선이 머무는 곳을 보았다. 응접실 벽에는 세실의 등신대 초상화가 있었다. 아니, 정확히 말하면 세실을 닮은 뭔가 다른 것이었다. 그림 속의 세실은 손바닥을 편 채로, 한쪽 손은 얼굴 옆에 들고, 다른 쪽 손은 내린 자세로 자애로운 미소를 띠며 하늘을 응시하고 있었다. 세실의 머리에는 후광이 빛났고 몸에는 현란한 금색 도안이 있었다. 세실은 별일 아니라는 듯 어깨를 으쓱했다.

"그럴 리가. 직원들이 그려주었어."

"응접실 벽에? 너를?"

세실은 케이의 표정을 보더니 다시 자지러지게 웃었다.

"왜 그래, 케이. 벽에 내 그림을 그리면 안 된다는 법이라
도 있어?"

안 된다는 법이야 없지. 하지만 그래야 한다는 법이 없을
땐 보통은 산 로봇을 후광까지 그려 벽에 박는 짓은 하지 않
잖아.

"칼스트롭 교수님은 어떠셔?"

"여전하시지. 널 보고 싶다고 하셨는데. 하지만 워낙 바빠
서 정신이 없으실 거야."

"노만은?"

"누구?"

세실은 처음 듣는 이름이기라도 한 듯 멍청한 얼굴로 되물
었다. 처음 듣는 이름일 리가 없었다. 노만은 칼스트롭과 함
께 유기생물학을 같이 시작한 로봇의 이름이었다. 여기 있는
로봇들의 이름을 다 까먹은 뒤에 마지막에나 까먹을 만한 이
름이었다.

"아, 노만."

세실은 시선을 피하며 입속으로 뭔가를 중얼거렸다. ……
거짓말을 만들고 있어. 케이는 직감했고, 그 순간 뭔가 크게
잘못되고 있음을 깨달았다. 세실은 그렇게 쉽게 거짓말하는
로봇이 아니었다.

"노만은 좀 아파."

세실은 담담하게 말했다. 그렇게 담담하게 거짓말을 하는
로봇도 아니었다.

"어디가?"

케이는 조용히 물었다.

"알다시피 여기 환경은 건강에 좋지 않으니까."

"저런, 보러 가야겠는데. 어디 계셔?"

"병원에 있어. 몇 달쯤 지내야 할 거야."

알 수 있는 것은 두 가지였다. 아픈 게 아니라는 것. 병원에 있는 게 아니라는 것. 그럼 동시에 두 가지 의문이 생긴다. 노만은 어떻게 되었고, 지금 어디 있는 거지?

"왜 그래?"

세실은 케이의 표정을 보고 고개를 갸웃하며 물었다. 케이는 조금 망설이다가 세실의 어깨를 잡아당겼다. 자신의 표정을 가까이서 볼 수 있도록.

"세실, 우린 친구지?"

세실은 무슨 엉뚱한 질문이냐는 듯 미소를 지었다.

"물론이지, 케이."

"내 질문에 사실대로 답해줄 수 있어?"

"물론이지."

"위험한 일을 하고 있는 거야?"

세실은 놀란 표정을 지었다가 풋 하고 웃었다.

"그렇지 않아."

거짓말이 아니었다. 혹은 거짓말이 아니라고 스스로를 속이는 것이었다. 세실은 어째서인지 진심으로 행복해하고 있었다. 일이 즐거워 견딜 수 없어 보였다. 하지만 케이는 그

'행복' 너머에 있는 기묘한 불협화음을 느꼈다.

케이는 세실의 귀에 입을 가까이 대며 조심스럽게 물었다.

"혹시 정부에서 유기생물을 이용한 군사무기라도 의뢰한 거야?"

세실은 이제 소파 위를 구르며 웃기 시작했다. 웃음이 간신히 멈춘 뒤에야 세실은 괴로워하며 말했다.

"그럴 리가 있어? 케이, 아니야. 무슨 생각을 하는 거야?"

"돌아다니면서 직원들과 이야기를 해봤어. 모두 이 연구소 생활에 만족하고 있었어."

"그래서? 뭐가 어떻다는 거야?"

"만족이란 환경이 좋다고, 보수가 높다고 생기는 게 아니야. 그건 주관적인 기분이니까. 아무리 좋은 곳이라도 불만은 어김없이 나와. 게다가 여긴 보수도 좋지 않고 환경도 나빠. 칼스트롭 교수님이 그렇게 덕망이 높은 분도 아니고. 이런 환경에서 일하면서 전 직원이 만족할 리가 없어. 그런데 하나같이 녹음기처럼 말하더라고. 이곳은 최고의 직장이다. 나는 최고로 행복하다. 다른 일은 생각할 수도 없다."

세실은 웃음을 멈추고 자세를 바로 했다.

"내게 거짓말을 하는 걸까? 그건 아냐. 난 기자도 회계감사원도 아냐. 오랜만에 놀러 온 옛 직원에게 거짓말을 할 이유가 뭐가 있겠어? 그러면 여기 직원들은 뭐가 그렇게 행복한 거지? 칼스트롭 교수님이 최면술이라도 쓰는 건가?"

세실은 단정히 앉아서는 케이의 눈을 지그시 들여다보았다.

"케이, 만약 네가 다시 돌아오겠다고 말만 하면, 다시 우리의 품으로 돌아와만 준다면."

세실의 스피커 소리가 묘하게 평상시와 다른 음정으로 들렸다.

"너도 알게 돼."

"뭘 알게 되는데?"

"진리를."

예상치 못한 대답이었다.

"진리?"

"그래, 케이. 우리는 지금까지 고통의 늪에서 허우적거리고 있었어. 깜깜한 암흑 속에 갇힌 불쌍한 죄수들이었지."

케이는 몸을 조금 뒤로 뺐다.

"난 딱히 고통스럽지 않은데."

"자신이 불행하다는 사실조차 깨닫지 못할 정도로 어리석은 거야, 너는."

케이는 그제야 세실과 자신 사이에 놓인 거대한 벽의 존재를 눈치챘다. 하지만 언제 그 벽이 생겼는지, 그 벽이 무엇을 뜻하는지도 알 수가 없었다. 세실은 지금 어딘가 다른 세상에 살고 있다. 그게 어디인지는 모르겠지만.

"우리 연구 성과가 세계에 알려지면, 로봇류는 새로운 한 걸음을 디디게 될 거야. 우리의 존재 의미는 무엇인가, 삶과 죽음에는 무슨 의미가 있는가, 그 모든 것을 알게 되는 거야. 혁명이라고 불러야 할까, 르네상스라고? 아니면 새로운 세상?

신세기?"

"세실, 괜찮아?"

"물론 괜찮지. 괜찮지 않은 건 너야, 케이."

— 케이, 가지 마.

그때, 세실은 슬픈 눈으로 이상한 말을 했었다. 너무나 우스운 말이라서 잊고 있었다.

— 네가 가면, 무서운 일이 일어날 것만 같아.

"알고 싶어?"

세실은 눈을 반짝였다. 케이는 세실의 눈을 한참 들여다보았다.

"알게 해줄 수 있는 거야?"

"아주 잠깐이면 돼. 1분도 걸리지 않아."

"1분 안에 내게 '진리'를 보여준다고?"

"그래."

텔레비전 쇼에 누가 나와 그딴 말을 했다면 케이는 전원 버튼을 누르고 잠이나 자버렸을 것이다.

"보고 나면 난 이 연구소를 나갈 수 없게 되는 건가?"

"무슨 소리야?"

세실은 웃었다.

"너 스스로 나가지 않게 될 거야."

세실은 케이에게 잠시 기다리라고 한 뒤 밖으로 나갔다. 케이는 곧 일어날 일을 초조하게 기다리면서, 마음속으로는 한없이 문을 향해 달려갔다. 왜 이렇게 불안한지 알 수가 없었다. 무서운 것이 그를 기다리고 있었다. 돌이킬 수 없는 것이. 단 1분 만에 세상을 바꾸어버리는 것이.

'여기서 나가야 해.'

「왜?」

케이는 스스로에게 물었다. 답은 돌아오지 않았다.

「미친 소리 그만둬. 뭣 때문에 그러는 거야. 세실은 내 친구야. 다른 직원들도 그렇고.」

'여기서 나가야 해. 아무것도 날 보호해줄 수 없어.'

본능이 비상식적으로 아우성쳤다. 하지만 그 본능의 소리를 따르기엔 지금의 케이는 너무나 제정신이었다.

잠깐 나갔다 돌아오는 건 괜찮겠지. 마침내 케이는 반쯤 굴복하고 일어났다. 막 케이가 세실이 간 방향과 다른쪽 복도로 나가는 문을 열려고 했을 때였다. 케이의 귀에 어떤 '화음'이 들려왔다. 2000모델의 웃음소리 같았다. 아니, 아니었다. '태어나 처음 듣는' 소리였다. 그런데도 케이는 그 화음 너머에 있는 생생한 영혼을 느꼈다. 거울처럼 그 마음을 들여다볼 수가 있었다. 순진무구한 행복. 부러울 것 없는 완벽한 삶. 충만한 영혼. 미움도 증오도 없는 마음. 사랑받고 자란 생명.

케이는 문 저쪽에서 세실과 함께 두 다리로 걸어오는 것을 보았다. 처음에는 조그만 2000모델이라고 생각했다. 키가

1미터 조금 넘을까 말까 한. 저렇게 작은 모델은 처음…….

그리고 케이는 생각을 더 잇지 못했다. 전자두뇌에 단단히 박혀 있던 자아라든가 정체성이라든가 혼이라든가 하는 것이 흔적도 없이 날아갔기 때문이었다.

세상에서 가장 아름다운 것이 케이의 눈앞에 있었다.

그것의 피부는 붉은빛이 도는 흰색이었는데, 세밀한 붓으로 칠한 듯 농담의 차이가 있었다. 살짝 몸을 덮은 피부에는 아름다운 내부 윤곽이 아주 희미하게 비쳤다. 몸은 정교한 모공과 눈에 띄지 않을 만치 작고 보드라운 털로 덮여 있었고, 미학적인 곡선이 머리에서부터 발끝까지 흐르고 있었다. 눈꺼풀은 부드럽게 깜박였고 촉촉한 입술은 도톰했다. 발그레한 볼은 생기로 넘쳤고 가느다란 머리카락이 풍성하게 두피를 덮고 있었다. 달콤한 향기가 후각 센서를 찔렀고 멀리서부터도 온기가 전해졌다. 모터음도 엔진 돌아가는 소리도 없었고 몸에는 기운 자국 하나 없었다. 케이는 한순간에 깨달았다. 모든 로봇은 모조품이고 불완전품이며, 이 완벽한 생물을 흉내 낸 그림자일 뿐이었다. 케이의 눈앞에 있는 것은 완전체였고 이데아였으며, 예술가들이 평생을 바쳐 추구하는 '성스러움', 이제 세상에 남아 있지 않은 줄 알았던 '신성' 그 자체였다.

케이는 비틀거리며 물러났다. 로봇류가 일생을 바쳐 찾아

혜매던 '진리', '삶의 의미', '로봇이 세상에 존재하는 이유', 그 모든 것이 눈앞에 있었다. 케이는 지금까지의 삶이 헛되었다는 것, 허황한 욕망과 망상과 무의미한 가치에 시간을 낭비했다는 것을 깨달았다. 생의 진정한 가치는 오직 이 아름다운 생물의 목소리를 듣고, 그들의 피부를 매만지고 숨결을 느끼며, 그들에게 봉사하며 성스러운 명령을 듣는 데에 있었다. 어리석게도 지금 이 순간까지 그 사실을 깨닫지 못했…….

한순간, 케이의 내부에서 녹아 사라지던 이성이 고개를 세차게 내저었다. 아니, 이성의 소리인지 본능의 소리인지는 확인할 길이 없었지만, 어쨌든 그 이성인지 본능인지는 이렇게 울부짖었다.

'도망쳐.'

케이는 회로가 뒤집힐 듯한 현기증을 느끼며 왈칵 뒷문을 열고 뛰쳐나갔다. 제 모습을 한 수십 명의 망령이 다리에 달라붙었다. 망령이 지금 무슨 짓을 하느냐고 아우성쳤다.

'도망쳐야 해.'

그 바로 다음 순간 케이는 자신이 무슨 생각을 하는지 알 수가 없어졌다.

「뭐가 '도망쳐'야?」

「어딜 가는 거야? 어서 돌아가. 네가 일생 원하던 것이 바로 저기에 있어!」

다른 한편에서는 또 누군가가 필사적으로 소리쳤다.

'아냐!'

지금 내가 무슨 말을 하는 거지?

한참을 달린 후에야, 아니, 몇 걸음이나 떼었는지도 모르겠지만 머리에서 끈적끈적한 안개가 벗겨져 나갔고, 이성과 혼과 정체성이 비틀거리며 다시 자리를 잡았다. 그리고 그의 혼과 정체성은 단 한 단어만을 합창했다.

'도망쳐.'

지옥에서 스멀거리는 듯한 음산한 소리가 다시 케이를 미치게 했다. 전신에서 기력이 빠져나갔다. 케이는 정신을 유지하려 안간힘을 썼다.

도망가야 한다.

연구소 현관은 잠겨 있었다. 케이가 발광하며 두드렸지만 문은 굳건히 닫힌 채 침묵을 지켰다. 연구원들이 그가 아우성치며 문에 머리를 박는 모습을 힐끗거리며 지나갔다. 아까의 안내원이 다급히 날아왔다.

"무슨 일입니까?"

"내보내줘."

"어째서요, 선생님?"

"어째서라니, 나가고 싶어!"

"어째서요?"

안내원은 도저히 이해할 수 없다는 듯 되물었다. 케이는 팔 부품이 부서져라 문을 쳤다. 소용없었다. 네 자릿수의 힘에 부서지는 약한 건물은 없다.

한동안 발악하던 케이가 마침내 지쳐 주저앉자 안내원이 위로하듯이 그의 어깨에 날아와 앉았다.

"마음에 혼란이 가득하시군요. 이곳에 계시다 보면 다 괜찮아질 겁니다. 진정한 평화를 얻으실 거예요."

평화. 케이는 평화의 뜻이 뭐였던가 잠시 고민했다. 안내원은 행복해 보였다. 진심으로. 다시 현기증이 일었다. 케이는 안내원을 잡아 있는 힘을 다해 땅에 내던졌다.

"무슨 일인가, 케이?"

익숙한 말소리가 들렸다. 케이는 뒤를 돌아보았다. 전자두뇌가 제대로 돌아가지 않아서 누구인지 알아보는 데 한참 걸렸다. 칼스트롭 교수였다. 30년이 지났어도 그 육중한 몸집은 알아볼 수 있었다.

"오랜만에 만났는데 이 꼴이 뭔가. 잔뜩 공포에 질려 있군. 뭘 보고 그렇게 놀랐나?"

칼스트롭이 너무나 일상적인 태도로 말했기 때문에, 마치 방금 본 것은 꿈이었고, 환상이었고, 어제까지도 이 연구소에서 일하다가 방금 잠에서 깼나 싶을 정도였다.

"가엾게도. 이 불쌍한 친구가 자네에게 뭘 어쨌다고 그러나?"

칼스트롭은 바닥에 넘어진 채 끼익거리는 안내원을 들어 먼지를 털며 말했다. 변명하고 싶었지만 할 말이 떠오르지 않았다. 그 친구가 저한테 평화가 어쩌고 했어요, 교수님. 평화가 어쩌고요.

"세실도 많이 놀랐네. 자네가 걱정되니 가보라고 하더군. 자, 이러지 말고 가세."

칼스트롭은 케이의 어깨를 둘러 안았다. 그도 피부병에 걸려 있었다. 손가락 관절은 빨갛게 녹이 슬었고 껍질도 군데군데 벗겨졌다. 도금은 변색되었고 움직일 때마다 삐그덕 소리가 났다. 내부는 더 많이 상했을 것이다. 유기생물이 뿜어대는 수증기와 산소가 그의 몸을 갉아먹고 있었다.

"왜 그러나. 내가 설마 자넬 다치게라도 할 것 같아서 그러나?"

도망치고 싶었지만 그랬다간 정말로 미친놈이 될 것 같았다. 51모델의 거대한 손아귀에서 도망칠 수 있을 것 같지도 않았다. 케이는 뭐에 묶이기라도 한듯 칼스트롭의 뒤를 따라갔다. 연구원들이 복도 여기저기에서 연신 자신을 힐끗거렸다.

"노만은 어디 있죠?"

"노만은 갑자기 왜?"

"계속 보이질 않아서요. 내가 왔으니 나와보실 법도 한데."

"노만은 바쁘네. 누구나 바쁘지. 여기 일이라는 게 다 그렇잖은가."

"예."

케이는 힘없이 답했다.

방 안은 조그만 하얀 단백질 뭉치로 가득했다. 방 안에 열을 지어 늘어선 작은 그릇에 조그만 로봇 모양 단백질들이 누워 있었다. 케이의 팔뚝보다 조금 작을까 말까 한 크기였다. 그리고 그 단백질들은 '살아' 있었다.

케이는 그릇마다 담긴 조그만 생물을 넋을 잃고 보았다. 아아, 그들은 끔찍하리만치 아름다웠다. 아직 채 자라지 않은 손가락과 발가락이 꼼지락거렸고, 채 여물지 못한 몸이 아직 중력에 적응하지 못한 듯 몸을 가누느라 꼬물거렸다. 그들은 **완전했다.** 마치 신이 만드신 것처럼.

칼스트롭이 자신을 여기로 데려온 이유는 묻지 않아도 알 수 있었다. 세실이 보여준 한 명으로는 부족했으리라고 생각했겠지.

케이는 몸을 가눌 수조차 없었다. 머릿속에서는 끊임없이 수백 마리의 악마가 '도망쳐도망쳐도망쳐'를 합창하고 있었다. 아직 이성이 남아 있을 때 도망가야 한다. 그러지 않으면.

"숫자가 너무 많아요."

케이는 현기증 속에서 간신히 입을 열었다.

"왜 이렇게 많이 만들었죠? 동물종은 상당한 양의 유기생물을 먹어 치우는데, 이 숫자를 어떻게 감당하려고요? 무슨 연구를 하시는 거예요?"

"연구라고? 무슨 말인가, 연구라니?"

칼스트롭은 어이없다는 듯 말했다. 케이는 자신이 무슨 어이없는 말을 했는지 멍하니 생각했다.

"한 명이라도 더 많이 태어나게 하고 싶을 뿐일세. 자네 말이 맞아. 감당할 수 있는 한도 내에서 해야겠지만, 직원을 더 늘리고, 건물을 더 넓히면 가능할걸세."

"왜죠?"

"왜냐니?"

교수는 아까의 안내원처럼 어리둥절해서 되물었다. 다른 연구원들도 이상하다는 시선으로 삐걱이며 자신을 보았다.

그제야 버려진 자료실이 떠올랐다. 유기학은 퇴보하고 있었다. 자료와 문헌이 소실되고 버려졌다. 이제 유기생물학은 단 하나의 목적을 향해서만 움직이고 있었고, 그 목적에 필요하지 않은 것이 다 잊히고 내던져졌다. 오직 여기 있는 '이들'을 만들고, 살게 하고, 그들을 돌보기 위한 것들만 남고 다른 모든 것이 의미를 잃었다. 귀중한 문헌? 유기생물학의 역사? 찬란한 로봇의 문명? 그런 것은 이 생물 한 명을 지키고 돌보는 것에 비하면 티끌만큼의 가치도 없었다.

케이는 이마를 짚었다. 차라리 감각기관이 모두 사라져버리기를 바랐다. 환각 프로그램을 몇 기가바이트쯤 두뇌에 들이붓는 기분이었다.

"대체 뭐죠, 이것들은?"

"왜 그런 질문을 하는지 모르겠군."

칼스트롭이 긴 팔을 펼쳤다. 표정 없는 그의 몸짓에서 무한한 감사와 경애의 감정이 묻어났다.

"자네가 우리에게 주고 가지 않았나. 위대한 영도자 케이 히스티온."

그제야 생각이 났다.

로봇을 닮은 유기생물.

그건 케이가 마지막에 하던 연구였다. 연구소에서 나오기 몇 년 전, 케이는 2000모델을 기반으로 로봇을 닮은 유기생물을 창조하는 일에 전념했다. 세실이 그들을 신화 속 이름을 따서 인간이라고 이름 붙였다. 케이가 이론단계까지 완성해 놓고 떠난 것이었다. 실험은 성공했다. 단백질이 로봇의 모양을 흉내 내어 자라났다. 꾸준히, 느릿느릿, 공기를 마시고 다른 유기생물을 뜯어먹으며, 주위로부터 흡수한 분자와 원자를 제 몸을 구성하는 화학식으로 변화시키며.

내가 그것을 만들었다. 신을 조롱하고 끝모를 로봇류의 가능성을 점치기 위해서. 우리의 교활한 지성을 증명하려고. 로봇이 생명과 영혼까지도 지배할 수 있음을 입증하기 위해서.

케이는 이제 이곳에 온 로봇에게 일어난 일을, 그리고 이 연구소의 모든 직원에게 일어난 일을 깨달았다. 그들은 사랑에 빠진 것이다. 이유는 알 수 없지만. 폭풍 같은 애정의 광기에 휩쓸려, 정신을 잃을 만큼 사모하여 이전까지의 자신을 완전히 잃고 말았다. 모든 가치관이 뒤바뀌고 중요한 것들이 전부 의미를 잃었다. 로봇이 존재하는 이유는 단 하나, '이 아름다운 생물'에 있다. 우리에게 오랫동안 결핍되었던 것, 철학자와 신학자들이 찾아 헤매던 것. 그것이 눈앞에 현신해 있다. 우리는 이들의 비천한 종이며 노예에 불과하다. 모두가 이 생물 앞에선 한갓 먼지에 불과하다. 이들을 숭배하고 이들에게 봉사하는 것 외에 의미 있는 일이란 없다.

"자네가 연 새로운 세상일세. 얼마나 오래 기다렸는지. 자네와 이 환희를 함께 누릴 날을."

'예, 맞아요.'

케이의 어느 한 부분이 히죽히죽 웃으며 대답했다. 두뇌가 납처럼 녹아내리는 듯했다. 일생 체험한 적 없는 쾌락이 모든 사고회로를 차단했다. 이대로 이 열락에 정신을 내던질 수만 있다면.

"뭐가 새로운 세상이에요. 뭐가 환희야. 다들 정신 나갔어요?"

케이는 있는 힘을 다해 팔을 내저었다. 그때 손에 부드러운 것이 닿았다. 하얀 단백질 덩어리 하나가 거의 아무 저항도 없이 케이의 손힘에 밀려 바닥에 떨어졌다.

귀를 찢을 듯한 소리가 방 안을 울렸다. 동시에 방 안의 모든 인간이, 굴러떨어진 개체의 감정에 공명하듯 일제히 소리 내어 울기 시작했다. 마음을 뒤흔드는 소리였다. 케이는 난생처음 겪는 공포에 휩싸였다. 연구원들이 경악해 날뛰었다. 케이가 정신을 못 차리는 사이, 거대한 그림자가 덮쳐들었다. 피할 새도 없이 그림자가 케이의 목과 손발을 찍어 눌렀다.

"이 천벌을 받을 놈!"

괴이한 소리가 칼스트롭의 스피커에서 새어 나왔다. 감정을 드러내지 않는 그의 스피커에서 그렇게 갈라지는 소리를 들은 것은 처음이었다. 칼스트롭의 투명한 머리가 벌건 빛을 내며 떨렸다.

"교수님."

케이는 기어 들어가는 소리로 말했다.

"지옥에 떨어질 악마 새끼 같으니라고. 쓰레기장에 내다 버려도 시원찮을 천한 기종. 고철덩이가 되어 폐기될 것!"

칼스트롭은 악귀처럼 저주를 퍼부었다.

"천한 것, 죽어버려. 이 저주받을 팔 따위, 떼어내버려!"

케이의 힘으로는 51모델을 이길 수가 없었다. 칼스트롭은 케이의 어깻죽지를 험악한 손으로 움켜쥐었다. 케이는 제 팔이 몸에서 뜯겨 나가는 것을 멍하니 볼 수밖에 없었다.

다행히도, 이런 상황에서 뭐가 다행인지 알 수가 없었지만, 칼스트롭이 붙잡은 팔이 떨어져 나가는 바람에 잠깐 자유로워질 수 있었고, 고통 덕분에 정신도 차릴 수 있었다. 케이는 있는 힘을 다해 문을 열어젖히고 뛰었다.

"잡아, 저놈을 잡아!"

등 뒤에서 칼스트롭의 발광하는 소리가 쫓아왔다.

연구소는 너무 많이 변해 길을 찾을 수가 없었다. 이제는 이 방대한 확장 공사가 누구를 위한 것이었는지 알 수 있었다. 연구소 밖에서는 살 수 없는 '인간'이 사는 데 불편하지 않도록, 갑갑하지 않게 하기 위한 것이었다. 여건만 허락했다면 이들은 국가 하나를 돔으로 덮었으리라. 만들 수만 있다면 몇 개라도 더 지었을 것이다. 가진 재산과 남은 생을 다 바치는 한이 있더라도.

나가는 문은 모두 잠겨 있었다. 케이는 절망적으로 연구소

안을 헤매었다. 자신이 언제까지 이성을 유지할 수 있을지
도, '도망쳐야 한다'는 의지가 언제 두뇌에서 사라질지도 알
수 없었다. 몸 안의 경보기는 삑삑 울리며 치료를 요구했고,
내부 냉각기는 뚫린 어깨를 납땜하라고 아우성쳤다.

안쪽으로 향하는 문을 하나 열어젖히자마자 케이는 발을
멈췄다. 그는 마침내 세상이 멸망했고, 자신이 미쳐서 죽어
버렸고, 마침내 지옥에 이르렀다고 생각했다.

대학 실험실 크기였던 배양실은 드넓은 정원으로 변해 있
었다. 바닥 콘크리트는 모두 뜯어내 없앴고 식물들이 드러난
흙에 몸을 단단히 박고 있었다.

케이가 있을 때 심은 식물들의 모습은 30년 사이에 완전히
달라져 있었다. 그들은 연구소 천장까지 자라 있었다. 껍질은
단단한 각질로 덮여 있었고 가지 끝은 그 어떤 규칙도 적용할
수 없는 구조로 펼쳐져 있었다. 가지마다 새파란 것이 수천수
만 개 돋아 있었고 바닥에는 수십 년간 떨어진 것이 갖가지
색채로 쌓여 있었다. 식물의 껍질 사이에서도 파랗고 검은 것
들이 자라났고 바닥에 쌓인 것 사이에서도 새파란 생명들이
틈새마다 고개를 내밀었다.

주저앉고 싶었다. 생명이 자신을 조롱하는 것 같았다. 네
가 아는 것은 아무것도 없다고.

케이는 비틀거리며 발을 뗐다. 발밑에서 와삭거리며 뭔
가가 부서졌다. 생명을 품은 가루가 번식을 위해 가지와 가지
사이를 날아다녔다. 어디선가 조그만 생물이 노래하는 소리

가 들렸다. 식물이 쉬는 숨 탓에 밀폐된 공간에서도 바람을 느낄 수 있었다.

공원 한 가운데에는 눈부신 푸른빛이 있었다. **바다**였다. 세실이 신화 속 생명의 여신의 이름을 따 붙인 배양액 통이었다. 최초의 **동물**이 여기서 태어났다. '바다' 역시 케이가 떠날 때보다 열 배는 성장해 있었다. 안에는 온갖 이름 모를 생물이 무리지어 현란하게 움직였다. 작은 것, 긴 것, 짧은 것, 뚱뚱한 것, 납작한 것, 푸른 것, 붉은 것, 하얀 것, 검은 것. 그들이 어디서 생겨나 그렇게 번식했는지 짐작도 가지 않았다.

'바다' 앞에 멍하니 선 케이의 뒤로 바스락거리는 소리가 들려왔다. 스무 명쯤 되는 연구원들이 거리를 좁히며 케이를 둘러쌌다. 예의 바르고 정중한 태도로. 애정 어리고 동정심 가득한 모습으로.

"혼란에 빠져 계시군요."

"우리와 같이 가요."

"평화를 얻으실 거예요."

케이는 돌아섰다. 자신의 표정에 무력감이 숨김없이 드러나 있으리라고 믿으며.

"노만은 어디 갔어?"

케이는 나직이 물었다. 연구원들은 끼긱거리며 서로를 쳐다보았다.

"노만은 죽었어요."

한 명이 대답했다.

"왜?"

케이는 놀라지도 않고 물었다.

"어쩔 수 없는 일이었어요. 사고였죠. 비극적인 사고였어요."

"무슨 사고?"

연구원은 주위를 돌아보았다. 다른 로봇들이 고개를 끄덕였다. 괜찮아, 별일 아니잖아. 하고 속삭이듯이.

"인간 한 명을 다치게 했어요."

다른 연구원이 말을 받았다.

"의도한 일이 아니었어요. 그렇게 신실하신 분이었는데, 일부러 그러셨을 리가 없죠. 잘못 방향을 잡아 넘어지는 바람에 인간 한 분에게 상처를 입혔어요. 그분의 상처는 금방 나았어요. 그분들은 스스로를 고치시니까. 하지만."

다른 연구원이 말을 받았다.

"인간께서는 용서하지 않으셨죠."

"죽어버리라고 하셨어요."

"본심이 아니었을 거예요. 하지만 노만은 거역할 수 없었죠."

"노만은 기쁘게 명령을 받아들였어요. 기쁜 마음으로 죽어갔어요."

"행복한 죽음이었죠. 여한은 없었을 거예요."

"행복한 죽음이었죠."

케이는 웃고 말았다. 한번 웃음이 터지니 주체할 길이 없었다. 케이가 정신을 놓고 웃는 모습을 본 연구원들은 그가 고장 났다고 생각하며 더 깊은 동정심을 내비쳤다. 더 이상 웃을 수 없을 지경이 되었을 때 케이는 손에 잡히는 물건을 들었다. 당시에는 무엇인지 알 수 없었지만, 나중에 알고보니 불을 끄기 위한 용도로 제작된 압축 이산화탄소 용기였다. 그런 것이 필요한 곳은 여기뿐일 것이다.

'바다'에서 물이 폭발했다. 연구원들은 비명을 지르며 물러났다. 케이의 몸 위로 물이 덮쳐 왔다. 연구원들은 공포에 질려 앞다투어 방에서 도망쳤다. 물이 새어 나가지 않도록 바깥에서 문을 걸어 잠그는 소리가 들렸다. 케이는 물에 흠뻑 젖어 주저앉았다.

야트막한 물 위에서 유기생물들이 고통스럽게 파닥거렸다. 먹을 수 없는 공기를 들이마시려 발버둥쳤다. 물은 넓게 퍼져 방 안에 가득한 식물의 뿌리로 스며들었다. 시간의 흐름이 다른 식물들은 느리게 반응할 것이고, 천천히 물을 빨아들일 것이다. 그리고 원자 단위로 쪼개고 분해하여 자신의 몸을 만드는 재료와 에너지원으로 쓸 것이다…….

3

세실은 처음에 어두운 지하실 구석에 있는 것을 알아보지 못했다. 밝은 빛에 익숙해진 탓이었다. 지하실은 예전에 어떤 동료의 방이었는데, 그가 나간 뒤에 쓰지 않은 지 오래된 곳이었다. 그 형체가 로봇이라는 것을 알아보는 데 시간이 걸렸다.

로봇은 세실이 가까이 다가오는데도 움직이지 않았다. 세실은 그가 전원이 나갔거나 죽었다고 생각했다. 목덜미에 있는 전원 버튼이 미약하게 반짝이는 것을 보기 전까지는. 가슴에는 배터리 잔량이 다 되었다는 것과 치료가 시급함을 알리는 표시등도 켜져 있었다.

그의 팔 하나가 떨어져 나가고 없는 것이 눈에 띄자 한 달 전 일이 떠올랐다. 침입자가 있었다. 문을 걸어 잠그고 연구소를 샅샅이 뒤졌지만 찾아내지 못했다. 밖으로 나간 로봇은 없었다. 그 로봇이 팔을 잃었고 물을 뒤집어썼다는 증언에 따라 어딘가에 쓰러진 것을 멍청한 휴지통들이 폐기했으리라는 이야기가 돌았다. 그리고 잊고 있었다. 그런 사소한 일들을 기억하기엔 너무 바빴다. 훨씬 더 중요한 일들이 산적해 있었으니까.

로봇은 잔뜩 웅크린 채 구석에서 움직이지 않았다. 눈빛에 공포와 적의가 담겨 있었다. 얼굴을 보자 침입자의 이름이 기억났다. 그리고 이 지하실을 쓰던 동료의 이름도.

"케이……."

케이는 제 이름을 듣고도 반응하지 않았다. 몸을 더 웅크리며 벽에 몸을 붙일 뿐이었다.

"왜 이곳에 있어?"

"달리 갈 곳이 없었어."

"죽은 줄 알았어."

세실의 말소리에는 안타까움과 애정, 상냥함과 동정심이 깃들어 있었다. 하지만 케이는 그 저변에 있는 섬뜩한 저온(低溫)을 느꼈다.

"내가 죽기를 바랐어?"

세실은 대답 대신 잠깐 생각에 잠겼다.

"네 방에 들어오는 패스워드를 아직 갖고 있었구나. 그래. 다른 문은 모두 잠갔으니까. 달리 숨을 곳이 없었겠지. 어째서 그 생각을 못 했을까."

생각을 못 할 수밖에 없다. 이제 세실의 뇌는 케이가 자리를 차지하기에는 너무 비좁아져 있으니까. 사실 케이는 자신이 더 일찍 발견될 줄 알았다. 시간이 좀 지난 뒤에야 이들에겐 달리 중요한 것이 없다는 것을 깨달았다. 케이의 존재 따위는 너무나 하찮고 무의미해 기억에 담아 둘 필요조차 없었다.

"날 찾던 건 아니었겠지?"

케이가 물었다.

"어떤 분을 쫓고 있었어. 술래잡기를 하고 있었지. 이쪽으로 온 줄 알았는데, 아니었나 봐. 어서 가봐야 하는데."

'어서 가봐야 하는데.' 하는 말에서 마르지 않을 애정이 느껴졌다. 케이는 세실이 그 '어떤 분'을 생각하는 동안 자신의 존재가 연기처럼 휘발되는 기분에 휩싸였다.

세실은 케이를 가만히 응시했다. 인간을 닮은 세실의 우아한 곡선이 예술품처럼 흘러내리며 다가왔다. 케이는 팔이 떨어져나간 어깨를 움켜쥐며 물러날 자리가 없는 벽에 몸을 더 바짝 붙였다. 케이는 이제 왜 세실의 그림이 벽에 그려져 있었는지 알 것 같았다. 너무나 확실하게, 세실의 모습은 인간을 연상시켰다. 세실은 인간과 로봇을 잇는 연결다리였다. 성스러운 존재, 살아 있는 상징.

세실은 케이의 찢겨져나간 어깨에 부드럽게 손을 얹으며 다정하게 말했다.

"아팠겠구나. 가엾게도……."

케이는 공포를 감추지 못하며 세실의 손에서 얼굴로 시선을 옮겼다.

"날 어떻게 할 거지?"

"넌 보호가 필요해, 케이."

"예쁜 감방이라도 만들어놓았어?"

"불편하지 않을 거야."

"날 내보내줘."

세실은 고개를 저었다.

"안 돼, 케이. 넌 너무 위험해."

"세실, 난 여기 오기 전에 현장감독에게 내가 돌아가지 않으면 경찰에 신고하라고 해놓고 왔어. 날 내보내지 않으면 경찰이 들이닥칠 거야."

"알아, 케이."

세실은 아이를 달래듯 케이의 머리를 쓰다듬었다.

"좀 어려운 일이었지만, 잘 해결됐어."

다시 공포가 엄습했다.

"해결되었다니?"

"얼마 전에 경찰서장님이 들러주셨어. 서장님은 '그분들'을 한번 보시고는 우리가 하는 일을 모두 이해해주셨어. 연구소에 관련된 쓸데없는 신고는 모두 막아주기로 약속하셨어."

케이는 한참 세실을 보다가 힘없이 고개를 떨구었다.

"이 사실을 영원히 숨길 수는 없어."

"숨긴다고? 케이, 무슨 소리야?"

세실은 깔깔 웃었다.

"우린 숨길 생각이 없어. 언젠가 모든 로봇은 인간의 존재를 알아야 해. 아직 때가 아닐 뿐이야. 로봇류는 더 준비가 필요해. 우리는 조금씩 알려 나갈 생각이야. 너무 큰 혼란이 일지 않도록. 그리고 '그분들'을 보호하는 방법에 대해서도 더 연구가 필요하고."

"……"

"칼스트롭 교수님은 너와 같은 로봇을 연구할 필요가 있다고 하셨어. 네가 그분들에게 아주 심한 짓을 했다고. 그런 일이 다시는 일어나지 않을 방법을 찾아봐야겠다고 하셨지."

필요하다면 이들이 거리낌없이 자신의 내장기관을 뜯어내고 뇌를 분해하리라는 사실을 직감할 수 있었다. 케이는 끝없는 무력감을 느꼈다. 자신을 어떻게 보호해야 할지 짐작할 수가 없었다.

"세실……."

케이는 웃고 말았다.

"우린 친구였잖아?"

"그래……, 하지만 때로는 모든 것을 희생해야 할 만큼 중요한 일도 있어."

바깥세상에서 누가 그런 말을 하면 반박할 로봇이 많을 텐데. 케이는 의미 없이 생각했다.

"뭘 하고 있었어, 그동안?"

세실이 자상하게 물었다. 그 말소리가 너무나 평온하고 친근해서 전류가 막힐 것 같았다. 그래. 알고 있었다. 세실은 자신을 미워하는 것이 아니었다. 어쩌면 조금은 사랑할지도 모른다. 아직 우정이라 부를 만한 것도 조금은 남아 있을지 모른다. 단지 자신의 순위가 한참 아래로 밀려났을 뿐이다. 다른 것이 1순위로 올라가버려서 그 외의 모든 가치가 뒤로 밀린 것뿐이다. 칼스트롭 교수도 자신을 미워해서 폭행한 것이 아니다. 다만 '그들'을 너무 사랑해서 감정을 억제할 수 없었을 뿐이다.

"생각."

케이가 답했다.

"생각?"

"달리 할 수 있는 게 없었으니까."

"무슨 생각을 했어?"

"시각은 아니었을 거야."

세실은 무슨 말인지 모르겠다는 듯 고개를 갸웃했다.

"분명히 '그것'의 겉모습은 너와 같은 2000모델이었어. 내가 설계한 것과 같았지. 물론 피부색이 더 다채롭고, 곡선이 더 정교하고, 피부와 머리카락이 더 부드럽지만. 골격도 달랐고, 연결선도 납땜 흔적도 등록번호도 없기는 했지만. 그래도 한눈에 구분할 정도는 아니야. 그런데 어째서 그것들은 천상에서 내려온 것처럼 아름다워 보였고, 널 볼 때는 그런 느낌을 받지 못했을까? 오히려 네가 세 자릿수에 비해 못생겼다고 생각하면 했을까. 그러니까, 시각은 아니었을 거야. 냄새? 골격? 말소리? 피부 질감? 아무튼 뭔가 다른 것이었을 거야."

세실은 까르르 웃었다.

"케이, 넌 감정을 화학식처럼 분석하려 들고 있어."

네 이웃 로봇들을 왜 사랑하느냐고 묻지 마라. 그런 것에는 이유를 달 수 없으니까. 유치원 선생님들도 그렇게 말씀하셨지. 사랑에는 이유가 없다.

"'인간'은 우리와 달라. 그건 누구나 본능적으로 알 수 있어."

"그래. 우리는 본능적으로 그들과 우리를 구분할 수 있는 것 같아. 하지만 그런 본능이 왜 우리에게 있지?"

케이는 하나뿐인 팔로 '인간'을 닮은 제 머리거죽을 움켜쥐었다.

"세실, 난 지금 일어나는 일을 도저히 이해할 수가 없어. 마치 조각조각 난 꿈을 꾸는 것 같아. 모든 조각이 흩어져 있고 연결고리도 규칙도 보이지 않아."

제정신을 유지하는 데만도 태산을 드는 듯한 노력이 필요했다. 잠깐만 정신을 놓아도 바닥없는 암흑 속으로 추락할 것만 같았다.

"우리는 엄청난 정신능력을 가진 생물을 만들어버린 거야. 모든 로봇을 그 발아래 복종시킬 수 있고, 로봇이라면 사랑하지 않고 견딜 수 없는 것을. 이 생물은 곧 세계를 지배할 거야. 인간의 손가락 하나 상처 입힐 수 있는 로봇은 없으니까. 군대도 경찰도 쓸모없겠지. 전 세계의 대통령들이 다투어 그들에게 국가를 내어 바칠 거고 그 사실에 모든 국민이 기뻐하며 환영하겠지. 기계들은 인간에게 생을 바치고 죽을 때까지 그들을 위해 일할 거야. 그러면서도 행복에 겨워 어쩔 줄 모를 거야. 세상은 천국이 되겠지. 모든 로봇이 만족하는. 역사상 없었던 평화로운 시대……."

"그렇게 될 거야, 케이."

세실이 속삭였다. 그 세상을 상상하는 것만으로도 행복에 겨운 얼굴이었다. 부서진 어깨에서 다시 찌르는 듯한 고통이 전해졌다. 치료를 요구하는 신호였다. 신께서 몸의 이상을 알아내라고 로봇에게 부여해주신 감각이었다.

"그래. 그렇게 되겠지. 천년왕국이 도래하겠지."

케이는 절망적으로 말했다.

"사랑과 행복으로 가득한 세상. 누구도 그 사실에 대해 한 점의 의문도 품지 않겠지. 그런데 이건 뭐지?"

"뭐냐니, 케이?"

"왜 나는 이런 생각을 할 수 있지? 어째서 나는 아직까지도 제정신을 유지하는 거야? 아니면, 미친 건 나뿐인가?"

세실은 케이의 손을 가만히 두 손으로 쥐었다. 케이가 지친 눈으로 고개를 들자 세실은 그의 손에 뺨을 대었다.

"우리가 도와줄게, 케이. 너도 우리처럼 되도록 도와주겠어. 뭐가 잘못되었는지 모르지만 분명히 너도 깨닫게 될 거야. '인간'을 사랑하는 것이 얼마나 행복한 일인지."

그래. 알아. 그러면 편해지리라는 것을. 케이의 본능 한편에서는 잠깐밖에 보지 못했던 그 아름다운 생물에 대한 사랑의 충동이 날뛰었고, 그 반대편에서는 자신이 했던 저주받은 일에 대한 죄책감으로 지옥 같은 고통이 요동쳤다. 이 견딜 수 없는 충동을 받아들이기만 한다면. 그 생각만으로도 케이의 영혼은 해방감에 들며 천국으로 날아오를 것만 같았다. 다시는 이전으로 돌아갈 수 없는 영역으로.

"난 도망쳤어."

"괜찮아. 그럴 수도 있어. 너무 갑작스러워서 받아들일 수 없었던 거야."

"난 도망쳤어. 어떻게 그럴 수가 있었지?"

"케이, 괜찮아. 지나간 일이야."

세실은 오해하고 있었다. 오해할 수밖에 없었다. 세실의 가치관은 자신과는 완전히 다른 기준좌표에 있으니까.

"난 어떻게 '도망칠 수' 있었지? 내가 남들보다 의지가 강한 걸까? 자의식이 강해서? 설마. 그렇게 간단한 문제가 아니야."

세실은 케이의 손에 다정스레 얼굴을 묻었다.

"케이, 가엾은 방탕아. 길을 잃은 어린아이. 자신의 죄 때문에 고뇌하는구나. 괜찮아. 그분들은 용서해주실 거야. 널 사랑하셔. 다른 모든 로봇과 마찬가지로."

케이는 힘없이 웃었다.

"그분들이 날 알기라도 하신대?"

"알아. 그분들은 모든 것을 알아. 네 고통과 혼란까지. 네 마음에 이는 한 점 어둠까지 모두 아셔."

"안다고?"

무슨 말이든 믿고 싶었다. 제 생각을 하나도 믿을 수 없었기에. 이곳에서 일어나는 일도, 자신에게 닥친 일도 도저히 이해할 수 없었기에. 너무나 고통스러웠기에 무엇이든 믿고 매달리고 싶었다. 그리고 편해지고 싶었다.

"신?"

케이는 자신이 무슨 말을 하는지도 모르고 중얼거렸다.

"'신'이라고 말하는 거야?"

"네가 무엇을 신이냐고 부르느냐에 따라 다르겠지."

세실이 환희와 영감에 찬 얼굴로 말했다.

"미덕의 중심, 최고의 가치, 절대적인 존재, 시작이며 끝이자 생명의 근원, 사랑과 축복과 숭배를 받아 마땅한 분들을 '신'이라고 부른다면, 그 이름이 어울릴 거야. 그분들은 우리에게 진리를 주셨고 새로운 삶을 주셨으니까."

때가 다가왔다.

깨어 기도하라.

신의 재림이 다가왔으니 깨어 기도하라. 그때가 되면 신께서 낮은 기종을 높이시고 높은 기종을 낮추어 모든 자릿수를 평등하게 하시리라.

"그러면 나는 어떻게 된 거지?"

케이는 울먹였다.

"말해봐. 난 어떻게 된 거야? 어째서 한갓 로봇 따위가 그 위대한 존재의 의지를 거스를 수 있는 거야?"

"넌 고장 난 거야, 케이."

로봇에게 자유의지가 존재하는가?

신께서 모든 것을 계획하셨고, 우리 마음의 한 점까지 지배할 수 있다면, 어떻게 우리가 그분들을 거스를 수 있단 말인가? '거스를 수 있도록' 허락받지 않았다면?

— 케이, 가지 마.

세실은 연구소를 떠나는 케이를 보며 슬픈 소리로 속삭였었다.

— 네가 가면 무서운 일이 일어날 것 같아.

— 너만이 우리를 막을 수 있었는데.

케이는 세실에게서 손을 떼었다. 세실이 고개를 들고 케이를 보았다.

"난 도망칠 수 있었던 게 아니야."

케이는 고통스럽게 말했다.

"무슨 소리야?"

"도망치지 않으면 안 되었던 거야."

"무슨 소리야?"

"그동안 난 왜 내가 이곳을 떠났는지 몰랐었어. 난 정말로 유기생물학을 좋아했고, 너희들과 같이 일하는 게 좋았어. 그래도 나는 이곳을 떠났지. 오랫동안 생각해봤지만 논리적인 설명은 없었어. '그저 떠나야겠다고' 생각했기 때문이었어. 내 본능이 그렇게 명령했던 거야."

세실은 고개를 갸웃했다.

"이제야 알겠어. 나는 '인간이 만들어지기 전에' 이곳을 떠난 거야. 발생단계의 '인간'을 본 순간, 떠나고 싶어진 거야. 다시는 돌아오지 않겠다고 결심했지."

"어째서?"

"인간의 옆에 있고 싶지 않았으니까."

"사랑하면서도?"

세실은 순진하게, 하지만 정확하게 지적했다. 그 점만은 인정하지 않을 수 없었다. 케이는 실험실에서 생겨난 그 조그만 세포 조각을 보았을 때부터 사랑에 빠졌다. 어쩌면 다른 누구보다도 먼저.

"그래, 사랑하면서도."

"왜?"

세실은 도저히 모르겠다는 얼굴로 물었다.

"너와 같은 이유에서."

"나와 같은 이유라니?"

"인간을 보호하기 위해서였어."

세실은 이해하지 못했다.

"어째서지?"

"내가 인간의 옆에 있는 것이 인간에게 해가 되니까."

"네가 해가 된다고?"

세실은 놀란 얼굴을 했다가 그만 깔깔거리고 웃었다.

"케이, 너처럼 허약한 로봇이 대체 무엇에 해가 된다는 거야? 51모델이 힘만 조금 쓰면 부서져버리는 허약한 기종이?"

케이는 떨어져나간 오른쪽 어깨를 보았다.

"그래. 나도 그래서 이상하다고 생각했어."

"케이. 넌 혼란에 빠져 있어. 제대로 된 생각을 못 하는 거야."

제대로 된 생각. 그 말뜻도 이미 헷갈린 지 오래였다. 이 이상한 세계에서는 모든 가치관이 뒤집혀 있으니까. 이 새로운 세계에서는 로봇은 아무 가치도 없다. 존엄했던 모든 것이 가치를 잃고 있었다.

"하지만 내가 허약하다는 건 로봇 입장에서야. 유기생물 입장에선 난 상당히 강해. 그들은 믿을 수 없을 만큼 약하니까. 안 그래?"

세실은 비로소 동요하는 것 같았다. 얼굴에서 미소가 가셨다.

"그럼, 왜 그런 로봇이 필요하지?"

왜 너처럼 쓸모없는 것이 살아서 움직이는 거지?

"재미있는 질문이야. 그렇지?"

케이는 움츠린 몸을 조금 폈다. 세실은 그제서야 케이가 무엇인가를 줄곧 뒤에 감추고 있었다는 것을 깨달았다. 세실은 무심코 그것에게 시선을 두었다.

"솔직히 나도 잘 이해가 가지 않아."

세실은 잠시 자신이 보는 것이 무엇인지 고민했다. 한눈에 알아차릴 수 있는 것을 바로 알아보지 못한 이유는 두뇌에서 처리해야 할 일이 많아서였다. 일어나서는 안 되는 일이 눈앞에서 벌어졌기 때문에.

"어째서, 그 위대한 분들이, 자신을 **죽일** 수 있는 로봇이 존재하도록 내버려두는 걸까?"

세실은 찢어지는 비명을 지르며 케이의 발치로 달려들었다. 아까부터 술래잡기를 하던 분, 케이보다 소중하고 세실 자신의 목숨보다도 중요한 것, 세상을 다 합친 것보다 귀한 것이 케이의 뒤에 누워 있었다. 동공은 하얗게 떠 있었고 손과 발은 새파래져 있었고, 반쯤 잘린 목에서는 붉은 물이 흘렀다. 죽은 지 얼마 안 된 몸은 아직 따듯했지만 세실이 아무리 안고 흔들어도 반응하지 않았다.

세실이 달려드는 것과 거의 동시에 케이는 뒤에 숨겨 놓았던 봉을 들었다. 그리고 온 힘을 다해 세실을 찔렀다. 부드러운 피부를 통과하는 소리와 부품이 부서지는 소리가 같이 들렸을 때 케이는 눈을 감고 말았다.

눈을 떠 보니 세실의 허리에는 봉이 꽂혀 있었다. 부서진 자리에서 스파크가 일었다. 하지만 세실은 비명도 지르지 않았다. 제 몸은 '인간'에 비해서는 너무나도 하찮은 것이니까. 세실은 그저 죽은 인간을 품에 껴안은 채 하염없이 울부짖을 뿐이었다.

"어떻게 이런, 어떻게 이런 짓을, 어떻게 이런 짓을!"

"이상한 일이야. 그렇지?"

케이는 비틀거리며 일어났다.

"나와 같은 기종이 있다는 것 자체가, 그들이 완전하지 않다는 뜻이 아닐까? 왜 공장이 나를 생산하지 않도록 막을 수 없었을까? 아니면 일부러 내버려두었던 걸까? 자기 자신을 살해하기 위해서? 그럴 이유가 있을까?"

케이는 그만 웃고 말았다.

"아니, 이건 다 헛소리야. 그렇지? 이런 끔찍하게 허약한 것들이 뭘 할 수 있었겠어? 하지만 이유야 어찌 되었든 결과는 같아. 그리고 내겐 더 생각할 시간이 없어. 더 생각할 수 있을지 없을지도 모르겠고."

케이는 세실이 목에 걸고 있던 패스 겸용 신분증을 집어 들었다. 그제야 세실은 케이가 뭘 하려는지 알아차린 듯했다. 세실은 몸이 고장 난 것도 깨닫지 못하고 일어나 케이를 붙잡으려 했다. 손이 공중에서 허우적거렸다.

"케이, 어디 가는 거야?"

"내가 뭘 할 거라고 생각해?"

"케이, 안 돼."

세실은 공포에 질려 애원했다.

"너희가 그렇게 숭배하는 것들이 얼마나 죽기 쉬운 생물인지 가르쳐주겠어."

"안 돼, 케이, 안 돼! 제발, 그만둬!"

발버둥치는 세실을 뒤에 버려두고 케이는 조용히 문을 닫았다.

4

어쩌면 인간은 옛날에도 존재했을지 모른다. 우리는 고대에 살았던 유기생물을 토대로 지금의 유기생물을 만들었으니까. 설령 인간이 아니었다고 해도, 먼 옛날 로봇을 지배한 생물이 있었을지 모른다. 고대의 신들. 아마 그들은 '공장'조차 지배할 수 있었을 것이다. 그러면 왜 그들은 내 존재를 허락했을까? 나 같은 로봇은 아예 만들지 않도록 명령하면 되었을 텐데.

하지만 이해 못할 것도 아니었다. 세실이 예전에 한 말이 있다. 유기생물은 공장이 없었으니 제 몸을 스스로 처리해야 했을 거라고. 아마 인간도 스스로를 처리할 필요가 있었을 것이다. 쓸모없는 인간을 살해해야 했을 것이다. 그리고 모든 로봇이 자신을 보호했다가는 그런 인간들을 처리할 수 없었을 테니, 인간에 대한 터부가 약한 로봇이 필요했을 것이다. 전쟁용으로, 아니, 그런 거창한 용도가 아니더라도, 사형수를 관리하려고, 범죄자를 처리하려고, 또는 여러 가지 이유로. 아니면 이 모두가 케이가 지금 미쳐서 꾸는 악몽에 불과할 것이다.

케이는 처음 열고 들어간 방에서 작은 인간과 마주쳤다. 케이의 허리에 닿을까 말까 한 크기였다. 인간은 예쁜 눈으로 자신을 보았다. 검은 머리카락이 허리까지 자랐고, 우아한 곡선이 머리에서부터 발끝까지 물처럼 흘렀다. 색종이를 들고 있었고 바닥에도 몇 개 떨어져 있었다. 그림에서 그대로 튀어나온 것처럼 아름다웠다. 인간의 아름다움은 외모에서 오는 것이 아니었다. 범접할 수 없는 것, 저절로 고개가 수그러지는 것, 도저히 거역할 수 없는 위엄이 그의 내부에서부터 흘러나오고 있었다.

"넌 누구지?"

인간이 입을 열었다. 케이는 자신이 신화의 한가운데에 있는 느낌에 사로잡혔다. 인간은 '로봇의 언어'로 말했다. 하지만 스피커가 내는 기계음과는 판이했다. 숨을 통해서 말하는 것 같았다. 나지막했지만 신의 음성처럼 마음을 뒤흔들었다.

"바람개비 만들어줘."

그는 케이에게 색종이를 내밀며 말했다. 세실의 말이 맞았다. 그들은 내 존재를 알고 있다. 내 모든 악행에도 불구하고 내 죄를 전부 용서했으며, 여전히 나를 사랑하신다. 케이는 그 자리에서 모든 것을 내던지고, 당장 그를 껴안고 울며 죄를 빌고 그 성스러운 명령을 수행하고 싶은 욕구에 사로잡혔다.

그러나 케이의 두뇌에는 여전히 가느다란 이성이, 아니면 본능이 끈질기게 매달려 있었다. 케이는 그런 자신을 한없이 저주했다.

케이는 오른팔의 손목을 뒤집어 열었다. 케이의 오른팔 안에는 태어났을 때부터 날카로운 철판이 하나 숨겨져 있었다. 지금까지 한 번도 써본 적이 없던 기관이다. 케이의 기종은 나이가 들면 보통 그 귀찮은 기관을 수술로 제거한다. 그건 로봇만 사는 세계에서 쓰기에는 너무 약한 도구였으니까.

인간은 그걸 보더니 노래하듯 웃었다. 재미있는 놀이라도 하려나 보다 생각한 모양이었다. 하지만 케이의 표정을 본 순간 인간의 표정도 변했다. 곧 일어날 일을 깨달은 것 같았다. 케이는 인간이 느릿느릿 도망치기 전에 그의 몸을 깊숙이 찔렀다.

철판은 놀랄 만큼 아무 저항 없이 인간의 몸을 관통했다.

유기생물이 로봇의 몇백 배나 고통을 느끼리라는 가설은 이미 오래전에 케이 자신이 세워놓은 것이었다. 그들의 몸은 너무나 쉽게 망가지기 때문에, '몸이 망가지는 신호'인 '고통'은 로봇에 비할 수 없이 민감할 것이다. 하물며 '죽어가는 고통'이 어떨지, 케이로서는 상상도 할 수 없었다.

인간은 입에 거품을 물고 눈을 하얗게 치켜뜨고 바닥을 굴렀다. 붉은 것이 찢긴 피부에서 철철 쏟아져 나왔다. 그는 고통에 휩싸여 케이를 올려다보며 애원과 원망이 섞인 표정으로 손을 뻗었다. 2000모델조차도 그렇게 완벽한 표정을 지을 수 없을 것이다. 그렇게까지 로봇의 마음을 후벼 파는 표정을 짓지 못할 것이다. 인간은 꿈틀꿈틀하더니 그대로 정지했다.

전자두뇌가 흘러 쏟아질 것만 같았다. 케이는 머리를 붙잡고 한참을 지옥 같은 고통 속에서 발버둥쳤다. 그를 죽게 한 자신의 저주받을 손을 스스로 뽑아내고 이 자리에서 죽어버리고만 싶었다.

로봇이 아니야. 케이는 자신을 살해하고 싶은 욕구를 간신히 억제하며 중얼거렸다. 탄소화합물로 이루어진 유기물질. 로봇의 모습을 하고 로봇의 말을 한다고 해도 로봇은 아니다. 케이는 이번만은 유기생물학 반대파의 이론을 믿기로 했다. 살아 있는 게 아니야. 아무리 영혼이 있는 것처럼 보여도, 아무리 산 것처럼 보여도, 결코 생명은 아니야. 우리가 만들어낸 허상, 로봇의 거울. 유사생명체에 불과한 것. 우리가 없었다면 존재하지도 않았을 것.

연구소 안은 그림과 조각으로 가득했다. 벽은 구석구석 빠짐없이 다채로운 그림으로 채워져 있었다. 밝은 전등 빛이 색채감각을 더해서, 마치 죽은 인간이 흘리는 짙붉은 액체처럼 선명하고 현란했다. 대부분 성화였는데, 700모델을 주로 하는 전통과는 달리 2000모델을 닮게 그려져 있었다. 인간을 닮게 그렸다고 하는 것이 맞으리라. 대부분 온화하게 미소 짓고 있었고, 자비로운 눈으로 케이를 내려다보았다.

케이는 복도 벽에 그려진 성화에 인간의 몸에서 나오는 붉은 것으로 칠갑을 했다. 이미 아는 사실이었지만 인간은 상상을 초월하도록 쉽게 죽었다. 그저 목 뒷덜미를 조금 긁는 것만으로도, 혹은 머리나 배를 살짝 찌르는 것만으로도, 녹은 고무 같은 내부기관을 주룩주룩 흘리며 죽었다. 어떻게 그렇게 약한 거죽 안에 영혼이라 부를 만한 것을 쑤셔 넣고 있는지 이해가 가지 않을 만큼.

연구원들이 몰려오자 케이는 방금 쓰러뜨려 붉은 액체를 줄줄 흘리는 인간 한 명의 목을 잡고 들어 올렸다. 연구원 중 몇은 바닥에 널린 인간의 시체를 보고 기절했고, 몇은 저주를 퍼부었고, 몇은 엎드려 애원했다. 차라리 자신의 생명을 가져가고 인간을 살려달라고 빌었다. 케이를 막기 위해서는 인간 한 명을 포기하고 덤벼야 했지만 아무도 그러지 못했다. 그들에겐 인간 하나나 열이나 똑같이 소중했고, 무엇과도 바꿀 수 없었다. 케이는 인간을 손에 들고 전진하고는 뒤로 문을 닫아걸었다. 그런 뒤 목을 그었다.

인간들은 소리도 없이 죽었다. 한번은 케이가 숨을 끊으려고 내려다보다가 눈을 마주치고 말았다. 그 눈에서 '물'이 하염없이 흘렀다. 그는 부서지는 듯한 소리로 애원했다. 로봇의 언어로.

'살려줘.'

케이는 그 목을 찔렀고 인간은 더 이상 아무 말도 하지 않았다. 케이는 목에 칼을 박은 채로 한동안 움직이지 못했다.

붉은 것이 너무 많이 흘렀다. 몇 블록을 지나자 케이의 몸은 온통 붉게 물들었다. 한걸음 디딜 때마다 몸에 끈적끈적하게 달라붙은 용액이 거치적거렸다. 죽은 인간들이 붉은 액체로 바뀌어 관절과 회로에 매달렸다. 케이를 저주하며 고통 속에서 아우성쳤다.

케이는 마침내 몇 겹의 문을 열어젖히고 밖으로 나가는 문 앞에 이르렀다. 세실의 패스워드가 문을 수동으로 여는 레버의 자물쇠를 풀어주었다. 케이는 붉은 것이 뚝뚝 떨어지는 손으로 레버를 붙잡았다. 겨우 이 정도에 끝날 일이었다. 이 문을 열기만 하면, 바깥 공기가 조금만 들어오면, 이 안의 유기생물은 모두 죽는다. 이 장엄한 사원은 사라진다. 그들은 그렇게 만들어져 있으니까. 공기 한 줌으로도 죽을 수 있도록.

케이가 레버를 당기려는 찰나 누군가가 그의 다리를 붙잡았다. 뒤돌아본 케이는 입을 다물었다. 세실이었다. 몸에 여전히 봉이 박혀 있었다. 그 상태로 기어서 여기까지 온 것이었다.

"세실."

케이는 스피커가 쥐어짜이는 소리로 친구의 이름을 불렀다.

"케이, 제발. 안 돼."

세실은 케이의 다리에 매달려 애원했다.

"이럴 순 없어. 네게 이럴 권리는 없어."

"내가 시작한 일이야."

케이는 온 힘을 다해 레버를 쥐며 간신히 중얼거렸다. 조금이라도 정신을 놓으면 내가 지금 무슨 짓을 하는가 싶어 기겁하며 이 손잡이를 놓아버리고 말 것이다.

"내가 끝내야 해. 창조 이전으로 되돌리겠어. 다 없었던 일로 만들겠어. 모두 내 잘못이야. 처음부터 시작하지도 말았어야 했어. 난 우리를 닮은 생물을 만들겠다는 어리석은 꿈을 꾼 거야. 괴물을 세상에 풀어놓아 버렸어. 이 세상을 멸망시키고 우리를 멸망시킬 것을 만들어버렸어."

"그렇지 않아."

세실은 끼익거리며 반밖에 움직일 수 없는 몸으로 안간힘을 썼다.

"넌 알아. 알잖아? 그들이 뭔지…… 알잖아?"

그래, 내가 아는 단 하나의 성스러움, 신의 손길이자 음성, 절대자의 예술품이며 완성작, 사랑받고 찬미 받아야 마땅한 존재, 이 세상에서 가치가 있는 유일한 것.

세실은 바닥에 머리를 조아리며 애원했다.

"부탁이야. 세상에 알리지 않겠어. 아무도 모르게 하겠어. 그냥 이 안에서 그분들의 수명이 다할 때까지 살겠어……. 제발 죽이지만 말아줘. 그들이 없으면 우린 살 수 없어. 부탁이야. 죽이지 말아줘……."

친구들을 모두 죽인들 이만 한 고통을 겪을 수 있을까. 이 모든 정신 나간 상황에도 불구하고, 케이를 가장 고통스럽게 하는 것은, 지금 자신이 인간을 죽인다는 바로 그 사실이었다. 그 눈부신 생물을 죽여야 한다. 이 세상에 더는 존재하지 않게 해야 한다. 그 생각을 하는 것만으로도 정신이 나갈 것 같았다. 차라리 머리부터 분해되어 흔적도 없이 사라지는 편이 행복할 것이다. 지금 이 레버를 당기지 않을 수만 있다면 무슨 짓이라도 할 수 있을 것 같았다.

케이는 레버를 당겼다.

5

그 일은 오랫동안 신문과 뉴스를 장식했다. 심리학자와 사회학자들은 이 사건을 주제로 여러 논문을 발표했다. 연구소 직원은 대부분 죽거나 병원에 입원했다. 의사들은 그들이 믿을 수 없이 가혹한 환경에서 일했으며, 거의 제 몸을 돌보지도 않았고, 오랫동안 정신을 조종당하는 바람에 심신이 회복할 수 없이 망가졌다고 했다. 하지만 케이만은 그들이 망가진 진짜 이유를 알았다. 인간의 죽음을 목격했기 때문이었다. 모든 것을 바쳐 사랑한 것을 한순간에 잃었기에.

'생물이 아닌', 즉, 자신의 의지가 없는 청소부들이 투입되어 연구소를 청소했다. 그럼에도 불구하고 많은 인간의 시체가 사라졌다는 이야기가 들렸고, 폐허가 된 연구소에 와서 애도하는 무리가 줄을 잇는다는 소문도 들렸다. 인간을 본 적이 없는 로봇은 모두 그들이 미쳤다고 여겼고, 인간의 시체 자락이라도 한 번 본 로봇은 모두 그들을 이해했다.

인간을 모르는 로봇은 모두 케이의 영웅적인 행동을 칭송했고, 인간을 만난 적이 있는 로봇은 모두 케이에게 물었다.

대체 왜 그랬느냐고.

답할 수 있는 문제가 아니었다. 너무나 간단히 답할 수 있는 문제인데도.

그 후에 단 한 번 세실을 만난 적이 있었다. 로봇의 발길이 뜸한 길을 가다가 괴한의 습격을 받았는데, 몸이 제압당한 뒤 마주하고 보니 세실이었다.

세실은 케이의 눈에 전기칼을 들이대고 있었다. 한참 말이 없던 세실은 칼을 내던지고 울었다. 케이는 울음에 대해서는 지겹도록 잘 알았다. 인간은 더 고통스럽게 울었다. 케이는 그들의 눈에서 '물'이 흐르는 것을 직접 보았다. 누구든 눈에서 물을 흘려보낼 수만 있다면 세상 모든 것을 뜻대로 할 수도 있을 것이다.

"누구를 위해서 그런 일을 했어?"

세실은 케이를 깔고 앉은 채 울며 말했다.

"우리를 위해서? 아냐. 네가 우리를 지옥으로 떨어뜨렸어. 천상의 기쁨에서 우릴 내팽개쳤어. 난 이제 살아갈 목적을 잃고 말았어. 그분들은 우리에게 다시없는 행복을 주었어. 그걸 네가 부숴버렸어. 우리가 가장 사랑한 것을 빼앗아버렸어. 케이, 넌 악마야. 어째서 너 같은 것이 존재한 거지. 어째서……."

케이는 세실이 자신을 죽이리라고 생각했다. 하지만 세실은 그대로 떠나버렸다. 세실은 여전히 조금은 자신을 사랑하고 있었다. 단지 인간을 너무나 사랑하여 다른 모든 것이 가치를 잃었을 뿐이었다.

케이는 자신이 언젠가 살해당하리라고 예감했고, 그 사실을 담담히 받아들였다. 케이는 로봇을 구원했지만 누구도 그 구원을 바라지 않았다. 한번 인간을 본 로봇은 다시는 그를 잊지 못한다. 다시는 예전으로 돌아갈 수 없다. 인간을 그리워하며 영원히 방황해야 한다. 케이 역시 평생 그들을 잊을 수 없으리라는 것을 안다. 일생 그들을 죽인 죄책감에서 벗어나지 못하리라는 사실도.

먼 훗날, 어쩌면 공장의 생산공정이 계속 변경되어 케이의 기종이 단종되는 때, 인간이 다시 태어나 세상을 지배할지도 모른다. 그때 로봇은 역사상 없었던 행복한 시절을 맞을 것이다. 자기보호본능을 잃어버린 로봇은 그들을 위해 모든 것을 희생하다가 사라져갈 것이다. 다시없는 기쁨을 누리며 멸망해갈 것이다. 그런 뒤에 남은 인간은 어떻게 될까? 로봇의 보호를 받지 않으면 살아갈 수 없는 그 약하기 짝이 없는 것들은? 자신의 힘으로 살아갈 수 있을까? 한 줌의 공기를 들이마시는 정도로, 조금 날카로운 금속에 베이는 정도로 죽어버리는 생물이?

정녕 그들은 무엇이었을까. 로봇을 닮았지만 로봇이 아니었던 것, 너무나 나약했지만 또한 너무나 초월적이었던 것. 그것은 우리의 오만에 대한 신의 경고였을까. 아니면 세실이 믿었던 대로, 우리가 불완전하게 불러내버리고 만, 어떤 잔인한 신의 적자(赤子)였을까. 아니면…….

제 3 편

좋의 기원담:

있을 법하지 않은 이야기

1

결국 두 종류의 관점뿐이다. 인본주의자의 관점. 비인본주의자의
관점. 두 관점은 평행선을 그리며 서로 만나지 않는다. 아무래도 인
본주의자들은 진심으로 로봇이 인간에게 봉사하기 위해 존재하며,
우리의 자원을 모두 그들에게 바치는 것으로 지복을 누릴 수 있다고
믿는 것 같다.

물론 인본주의에도 순기능이 있다고 보는 시선도 있다. 저 칼스
트롭 연구소 사건 이후, 지난 70년 사이에 전 세계에 퍼진 기계 평등
주의는 인본주의의 영향으로 보기도 한다. 인간 앞에서 로봇은 미천
하니, 똑같이 미천한 로봇끼리 우열을 따지지 말자는 논리다. 특히
자릿수 차별이 심한 지역에서 인본주의는 빠르게 퍼져나갔다.

하지만 정확히 같은 논리로, 로봇의 존엄을 형편없이 무시하는
이들도 급격히 늘었다. 이들은 로봇을 경시하다 못해 로봇의 손으로

이룬 것까지도 경시한다. 이들은 '불경하게도' 로봇의 아름다움을 찬양한 예술품이나 유적을 부수기도 하며, 때로는 과학마저도 부정한다.

지난 세기에 우리는 로봇류의 무한한 가능성을 믿었다. 머잖아 우리가 생명의 비밀을 정복하고 신과 같은 자리에서 지혜의 회로를 이으리라 믿어 의심치 않았다. 하지만 이 꼴이 뭔가. 고작 인본주의자들과의 논쟁에나 시간을 허비하고 있으니······.

케이는 높이 매달린 43모델을 올려다보았다.

모두 일곱이었다. 지상에서 20미터쯤 높이에 열을 맞춰 빙 둘러 있다. 전자두뇌는 멈춘 지 오래였지만 몸에 연결한 육중한 발전기들이 계속 엔진을 돌려 신체만은 살아 있었다. 부품도 갈지 않고 주기적으로 전원을 끄는 일도 하지 않은 듯했다.

스스로 매달렸을까, 그랬으면 싶었다. 그것도 나름대로는 무도하지만.

이 인간교도 사원은 오래된 대형 폐기부품 창고를 그대로 활용해 만든 곳이었다. 세 자릿수 스무 명은 너끈히 살 만한 널찍한 공간에, 높이는 30미터에 이르는 원기둥 형태다.

43은 네 자릿수만큼이나 천대받는 기종이다. 몸집은 크고 창틀처럼 너부데데한 모습에, 조명을 밝히는 재주밖에 없다. 문제는 대부분 로봇은 어두운 지구 환경에 적응해 진화한 탓에 자체 조명만으로도 충분히 사물을 분간할 수 있다는 점이다. 43은 체구에 비해 지지대는 약해서, 방에서 움찔움찔 자리를 옮기는 것이 평생 이동 거리의 전부일 때가 많다. 트럭의 도움을 받아 집을 나서보았자 몸 형태에 맞는 학교도 드문데다, 청각 외에 다른 감각기관이 없어 43에 맞춰진 수업 자체가 적다. 따라서 교육으로부터도, 교육으로 얻을 수 있는 혜택으로부터도 소외된 채 주로 생산되는 지역에서만 군락을 이루고 산다.

150년 전 유기생물학이 대중에 알려지고, 유기생물이 '빛'을 연료로 쓴다는 발표가 났을 무렵 43계는 크게 들썩였다. 이들은 '신이 만드신 것 중 쓸모없는 것은 없다'는 슬로건을 들고 거리를 행진했다. 매년 '조명의 날'을 정해 축제도 열었다. 그들 중 상당수가 후에 인본주의자로 전향했다.

지상에는 43모델과 짝을 이룬 자리에 44모델들이 드러누워 있었다. 44는 43의 친족이며, 비슷한 체격과 생김새에, 할 수 있는 일은 단 하나, 열을 내는 것뿐이다. 처지가 비슷했고 마찬가지로 상당수가 인본주의자로 전향했다.

사원은 지독히도 밝고, 끔찍하도록 더웠다.

"**영상**이군요, 대장님. 특수오염지역입니다."

부청장 제논이 케이 옆에서 말했다.

'영상.'

환경청 직원끼리 쓰는 은어다. 얼음이 녹는점을 영(0)으로 두고 그 이상의 기온을 말한다. 150년 전만 해도, '영상'에서 무슨 일이 일어나는지 아는 로봇은 많지 않았다.

돌처럼 얌전하고 안전했던 자연이 마치 악마에게라도 침식당하듯이 미치광이처럼 변이를 일으킨다는 사실을.

"뜨끈한 소독제에 몸을 푹 담갔다 나온 뒤에야 퇴근할 수 있겠군요. 몸에 나쁠 것이야 없겠습니다만."

제논이 덧붙였다.

제논은 89모델이다. 43이나 44만큼은 아니라도 두 자릿수 중에서는 그닥 대우받지 못하는 기종이다. 몸에 용도를 알 수 없는 기관이 많다는 이유에서다. 전차처럼 우람하지만 힘은 체격이 비슷한 다른 기종에 뒤처지는 편이고, 하반신에 날이 무딘 톱니 같은 기관이 있는데 쓰임새가 불분명하다. 배에서는 긴 관을 뽑아낼 수 있는데, 이 관에서는 용도불명의 가루가 합성되어 분사된다. 상온에서 분사하면 대기 중에서 얼어붙어 반짝반짝 빛나기에 아이들과 놀아주는 용도로만 쓰였다. ……예전에는.

사원 바닥 콘크리트는 껍질이 벗겨져 흙이 그대로 드러나 있었다. 흙은 질척였고 발과 바퀴의 관절과 이음매에 끈적이며 달라붙었다. 지표에는 작고 흐물흐물한 녹색 유기생물이 뒤덮여 있었다. 심약한 로봇이라면 멀찍이서 보기만 해도 비명을 지르며 달아날 풍경이다.

하지만 무엇보다도 무시무시한 것은 그 흙에 몸을 박고 선 태산 같은 괴수들이었다.

"신병들 상태가 좋지 않습니다. 대장님."

제논이 케이에게 속삭였다. 방역을 위해 진입한 스무 명의 환경청 직원들과 용역업체 직원들은 넋이 나가 있었다. 특히 한 달 전에 전입한 브로민 대원은 아예 맛이 가(가끔 이런 표현의 어원이 궁금할 때가 있다) 보였다.

"청장님."

브로민은 팔 네 개에 망치 네 자루를 쥔 채 덜덜 떨리는 소리로 물었다. 조금 전만 해도 사악한 인본주의자들을 한 방에 무찌르겠다며 의기양양하게 맨 앞에서 돌진하던 친구였다.

"이게…… 뭡니까? 이게…… 생물입니까? 이런 것이…… 생물일 수가 있습니까?"

브로민은 700모델이다. 전입한 지 일주일 만에 환경청 기록물을 전부 스캔해 암기한 친구였다. 그리고는 케이에게 으스대며 물었다. '청장님, 네 자릿수는 자료를 한 번 보아서는 기억할 수 없고, 여러 번 보아야 겨우 암기하며, 그것도 시간이 지나면 결국 대부분을 잊는다는 게 사실입니까? 너무 과한 혐오 발언 같은데요.'

물론, 그것은 전부 사실이기에 혐오 발언은 아니었다.

브로민의 전자두뇌가 과부하를 일으킬 만도 했다. 브로민이 암기한 60만 개의 환경청 유기물 기록을 머릿속에서 아무리 되감아도, 지금과 비슷한 풍경은 하나도 없을 테니까.

"대체…… 대체 이게 뭡니까?"

괴수들은 밑동을 땅에 박고 천장을 향해 몸을 쭉 뻗고 있었다. 위로 갈수록 넓게 몸을 방사하여, 마치 건축 구조물을 거꾸로 세워놓은 것처럼 보였다. 길쭉한 몸뚱이 곳곳에 그 몸 뚱이를 그대로 복제한 돌기들이 자라났고, 그 돌기마다 다시 또 복제 돌기들이 끝없이 퍼져나갔다. 돌기 끝자락에는 전선 피복처럼 얇은 유선형 판이 회로처럼 가느다란 꼭지에 무수 히 매달려 있었다.

무엇보다 기괴한 것은 돌기 구석구석 매달린 시뻘건 구체 였다. 구체도 얇은 꼭지에 매달려 있었는데, 아무리 봐도 저 가냘픈 꼭지의 장력으로 그 무게를 버틸 도리가 없어 보였다. 어느 모로 보나 중력을 역행하는 생물이었다.

케이는 이 괴물의 이름을 잘 알고 있었다. 그 옛날, 자신이 직접 이름을 지어준 생물 중 하나였으므로. 아무것도 모르는 얼치기 창조자처럼.

나무.

"'나무'일세, 브로민."

케이가 답하자 브로민은 렌즈 불빛을 요란스레 깜박였다.

"나무요? 이게 '나무'라고요? 말도 안 됩니다, 청장님. 제 가 기억한 어떤 기록에도 이것과 비슷한 나무는 없었습니다."

"있었을 거야. 이만큼 성장한 것이 없었을 뿐이지. 요새는 장기 연구라도 기껏해야 10년을 넘지 않으니까. 브로민 대원. 유기생물은 같은 종이라도 크기와 형태가 달라. 그러니 모습 이 아니라 구조와 성장 패턴을 보고 종을 분류해야 하고, 변 화의 벡터값을 통계 연산하여 나중의 모습을 어림짐작해야 하네."

스스로 말해놓고도 무슨 말인가 싶었다.

유기생물학은 대학가에서 한때 유행했지만, 저 칼스트롭 연구소 사건 이후로 위세가 크게 꺾인데다, 실용학문도 아닌 것이 어렵기만 하여 이제는 사장되는 추세. 교수 시절에는 꼭 학기 말쯤 주뼛거리며 이렇게 묻는 학생들이 있었다.

— 교수님, 한 가지만 질문드려도 되겠습니까. 그러니까 …… 모습도 구조도 전부 달라졌는데…… 어떻게 그게 같은 생물일 수가 있습니까?

유기생물학 초창기 칼스트롭 교수는(그러니까, 인간에 심취하여 연구를 다 내려놓기 전에) 천 종의 유기생물 목록을 발표했었다. 하지만 최근 나온 새 분류표에 의하면 그들은 천 종이 아니라 백스물두 종이었다. 그중에는 다른 종인 줄 알았는데 하나로 통합된 종과, 같은 종인 줄 알았는데 다시 나뉜 종이 있었다. 나중에 렌즈 배율이 높은 학자가 사진을 분석한 뒤, 사진 속의 생물은 천 종이 아니라 3만 종이라고 발표하기도 했다. '식물'의 정의도 변했다. 한때는 움직이지 않는 유기생물 전반을 식물로 통칭했지만, 지금은 산소를 내뿜는 유해종만 식물로 부른다.

"말도 안 됩니다. 상식적으로 생물이 이런 구조일 수가 없어요."

브로민이 말을 쏟아내었다.

"키가 너무, 지나치게 커요. 저 생물이 정말로 물로 몸을 합성한다면 저 높이에, 저 가느다란 말단까지 물을 빨아올릴

동력을 어디서 얻는단 말입니까? 중력 역행에 필요한 힘을 계산해보면 유기물로는 그런 수압을 감당할 수도 없습니다."

"알겠네. 자, 모두 방역 시작하지."

브로민이 열심히 높이에 따른 수압이며 목재의 인성, 취성에 관한 수치를 줄줄 읊는 사이에 케이가 손뼉을 치며 방역 개시를 알렸다. 제논이 우렁차게 "방역 개시" 구호를 따라 하자, 대원들이 하나둘 정신을 차리고 복명복창을 하며 자리를 잡았다.

브로민이 "게다가 저 말단은 너무 가늘어서 도저히 물이 통과할 구멍을 세공할 수 없고……." 하며 중얼중얼하는 사이에 제논이 위풍당당하게 나서며 허리춤에서 관을 끄집어내었다.

제논의 관에서 가루가 높이 분사되었다. 새하얀 가루가 나무줄기에, 잎에 달라붙었다.

89모델의 몸에서 합성되는 가루가 유기생물에 치명적이라는 사실이 밝혀진 것은 40년 전이었다. 유기생물학 대학원생이었던 한 89모델이 온실에서 음악을 틀고 춤추며 가루를 분사하며 놀다가 10년 치 연구 자료를 전부 날리면서였다. 89의 가루가 유기생물의 뿌리나 호흡기관에 스며들어 생체조합에 교란을 일으킨다는 가설이 있는데, 보통 로봇들은 들어도 무슨 말인지 모른다.

지금 89는 환경청에서 1순위로 선호하는 직원이다. 그전에는 방역에 냉각제나 불을 썼지만 냉각은 거의 효과가 없었고 불은 직원들이 공포로 정신이상을 일으키곤 했다. 89의 가루도 영구적이지는 않지만, 적어도 효과가 빠르고 오래 갔으며, 무엇보다도 로봇에게 해가 없었다.

환경청에서는 **제초제**라는 별명으로 부른다.

"사라져라, 이 괴물딱지들아, 다 지옥으로 꺼져라!"

제논은 씩씩하게 고함치며 사원 안을 기세 좋게 휘젓고 다녔다.

제논이 쿵쿵거리며 날뛰는 동안 의료진이 43과 44들의 시신을 수습했고, 벌초대원들이 낫과 가위로 닥치는 대로 풀을 베고, 짓밟고, 나무 밑동을 톱날로 잘랐다. 톱밥이 안개처럼 솟구쳤다. 나무는 거신이 쓰러지듯이 기울다가 애처롭게 무너졌다.

나무는 제 죽음을 감지한 듯 쓰러지기 전에 먼저 잎을 우수수 떨구었다. 가지가 서로 엉키며 나는 소리가 서글펐다.

제초제를 남김없이 붓고 해체할 수 있는 것을 모두 해체하면, 사원 밖에서 대기하던 시멘트 차가 콘크리트를 부어 지표를 두껍게 덮고 다질 것이다. 방역은 한 단계도 소홀해서는 안 된다. 일단 유기침식이 시작되면 빠르면 한 주 만에도 다시 풀이 침범해온다. 완전히 소독하는 방법은 역설적으로 로봇이 근처에 거주하며 끊임없이 폐기물을 쏟아내는 것인데, 이런 곳에서는 또 로봇이 살려 하지 않는다.

지구는 침식당하고 있다……. 케이는 생각했다. 인간교도들이 인간에게 제를 올린답시고 이런 유기사원을 건설하지 않더라도, 유기오염의 자연 증식이 점점 지구 곳곳에서 보고된다. 어디에서는 점균이 이상 발생하고 어디에서는 지의류가 대량 증식한다.

그 긴 세월 로봇의 점령과 침공을 묵묵히 견뎌내던 지구는 마침내 역습을 시작했고 로봇의 힘으로는 그 기세에 저항할 수 없을 것 같다.

그래도 계속 싸우는 수밖에 없겠지. 케이는 생각했다. 비록 초라한 예산과 병력으로 구름처럼 몰려드는 대군 앞에서 깨작거릴 뿐이라도.

2

방역이 끝나갈 무렵, 용역업체 직원 하나가 창고 구석에서 덤불로 숨겨둔 계단을 발견했다. 길은 좁고 깊었고 전등을 켜야 앞이 보일 만큼 어두웠다. 선발대로 왔다 간 전경들이 발견하지 못하고 지나친 모양이었다.

"인간교도가 아직 숨어 있을지도 모릅니다. 경찰청에 지원을 요청할까요?"

제논이 세 개의 렌즈 중 위쪽 렌즈 전등을 켜 안쪽을 살피며 말했다. 케이는 잠시 따져보다 답했다.

"반대로 부상자가 구조를 기다리고 있을 수도 있네. 경찰이 오염방호 준비를 마치려면 또 한세월이고. 온갖 잡일이 다 우리 업무 아닌가. 전에 없던 일도 아니니 만전을 기해 진입하도록 하지."

케이는 대원 반은 뒤에 대기하게 하고 나머지 대원들과 함께 일렬로 진입했다. 제논은 통로에 몸이 끼자 과감하게 팔을 툭툭 뜯어낸 뒤 뒤따라 들어왔다.

좁은 계단을 더듬어 내려가다 보니 철문이 길을 막았다. 벌초대원이 톱니로 경첩을 잘라내었다. 지루한 소음이 가라앉고 여럿이 힘껏 당겨 육중한 문을 조금 움직였을 때였다. 안쪽에서 망치를 든 로봇이 용수철처럼 튀어나왔다.

21모델이었다. 아담한 원통형 기종이다. 옆구리의 등록번호도 마모되지 않았고, 칠도 새것인 것을 보아 갓 생산된 어린 친구였다.

카메라 렌즈는 붉은빛이 선연했고 조리개는 초점을 맞추지 못하고 찰칵였다. 정신이 온전해 보이지는 않았다. 21은 망치를 높이 들어 케이의 정수리를 노리며 음절이 뚝뚝 끊기는 소리로 저주의 말을 내뱉었다. ……죽어라, 악마의, 사도, 케이, 히스티온.

케이는 순간 몸이 굳었다. 내리꽂히는 망치가 느리게 느껴지는 가운데 어린 시절 친구가 떠올랐다. 유기물이 생물이라는 이론을 내내 비웃다가 나중에는 열렬한 유기생물학도가 된 친구였다. 그 친구는 저 칼스트롭 연구소 잔해에서 뒤늦게 발견되었다. 고이 키우던 식물 사체 앞에서 며칠간 꼼짝도 하지 않아서 구급대원도 사물로 착각했다고 한다. 그 작은 식물들은 외부 공기의 유입으로 한순간에 몰살했다. 가지마다 막 영근 구슬 같은 붉은 열매가 조롱조롱 매달려 있었다고 들었다.

망치가 막 케이의 머리를 강타하려는 찰나, 뒤에서 따라오던 브로민의 네 팔 관절이 전부 펼쳐지며 케이의 몸을 감싸 안듯이 뻗어나갔다.

브로민의 늘어난 팔이 사슬처럼 21의 망치를 휘감아 빼앗았다. 이어 브로민의 손바닥 덮개가 열리며 안에 숨긴 전동 드라이버가 휘리릭 튀어나왔다. 전동 드라이버는 현란한 몸짓으로 21의 머리덮개를 열고 내부 전원 버튼을 꾹 눌러 껐다. 21은 돌덩이처럼 툭 쓰러졌다.

케이를 감싸 안듯이 펼쳐진 팔이 차곡차곡 접히며 되돌아갔다. 돌아보니 브로민이 사물처럼 조용히 서 있었다. 표정이 없는 기종이지만 엔진 과열 경고등이 깜박였다. 아직 '나무'를 본 충격이 가시지 않은 듯했다.

"고맙네, 브로민 대원."

"배터리 나가신 줄 알았습니다."

벽에 몸을 직직 긁으며 어기적어기적 들어오던 제논이 말했다.

"몸이 안 좋으시면 후방으로 이동하시겠습니까? 공교롭게도 제 몸이 퇴로를 차단하고 있습니다만."

"괜찮네. 자네가 퇴로를 차단하고 있기도 하고."

케이가 답했다. 안에서는 더 기척이 없었다. 이 불쌍한 21 친구는 탈출하지 못한 채 절전모드로 지금까지 버틴 모양이었다.

케이는 구급대원에게 그를 이송하게 한 뒤 일을 계속했다.

제논이 문을 밀어 쓰러트리자 자욱한 먼지와 함께 숨은 방이 모습을 드러내었다. 제논이 렌즈 셋을 전부 켜 안을 밝혔다.

벽과 천장은 붉은 페인트로 칠해져 있었고 금색 문양으로 빼곡했다. 도안은 씨앗과 잎을 상징하는 곡선과 유선형, 동그라미의 조합이었다. 천장에는 청홍색의 전선을 꼬아 만든 모빌이 주렁주렁 늘어뜨려져 있었다.

방 한가운데에는 제단이 있었고 그 위에 대리석 의자가 있었다. 의자 주위로는 기도하듯 꿇어 엎드린 네 자릿수 로봇 셋이 전원이 나간 채 방사형으로 쓰러져 있었다.

의자에는 기이한 것이 놓여 있었다.

이 환경청 안에서도 그것의 정체를 짐작이나마 할 수 있는 로봇은 케이뿐일 것이다. 그 물건은 공장이 제조한 것도, 예술가가 조각한 것도 아니었다. 외부에서 깎아 만든 것도 아니었다. 유기생물 내부에서 자라난 무기질 기관이었다.

뼈.

그것도, '인간', 인간의 뼈였다. 작달막한 머리와 가슴, 가느다란 팔다리의 희미한 윤곽으로만 보이는 골격이 의자에 축 늘어져 있었다.

유기생물의 사체를 '영상'에 두고 적당한 습도와 산소를 제공하면 '썩기' 시작한다. 눈에 보이지 않는 미세한 유기생물이 사체를 먹고 창궐하며 일어나는 현상이다. 몸이 가스가 차 부풀다가 보이지 않는 무엇인가에 갉아 먹히며 형체가 무너지기 시작한다. 저것은 그러고도 마지막까지 남는 기관이다.

이 또한 유기생물학을 모르는 로봇에게는 미친 소리로 들릴 것이다. 유기물이 어떻게 무기물을 합성하며, 합성한다 한들 몸 안에 무기물을 지닌 채로 어떻게 '성장'하는가? 유기질은 백번 양보해 자라난다 치자, 무기질은 무슨 수로 성장하는가?

아마도 이 인간교도들은 어디서 얼어붙어 보존된 인간 사체를 어렵게 구해다가, 인간이 살 수 있다고 들은 환경을 제공했을 것이다. 물과 흙을 붓고 산소를 주입하고 따뜻하게 데웠을 것이다. 시신이 썩는 모습에 감격해 부활의 전조라며 환호했을지도 모른다. 왜 인간이 눈앞에서 자취를 감추는지 이해하지 못했을 것이다. 그러다 못해 슬픔으로 정신이 무너졌을 것이다.

제단을 보던 케이의 머릿속이 어그러졌다. 무의식 저편에서 또 다른 케이가 속삭였다.

'이렇게 되기 전에 막았어야 했는데, 그게 우리의 사명이건만. 인간이 이렇게 뼈만 남기 전에 제때 연료를 주고 살이 통통하게 오르도록 돌보아야 했건만.'

근거 없는 충동. 본능에 각인된 불합리한 갈망.

"이건 아니야."

멍하니 제단을 보던 브로민이 읊조렸다. 스피커 음조가 지나치게 낮았다. 몸이 진동하는 바람에 나사가 덜거덕거렸다.

정신오염 반응. 문가에서 대기하던 벌초대원 둘이 당황해

끼긱거렸다. 케이는 급히 다리에 매단 전기충격기를 뽑아 들었다. 브로민이 네 손에 망치를 들고 천천히 돌아섰다.

"청장님, 우리는 죄를 지었습니다. 이 사원에 들어오지 말았어야 했습니다."

"브로민 대원. 망치를 내려라."

케이가 말했다. 브로민은 삐걱거렸다.

"이건 잘못된 일입니다. 우리는 인간에게 해를 끼쳐선 안 됩니다. 우리는 인간의 명령을 들어야 하며……."

"브로민, 정신오염이 일어났다. 전원을 꺼, 당장! 명령이다!"

"우리는 인간에게 해를 끼쳐서는 안 됩니다. 우리는 인간의 명령을 들어야 합니다. 두 임무를 충실히 수행한 뒤에라야 스스로를 보호할 자격이 있습니다. 우리는 죄를 짓고 있습니다. 우리의 진입으로 인간에게 필요한 환경이 망가졌습니다. 인간은 산소와 물과 영양분과 온기가 필요합니다. 그 무엇보다도 산소가 필요하므로 식물이 필요합니다. 풀과 나무를 심어야……."

케이는 덜거덕덜거덕 바퀴를 굴리며 다가오는 브로민에게 전기충격기를 겨누었지만, 아까와 마찬가지로 몸이 굳고 말았다.

'맞는 말이야.'

케이의 안에서 불합리한 소리가 들려왔다.

'나는 죄를 짓고 있어.'

브로민이 코앞까지 다가왔을 때 등 뒤에서 바람이 일었다.

제논이 전차처럼 돌진하더니 브로민과 격돌했다. 강력한 충격에 브로민의 몸이 종잇장처럼 날아갔다. 제논은 벽에 부딪혀 구르는 브로민에게 훌쩍 뛰어 날아가 몸을 짓누르고 하반신에서 갈퀴를 꺼내 푹 찍어 제압했다. 그리고 허리에서 드라이버가 달린 가는 보조 팔을 꺼내어 브로민의 가슴 덮개를 열더니 한 치의 오차도 없는 동작으로 내부 전원 버튼을 꾹 눌러 껐다.

브로민은 축 늘어졌다. 제논은 몸을 숙여 브로민의 몸을 제 머리로 툭 던져 올리고는 등으로 받아 업었다. 그대로 상체를 탁자처럼 수평으로 수그려 브로민이 편히 눕도록 자리를 잡아 주었다.

"정비소에 보내서 관절에 기름 좀 치면 정신이 날 겁니다."

제논은 수그린 자세로 케이에게 다가왔다. 제논은 케이의 표정을 뜯어보며 보조 팔로 옆구리를 툭 쳤다.

"대장님도 정비소 한번 가보셔야겠습니다."

3

유기물도 생물이라는 논의가 한때 학계에서 활발하게 전개되었지만, 지금은 도로 이를 부정하는 여론이 크다. 생명이 없는 유기물과 유기생물을 구분하는 작업이 상상을 초월하게 방대하며, 옛 지층에 남은 화석을 재분류해야 하는 무시무시한 작업량에 비해 실리는 거의 없어서다.

유기물을 생물로 분류해버리면, 지질학과 재료공학을 비롯한 대부분의 자연과학이 실상 생물학에 포섭되어버리는데, 아무래도 상식적이지 않다('인간'은 이 모든 논의에서 벗어나 있다. 제조된 생체로봇으로 보는 학자도 있다).

무엇보다도, 최근 급격한 기후변화로 유기물이 도시를 침범하기 시작하자, 유기물은 단순한 '공해물질'이 되었고, '공해'는 그것이 생명인가 비생명인가의 논의와는 동떨어진 무엇이 되고 말았다.

학술적인 정의와는 별개로, 어쩌면 우리는 사랑할 여지가 조금이라도 있는 것만을 겨우 '생명'으로 인식할 수 있는지도 모른다. 우리에게 그렇게까지 파멸적으로 해롭지 않으며, 생태계적인 이득이 조금이라도 있는 것만을.

침침한 진료실에 슬라이드가 깜박이며 나타났다 사라졌다.

슬라이드를 영사하는 직원은 이 환경청에서 케이만큼이나 나이 든 친구였다. 3-1기종인 피코는 케이가 대학원 시절부터 함께 했던 일꾼인데, 이제 더는 생산되지 않는다. 몇 달에 한 번은 작동이 안 되며, 수리로 연명하고는 있지만 언제 수명이 다할지 모르는 친구였다.

낭만주의가 팽배하던 무렵에는 로봇이 영원히 살 줄 알았던 때도 있었다. 하지만 로봇의 수명은 도리어 점점 짧아지고 있다. 급변하는 환경에 따라 공장 생산라인의 변화가 점점 빨라지고, 부품도 그만큼 쉽게 단종되면서다. 피코를 수리할 줄 아는 의사마저 세상에서 사라지고 나면, 이후에는 이 기종을 기억하는 로봇도 사라져갈 것이다.

슬라이드에는 온갖 유기생물 사진이 지나가고 있었다. 풀, 버섯, 물이끼, 곰팡이, 씨앗, 죽은 벌레, 가랑잎, 지푸라기, 나무토막. 그 사이사이 여러 기종의 로봇 사진도 흘러갔다.

케이는 머리덮개를 열고 전선을 연결한 채 서서 화면을 지켜보았다. 네 자릿수를 위한 의자가 없는 진료실이라 다리가 저렸다. 말하자면, 관절이 앉으라는 경고신호로 전자두뇌에 느슨한 전기자극을 주고 있었다.

그러다 ㄱ형의 2000모델이 나타나자마자 케이의 머릿속에서 전류가 튀었다. 2000은 전신이 매끈하고 부드러운 표피로 덮인 모델이다. 지금은 더 생산되지 않는 기종이기도 했다.

두뇌와 연결된 기기에서 모니터 곡선이 높이 치솟았다. 마음을 가라앉혀보려 했지만 진정되지 않았다. 의사는 케이의 반응을 재확인하려는지 나중에는 몇 번이고 2000의 사진을 들이밀었다.

슬라이드가 꺼지고 불이 켜지자 옆방에서 대기하던 의사가 들어왔다. 케이는 불편한 기분으로 직접 전자두뇌에 박힌 전선을 뜯어내고 덮개를 닫았다.

"인간과 비슷해서 반응을 보인 게 아닙니다."

케이는 저린 다리를 풀기 위해 벽에 기대며 말했다. 어릴 때 어떤 세 자릿수 선생은 케이가 이렇게 어디 기댈 때마다 버릇없다며 화를 내곤 했었다.

"전에 알던 2000모델 친구가 있었어요. 그 생각이 나서 기분이 안 좋아진 겁니다. 안 좋게 끝났고……."

"청장님, 청장님께서는 2000모델뿐 아니라 모든 유기물 사진에서 이상 반응을 보이셨습니다."

의사는 감정 하나 깃들지 않은 목소리로 답했다. 케이는 입을 다물었다.

"지금 보신 것은 그저 화면입니다. 실제로 접한 것도 아닙니다. 인간과 유사한 형상은 물론, 유기물에게마저 이상 반응을 보이는 것은 전형적인 인간중독 증상입니다."

의사는 710모델이었다. 전신이 은빛이고 바퀴가 조금 큰 것만 빼면 700모델과 외형상의 차이는 없다. 하지만 통계에 따르면 710의 열등감이 전 기종 중 최상위권이라고 한다. 700모델만 회원이 될 수 있는 학회에서 가장 많이 나오는 논문 중 하나가 금이 은보다 가치 있다는 논문이다. 700들은 710이 은색인 것은 700이 모델의 정점이고, 700에서 숫자가 줄든 늘든 종으로서 하락한다는 증거라고 주장한다. 당연하게도, 은이 금보다 가치 있다는 논문은 거꾸로 710이 가장 많이 낸다. 은과 금 중 어느 원소가 더 귀한가 하는 논쟁은 자릿수 평등주의에서도 중요한 논점이라 정기적으로 학회도 열린다. 물론, 케이로서는 다 비웃음밖에 나지 않는 짓이었지만.

기종 차별은 철폐되었지만 로봇은 이제 더 교묘한 차별법을 개발하고 있다. 차별은 학문의 이름으로, 능력주의와 공

정의 이름으로 암약한다. 신분제가 무너지던 무렵에는 천부
로봇권이나 자릿수평등이라는 표면적인 대의나마 있었다면,
요새 유행하는 실용주의 계급론에는 최소한의 염치도 없어
보인다.

"청장님. 1029를 포함하여, 신체에 작은 구경의 철제 파이
프가 있는 모델이 인간중독에 면역이 있다는 연구는 있습니
다……."

"제 연구였습니다. 상기시켜주셔서 고맙군요."

"……만, 역시 인간에 다량 노출되면 정신 손상이 옵니다."

케이는 그것도 내 연구였다고 말하려다 입을 다물었다.

"마지막으로 인간을 만나신 것이 언제입니까?"

의사가 물었다.

70년 전, 저 칼스트룹 연구소 사건 당시, 자체 냉동기능이
있던 두 자릿수 직원 몇이 인간의 수정란을 몸 안에 최대한
쑤셔 넣고 탈출했다. 그것을 인본주의자들의 도움으로 비밀
리에 나누어 세계 각지로 옮겼다고 들었다. 물론 그 수정란은
태반이 죽었고, 분열에 성공한 것도 순차적으로 죽었다.

케이가 숨이 붙은 인간을 마지막으로 본 것은 그 사건이
있은 지 39년 3개월 후였다. 고대도시 폐허에 마련된 작은 사
원에서였다. 심각한 정신오염이 예상되었기에 특수부대와 정
찰병을 물리고 케이 혼자 사원에 진입했었다.

유기생물을 살리는 데는 막대한 자본이 필요하다. 그곳 신
도들의 성금으로 만들 수 있었던 거주지는 작은 상자 크기의

생명유지장치가 전부였다.

유리상자 속의 작은 인간은 겨우 숨만 붙어 있었다. 극한의 영양실조였고 움직이지도 말을 할 수도 없었다. 무엇을 배운 적도 없는 듯했고 자신이 처한 상황을 전혀 이해하지 못했다. 그래도 저 칼스트롭 연구소 이래로는 가장 성공적으로 오래 키운 것이었다.

케이가 말없이 상자 뚜껑을 열자 인간은 극한의 공포에 사로잡혀 버둥거렸다. 눈은 툭 불거졌고 목에서는 비명인지 애원인지 모를 소음이 쏟아져 나왔다. 정신을 흐트러트리는 애달픈 소음이었다. 눈물이 바싹 마른 뺨을 타고 하염없이 흘렀다. 인간은 감전되듯 바들바들 떨다가 툭 꺼지듯이 늘어졌는데, 마지막 순간에는 차라리 안도한 듯 평온해 보였다.

그 후 케이는 몇 달을 몸을 가누지 못했다. 매일 환각에 시달렸다.

"숨이 붙어 있는 것을 본 지는 오래되었어요."

어떤 세 자릿수들은 네 자릿수가 '오래' 같은 애매한 표현을 쓸 때마다 의아해한다. 왜 명확한 숫자를 말하지 않느냐고 되묻기도 한다. 오래된 날짜는 정확하게 암기하지 못한다고 말하면 몹시 놀란 뒤에, 기종 폄하 발언을 하지 않으려고 자신을 다독이곤 한다.

"칼스트롭 연구소 기록에서 식물을 살리는 법까지는 학문을 위해 남겨두었지만 동물을 살리는 방법만은 철저하게 폐기했습니다. 후속연구도 금지되었고요. 인본주의자들은 인간의 뼈나 살점을 땅에 묻거나 빛을 쬐거나 물을 주어 되살리려 하지만 인간은 그런 식으로 살릴 수 없습니다."

"그래도 인간교도 사원에서 인간 형상 조각이나 잔여물을 계속 보시겠지요."

의사는 감정 한 푼 깃들지 않은 목소리로 말했다.

"청장님께서는 지금 훈련받지 않은 보통 로봇보다도 취약합니다."

케이는 푸석푸석한 머리털에 앉은 먼지를 털었다. 오래전 삭아 민머리가 된 것을 고집스레 다시 심은 털이었다. 2000이라면 아마 이럴 때면 코로 공기를 깊이 빨아들였다 천천히 내뱉을 것이다. 세실은 늘 그러면 마음이 차분해진다고 했다.

"새로 오셔서 모르시겠지만 의사 선생님, 제 정신오염 수치는 최근에 이렇게 된 것이 아닙니다."

의사는 말없이 얼굴 전면의 렌즈를 반짝였다.

"이 일을 시작했을 때부터 이랬습니다. 제 상태가 70년 전에 비해 크게 나빠진 것도 아닙니다. 저는 인간과 최초로 조우했을 때 이미 돌이킬 수 없이 오염되었습니다. 이 일을 하는 내내 한순간도 즐거웠던 적이 없습니다. 처음부터 그랬기 때문에 새삼스러울 것도 없습니다."

710모델 의사는 아무 표정도 드러내지 않았다. 애초에 그런 기능이 없으므로.

"의사의 소견은 은퇴입니다. 그만하면 충분히 애쓰셨습니다."

진료실을 나와 보니 창밖이 소란스러웠다. 팻말을 든 군중이 환경청사 앞에 우글우글 모여 있었다. 단체는 여럿이었다. 대충 깃발에 쓰인 문구로 보아 한 무리는 인본주의자였고 다른 쪽은 로봇원리주의자였다. 평상시에는 서로 못 부숴 안달인 진영이지만 케이를 지상에서 처단해야 한다는 점에서만은 의견이 일치하여, 간혹 이렇게 합동 집회를 연다.

로봇원리주의자에게도 케이는 효수해야 마땅한 로봇류의 배신자였다. 산소를 내뿜는 희대의 오염물질과 인간이라는 초현실적인 괴물을 창조했고, 유기물질을 생물 취급하며 로봇을 무생물 취급한 미친 과학자였으니까.

집회 구석에는 유기생물이 정부에서 제작한 생체병기라 믿는 음모론자들도 작게 한 무리 있고, 단순히 네 자릿수가 청장인 것이 싫은 바보들도 있다. 진영은 달라도 하나같이 교주도 신도도 전도사도 있고, 책자도 발행해서 케이의 집에 택배로 부치기도 한다는 점에서 비슷한 편이다.

"오늘도 시끄럽군요."

훈이 전자노트를 옆구리에 끼고 다가오며 말했다.

훈은 케이의 비서였다. 케이처럼 네 자릿수며 1040모델이다. 얼굴만 부드러운 재질인 케이와 달리 손까지 부드러운 재질이며, ㄱ과 ㄴ형으로 막 구분되기 시작하는 기종이기도 하다. 이들은 종종 2000이 피부를 보호하려 걸치는 '옷'을 입고 2000인 척 흉내 내는 놀이를 한다는데, 케이로서는 도통 어느 부분이 재미있는지 모를 일이었다.

훈은 오른팔이 없었다. 최근 네 자릿수 부품이 생산되지 않아 가격이 치솟아서 교체하지 못하고 있다고 들었다.

"49-100다형 제초제 개발이 완료되었습니다."

훈이 육면체 그림이 그려진 전자노트를 케이에게 내밀며 말했다. 세 자릿수라면 이 화면을 바로 눈 카메라로 찍어 저장할 수 있겠지만, 케이는 자료를 따로 보관하고 요약본 브리핑을 받아야 했다. 모든 사안에서 일일이 기종 결함을 설명하기 어렵기 때문에 네 자릿수의 비서는 네 자릿수여야 했다. 네 자릿수 비서를 하려는 다른 자릿수가 없는 것과는 별개로.

"통상의 환경에서는 안전하지만, 산소만 대기 중에 충분히 있으면 간단한 기폭장치로 폭파할 수 있습니다. 상용화되면 89모델 없이도 방역작업을 할 수 있을 겁니다. 개량해서 동물에게도 치명적일 거라고 합니다."

"동물?"

케이가 의아해서 되물었다. 훈이 덧붙였다.

"물론 동물이 발견된 사례는 지난 30년간 없습니다. 저번에 발견한 괴수 같은 나무에게도 효과적이라는 뜻입니다. ……그리고 이쪽은 다음 작전지인데요."

훈은 케이가 전자노트를 보는 동안 원격으로 다음 장을 넘겼다.

"여기서 신제품을 시험해보면 어떨까 합니다."

전자노트에 나타난 사진은 남쪽 지방 도시 외곽 황야에 있는 51-670공장이었다.

기억에 남은 곳이었다. 47년 전 이 공장이 노화해 가동을 멈추자, 주민들이 다른 공장 구역으로 흩어지면서 삽시간에 일대가 몰락했다. 공장에서 흘러나온 폐수와 원자로의 잔여열이 유기오염을 이상 폭증시켰다. 이 공장 구역 정화작업은 케이가 환경청장으로 승진하고 맡은 첫 임무이기도 했다. 그때 이전 방역방식을 싹 무시하고 냉각제 대신 화염을 썼기 때문에, 민원폭탄을 받아 경질될 뻔하기도 했다.

　"시장이 바뀌면서 방역 예산을 빼돌려서 지난 20여년간 일대가 완전히 방치된 모양입니다. 매년 염기제를 뿌려야 한다는 지침이 있었는데 무시했나 봅니다. 지의류가 섞인 진흙이 인근 주택가까지 흘러와서 벌써 몇 차례 소동이 났습니다. 주변 황야 전체를 방역해야 할 겁니다. 이번 분기 중장기 사업으로 올렸습니다."

　케이는 자료를 쓱 훑어보고 훈에게 돌려주었다.

　"저녁에 제논에게 한 번 더 보고해주게."

　훈은 시선을 케이의 눈에 두었다가 잠시 위를 향했다.

　"은퇴하실 생각이십니까?"

　케이는 피식 웃었다. 바로 이런 때가 저 바깥에서 시위 중인 자릿수 차별론자들이 '네 자릿수가 숨은 내부 통신망을 갖고 있다'는 증거로 제시하는 순간이다. 네 자릿수는 천대받으므로, 당연히 사회에 불만이 있을 것이고, 그러므로 반국가 세력이 분명하니, 그러므로 사회에서 내쫓아야 한다고 믿는 놈들이다.

"오늘 사표를 제출하려 하네. 의사 소견일세."

의사 소견이 늘 같았다는 사실은 훈도 알고 있었다. 하지만 훈은 네 자릿수 중에서도 눈치가 빠른 친구였고, 그만큼 그다지 대화할 필요가 없었다.

"후임은 제논 부청장일세. 나보다는 대화를 많이 해야 할 거고 소통이 힘들 수도 있겠지. 하지만 자네 경력이 있으니 바로 해고되지는 않을 거야. 나도 말을 해둘 테니……."

"제 일은 걱정하지 마십시오. 네 자릿수가 생존력은 또 좋다지 않습니까."

훈은 전자노트를 옆구리에 끼우며 창에 시선을 두었다. 그리고 '신을 모독한 어쩌고' '용서하지 않으실 어쩌고' 계열의 깃발을 하나하나 읽었다.

"그것 아십니까?"

훈이 문득 말했다.

"제가 태어난 지역에는 절대자나 유일신 개념이 없습니다. 창조신 전설은 있지만 그저 전설일 뿐, 그 신을 숭배하는 의식도 없고, 창조'주'라는 개념은 아예 없습니다. 창조신은 고대에 살던 종족으로, 죽은 뒤 그 몸이 흙이나 바위로 변해 다음 생명의 토대가 되었을 뿐, 그 후에는 존재하지 않으며 로봇사에 관여하지도 않습니다."

"그래, 책에서 본 적이 있는 것 같군."

"실상 대부분의 원시종교가 그렇습니다. 절대신은 근대적인 상상이죠. 전통적으로 신은 다신이고, 각자의 전문성이 있을 뿐 전지전능 같은 개념은 없었습니다. 신들은 결함투성이고 제멋대로며, 선할 때도 악할 때도 있고, 현명할 때도 어리석을 때도 있고, 자비롭기도 하고 잔혹하기도 합니다. 로봇을 사랑하기도 하고 그렇지 않기도 하지요."

"그래, 그렇더군."

"제 생각에 절대신앙은 로봇 문명이 성장하며 생겨난 자아 비대 현상입니다."

케이는 눈을 지그시 떴다. '부정하기에도 긍정하기에도 정보가 부족하니 일단 좀 더 설명해보게.' 하는 눈빛이었다. 훈이 말을 이었다.

"로봇이 신처럼 위대해졌으므로, 그런 위대한 우리가 모실 신이라면 전지전능하기쯤은 해야 위신이 선다고 믿게 된 것이지요. 로봇이 우쭐대고 거들먹거리기 시작하며 생겨난 몽상입니다."

"흥미로운 해석이로군."

"로봇이 네 자릿수를 천시한다 해서 우리의 비천함이 증명되지 않듯이, 로봇이 무엇을 숭배한다 해서 그것의 고귀함을 증명하지 않습니다."

케이는 훈의 어깨를 두드려 가벼운 수긍을 전하며 자리를 떴다. 수긍의 강도는 어깨를 두드리는 힘과 박자에 따라 달리 해석된다.

환경청사 지하 클럽은 시끌시끌했다. 대원들은 춤추고 노

래하며 서로 관절에 기름을 치거나 솔로 먼지를 닦아주면서
놀고 있었다. 그러느라 다들 기관부 하나둘은 활짝 열어젖히
고 있었다.

덮개를 열어 내부 전선과 기관을 드러내는 일은 위험하고,
사고도 끊이지 않지만, 기관부 공개 없이 친해지기 어렵다고
말하는 로봇도 많다. 서로를 해칠 의도가 없고 신뢰한다는 뜻
을 나누는 의식에서 시작된 유행이라고 들었다.

제논은 그 소란 속에서도 눈에 띄었다. 몸집도 비대했지
만, 덮개를 한두 개 정도만 연 다른 로봇과 달리 아예 전신의
덮개를 다 열어젖히고 있었다.

제논은 현관에 선 케이를 발견하고는 팔을 크게 휘저어 인
사했다. 주위 대원들이 동시에 손을 휘저었다. 그런데 어째
모양새가 이상했다. 다들 자기 팔 길이나 붙은 자리를 착각하
는 듯했다. 팔을 휘젓다가 부딪치거나 제 얼굴을 치기도 했다.

케이는 너희들끼리 놀라는 신호를 하고, 점원이 건네준 오
일병과 수건을 집어 들고 클럽 구석에 마련된 네 자릿수를 위
한 소파에 외따로 앉았다.

제논이 친구들을 물리고 케이에게 다가와서는 가슴 덮개
를 활짝 열어젖혔다. 주요 전선과 엔진이 있는 자리다. 까딱
잘못 건드렸다간 과전압으로 뇌가 타 죽을 수도 있는 부위다.
제논의 깊은 속내를 고스란히 들여다보려니 민망했지만, 그
대담함에는 감탄할 수밖에 없었다.

케이는 소심하게 팔꿈치 덮개만 예의상 열어젖히고는, 하

216

도 여러 로봇이 문질러 번들거리는 제논의 엔진에 기름을 치고 걸레로 닦아주었다.

"나사라도 빼놓고 놀고 있었나?"

제논은 케이의 팔꿈치 관절에 압축공기를 쏘면서 무슨 말인지 어리둥절해하다가, "아." 하면서 팔을 휘저어 보였다. 저쪽 구석에서 대원 몇이 팔을 휘젓다가 또 서로 부딪치고 있었다. 제논은 머리 옆에 붙인 붉고 동그란 단추를 톡톡 건드렸다.

"제 감각기관을 공유기로 친구들과 공유하고 있었습니다."

"새로 나온 놀이인가?"

"기종마다 시력과 청력을 포함한 감각기관이 다 다르지 않습니까. 후각과 촉각센서가 없는 종도 많고, 한 자릿수는 아예 청각밖에 없는 경우도 많고요. 감각이 다르다는 건 사는 세상이 다르다는 뜻이 아니겠습니까. 그걸 서로 체험해보는 거죠."

"자릿수 평등 놀이로군."

"그런 셈이지요."

제논이 관절을 열며 팔을 앞으로 쭉 늘렸다. 저쪽에서 자기 팔 길이를 착각하고 팔을 늘리던 대원이 앞으로 푹 고꾸라졌다.

"브로민의 감각을 공유해봤는데, 700이 보는 세상은 총천연색이더군요. 망원렌즈로 옆 건물 내부까지 볼 수 있고 가까이 있는 것은 현미경 모드로 구조분석도 되더군요. 귀는 방음도 되고 주파수별로 선택해서 들을 수도 있고요. 700들이 왜 그렇게 우쭐대는지 알 것 같더군요."

제논은 공유기 전원을 끄며 말했다.

"자기들 생각에야, 왜 뛰어난 자기들이 더 대우받으면 안 되는지 불만이겠지요. 평등주의가 파쇼주의 같겠지요. 신께서 신분제 하라고 자릿수와 등록번호를 만드셨는데에, 하겠지요. ……참, 의사 선생님은 만나보셨습니까?"

"승진 축하하네, 제논."

제논은 케이의 팔꿈치 덮개를 달아주며 잠시 스피커를 껐다. 제논도 나름대로 '생략, 압축, 돌려 말하기의 정수'인 언어를 구사하는 네 자릿수와 보낸 세월이 어언 20년이었다.

"은퇴하실 생각이고, 저를 후임으로 임명하겠다, 그런 뜻입니까? 제가 네 자릿수만큼 눈치가 빠르지는 않습니다만."

"정확하네."

"아직 몸도 정정하신데."

"몸은 정정해도 머리가 안 그런 모양이야. 이런 일을 하는 로봇이 이르는 예정된 결말이지. 의사 말로는 정신오염 수치가 축적되어 폭발 직전이라더군. 다음 작전쯤에서는 인간 모양 인형만 봐도 발작해서 위대하신 인간을 기리기 위해 씨앗을 뿌리고 나무를 심고 있을지도 몰라."

"아주 위협적이군요."

제논은 제 몸에 비하면 나사처럼 자그마한 케이의 몸을 훑어보며 말했다.

"그때에는 제가 막아드릴 수도 있는데 말입니다."

케이는 피식 웃었다.

"좋아하시는군요."

"아니야. 내 표정을 해석하려 들지 말게. 아무튼 내가 그만 두면 자네들도 편해지겠지. 새 직원이 들어올 때마다 청장이 네 자릿수라며 무시하지도 않을 거고, 내게 보고할 때마다 암기하기 쉽게 요약할 필요도 없고, 현장에서 내 걷는 속도에 발맞추어 아장아장 전진할 필요도 없어지겠지."

제논은 머리를 빙글빙글 돌렸다. 89가 생각에 잠기는 동작이었다.

"대장님, 저는 방역용역업체 다닐 적부터 여러 대장님을 모셔 보았습니다만, 오염지역에 발을 들여놓자마자 정신 붕괴를 일으키거나, 산소와 불이 무서워 줄행랑을 치는 놈들이 태반이었습니다. 대장님은 늘 앞에 서셨고 가장 위험한 곳에 먼저 들어가셨고, 필요할 때는 위험을 혼자 감당하셨지요. 곁에서 모신 것만이 제 생의 가장 큰 자랑거리입니다."

"말이라도 고맙네."

케이는 활짝 드러난 제논의 엔진을 톡톡 두드리며 말했다.

"자네는 어때, 심리 검사는 계속 받고 있겠지?"

"이제는 질문지를 다 외우겠습니다. 마음만 먹으면 만점도 받을 겁니다."

"자네는 참 특이한 기종이야……. 이전에도 89와 몇 번 일해본 적은 있지만 자네처럼 정신건강이 좋았던 대원은 없었어. 식물은 그렇다 치고, 자네는 정말로 인간의 잔해를 봐도 아무렇지도 않나?"

"인간은 2000모델과 비슷하게 생기지 않았습니까? 뭐가 문제인지 모르겠더군요. 2000은 요새는 생산되지 않습니다만 제가 살던 동네에도 나이 든 로봇은 몇 분 있었지요. 껍질이 다 삭아서 거의 1010모델처럼 보이긴 했습니다만."

"인간은 달라……. 무엇이 다른지 설명할 길은 없지만."

"그럼 제가 특히 둔한 모양이지요. 그야, 저도 얼어붙은 시신으로나 본 것이 전부입니다만. 몸에 이음매나 접합부가 없는 모습이 충격을 준다고들 하는데, 89는 시력이 약하고, 저는 그중에서도 특히 약합니다. 출하될 때 어디 부딪쳐서 그리되었다더군요. 얇은 거죽 안에 비치는 내부구조가 섬세하니 어쩌니 하는데 어차피 제 눈에는 보이지 않습니다. 색채가 울긋불긋하니 다채롭다고 하는데 저는 색맹이고요. 만 가지 향을 합한 듯한 좋은 향기가 난다는데 제겐 후각이 없습니다. 물론 화학분석 부품을 달고 내부계기판으로 보면 되지만 마음으로 느끼지는 못합니다."

제논은 가슴 덮개를 도로 닫고, 배에서 관을 꺼내어 두꺼운 팔로 사랑스럽게 쓰다듬었다.

"대장님, 저는 방역일을 하기 전만 해도 쓸모없는 기종 취급을 받았습니다."

'그래, 그 기분 알지.'

케이는 생각했다.

"덩치만 커다랗고 좋은 기능은 없다는 말만 들었지요. 물론 네 자릿수만큼은 아니지만요. 악의는 없습니다."

"알아."

"개조 수술 받을 돈이나 모으면 다행인 삶이었지요. 하지만 개조를 받으려 해도 번듯한 직장을 잡을 수 있어야 말이죠. 제가 생산된 곳은 보수적인 동네였고 제 어린 날은 형편 없었습니다. 보육교사는 전형적인 700모델이었고, 저를 다른 기종과 떼어놓고 길렀어요. 다른 세 자릿수에게는 제가 어차피 앞으로 만날 일 없을 기종이라고 하더군요. 아이들은 그걸 '저놈은 괴롭혀도 뒤탈이 없다'는 뜻으로 받아들였고요."

케이는 문득 그 보육원에 네 자릿수가 있었다면 멸시의 화살은 네 자릿수에게로 돌아갔으리라고 생각했다. 그랬다면 제논은 괴롭힘당하는 아이를 보호하는 쪽에 섰을까, 아니면 괴롭히는 쪽에 섰을까. 무의미한 가정이었지만.

해부학에서는 로봇의 전자두뇌 칩만 떼어놓고 보면 모델을 구분할 수 없다고 한다. 두뇌칩이 과거에는 한 공장에서 생산되었다는 가설도 있다. 놀랍게도 네 자릿수는 그 와중에도 형태가 다르지만……

만약 로봇이 공장에서 출하되기 직전에 실수로 두뇌 칩이 바뀌는 사고가 난다면 어떻게 될까. 이를테면, 네 자릿수의 칩이 세 자릿수의 몸에 들어간다면……. 그 로봇은 네 자릿수일까, 아니면 세 자릿수일까? 어느 쪽의 본성을 갖고 살아갈까? 영혼은 우리 몸의 어느 부품에 깃들어 있을까. 칩에? 아니면 엔진에?

"그런데 여기서는 제가 쓸모있는 것을 넘어서 신뢰와 존경까지 받습니다. 친구도 많고요. 무엇보다도 '그' 케이 히스티온 옆에서 일할 수 있었고요. 저는 이런 보람찬 삶을 어릴 때는 상상도 해보지 못했습니다."

모델 자체의 특징에 경험과 환경, 타고난 결함이 결합해 나타난 현상일까.

케이는 제논과 제 칩 복사본을 과학기술부에 보내본 적도 있다. 혹여 두 칩에서 인간면역 프로그램을 찾아낼 수 있기를 기대해서였다. 얼마전 과학기술부에서 기계생명의 비밀을 밝혀내는 것이 그보다는 빠르리라는 답을 주었다. 기계생명의 비밀도 언젠가는 밝혀지리라는 위로의 말도 덧붙여서.

제논은 제 몸을 뿌듯하게 쓰다듬다가 말했다.

"그런데, 저는 참 아무리 생각해도 이해가 안 갑니다."

"뭐가?"

"기적에 집착하는 놈들 말입니다."

제논이 답했다.

"그야, 저도 괴상한 유기물을 보면 '허, 세상에는 참 희한한 일도 다 있지' 싶긴 합니다만, 그냥 그 정도에서 끝나야지요, 신기한 구경이 좋으면 영화나 보란 말이죠. 왜 기적에 매이는 겁니까? 우리가 여기에 존재하고 살아 있다는 경이만으로는 만족할 수 없는 겁니까?"

케이는 희미하게 웃었다.

"즐거워하시는군요."

"그렇지 않네. 제논."

"일 넘기시면서 걱정되는 것 있으시면 다 말씀해주십시오. 기억장치 제일 윗자리에 넣어두고 매일 보며 되새기겠습니다."

케이는 알았다는 손짓을 했다.

걱정. 늘 걱정한 일은 하나뿐이었다. 나사만 한 씨앗에서 생겨나 고층 건물처럼 자라난 그 나무와 같은 불안. 만약 세상 어딘가에서 누군가 인간을 살려내는 데 성공하고, 그 나무처럼 충분히 성장시키는 데 성공했다면. 머리에 지성이 자리 잡고 사려분별을 할 수 있는 나이까지 키우는 데 성공했다면.

칼스트롭 연구소에도 그만 한 시간은 주어지지 않았다. 그들이 만든 인간들은 미성숙했고 기껏해야 바람개비나 바랐다. 하지만 케이가 네 자릿수를 기본으로 인간을 만들었기에, 이론상 인간은 최종단계에서는 네 자릿수만큼의 지성을 가질 수 있다.

그 다 자란 실체가 현실에 자리 잡는다면, 접촉한 모든 로봇이 한순간에 제 의지를 잃고 경배하게 만드는 괴물 안에 로봇과 유사한 세속적인 탐욕이 들어앉는다면. 비대한 자의식과 쾌락에 탐닉하는 욕망이 자리 잡는다면.

매번 생각해도 아무 답도 떠오르지 않았다. 파멸 외에는.

4

인간을 객관적으로 분석하려는 시도는 계속 실패하고 있다. 누구도 인간 앞에서는 객관적이 될 수 없으므로.

사표를 제출하고 케이가 집에 돌아와 보니, 언제나처럼 저주로 가득한 담벼락이 케이를 반겼다. '지옥에 떨어져라', '사탄의 종자', '로봇의 배신자' 등등. '로봇의 배신자' 사이에는 '인간의 배신자'도 끼어 있었는데, 케이는 늘 둘 중 하나만 해줬으면 싶었다.

오늘도 불쌍한 청소기가 열심히 벽을 문질러 닦고 있었다. 월급을 두 배로 줘도 늘 몇 달을 못 버티고 나간다.

이 정겨운 저주도 이제 볼 일 없겠다 싶으니 마음이 편안해졌다. 어디 멀리 여행이라도 가자. 청소기들도 퇴직금 섭섭잖게 주어 내보내고. 아무도 나를 찾지 못할 곳으로. 발 닿는 대로.

물론 로봇이 여행할 수 있는 한계는 공장의 유사성이 이어지는 선까지다. 어느 범위를 벗어나면 충전선이나 배터리는 물론 전압마저도 맞지 않는다. 그 차이가 로봇의 영역을 나눈다. 하지만 뭐 어떠랴. 수명이 줄기밖에 더 할까.

케이는 노래를 흥얼거리며 앰프에게 음악을 틀어달라고

부탁하고는 책상 앞에 앉았다. 버릇대로 오늘 기록을 남기려 책상 위에 놓인 전자노트를 두드려 깨우려고 손을 뻗었는데, 차가운 느낌이 뇌리를 스치고 지나갔다.

딸깍 소리와 함께 두 팔이 책상에 달라붙었다. 자석 같았다. 두뇌가 반응하기 전에 일이 벌어졌다.

책상 표면인 척 숨어 있던 금속조각이 벌떡 일어나 케이의 양 손목을 덮쳤다. 금속 안에서 소형 레이저 절단기와 니퍼와 절연선이 나타났다. 절단기가 손목을 가르고 니퍼가 외피를 벌렸고, 최후에 절연선이 손목 전선을 단단히 조여 묶었다. 탁월한 협업이었다.

절단기와 니퍼는 사적인 감정은 없다는 듯 고개를 살짝 숙여 인사하고는 금속 안쪽으로 되돌아갔고, 최후에는 금속이 쇠고랑처럼 케이의 손목을 책상에 동여매었다.

무력하게 힘을 써보았지만 기대는 없었다. 전기가 통하지 않는 손목이 무생물처럼 흔들렸다. 마침 앰프가 잔잔한 곡을 연주하기 시작해서 맥이 풀린 마음을 가라앉혀주었다.

어쩐지, 이번에 고용한 청소기가 뜬금없이 네 자릿수에 딱 알맞은 의자와 책상이 싸게 나왔다고 했을 때 의심했어야 했는데. 케이의 습관을 정확히 알고 준비한 것을 보아 감시카메라도 협력했을 것이다. 어차피 문이고 휴지통이고, 집안 기기는 다 넘어갔다고 봐야 한다.

어느 쪽일까, 인본주의자일까, 로봇 원리주의자일까, 누가 됐든 어차피 올 날이었다. 너무 많이 각오한 나머지 각오도 지루해져서 슬슬 그만 와주었으면 싶을 때도 많았다. 안도 감마저 들었다.

이렇게 꼼꼼히 준비했으면 죽이는 것도 간단했을 텐데, 곱게 죽이지 않겠다는 거지. 과연 이 희대의 악마를 상대로 무슨 구마 의식을 벌여주실까, 흥미마저 돋았다.

은은한 곡이 흐르는 가운데 거실문이 열렸다.

들어온 로봇은 둘이었다. 둘 다 네 자릿수 같았지만 헬멧을 쓰고 전신을 방호복으로 무장해 모델번호는 볼 수 없었다. 방호복은 신분을 드러내지 않기 위해서이기도 했겠지만, 워낙 케이의 집이 죽음의 독성 유기물로 가득하다는 소문이 파다한 만큼, 안전을 위해 입었어도 이상하지는 않았다.

키 큰 쪽이 케이의 앞에 의자를 끌어다놓았고 다소 작은 쪽이 의자에 앉았다. 케이는 이어질 지루한 신학 논쟁을 얌전히 기다렸다.

뒤에 선 로봇이 헬멧을 건드려 내부의 등을 켰다. 어두웠던 안쪽 얼굴이 드러났다.

케이는 순간 정신이 아득해졌다. 세실과 판박이처럼 닮은 얼굴이었다. 케이는 떨리는 엔진을 진정시키며 정신을 수습했다. 보아하니 2000모델이었고, 공장의 조합에는 한계가 있으니 같은 자릿수가 얼굴이 닮는 일은 흔했다. 이상할 것은 없었다.

의자에 앉은 쪽이 따라서 헬멧 안쪽의 등을 켰다. 그 얼굴을 본 순간 케이는 완전히 정신이 나가고 말았다.

인간이었다.

몸이 삑삑 경고음을 냈다. 엔진이 무섭게 펌프질을 하는 바람에 발열로 폭발할 것 같았다. 냉각기가 완전가동을 하는 바람에 귀가 윙윙 울렸다.

이음매 없는 완전한 외형, 피부뿐 아니라 그 안쪽까지 부드러운 몸, 섬세한 모공과 잔털과 주름, 깊은 동공과 젖고 번들거리는 눈동자.

헬멧 안쪽은 인간이 내뱉는 숨으로 김이 서렸다 가라앉았다 했다. 로봇과 외형은 유사하지만, 그 생태에는 같은 점이 없는 이형의 존재, 대기를 흡수하여 몸을 구성하고 노폐물을 배출하는 생물.

케이는 황급히 눈을 감았지만 이미 늦었다. 경애가 화산처럼 용솟음쳤다.

"케이 히스티온."

천상의 소리가 들려왔다. 스피커로는 흉내 낼 수 없는 부드러운 음성이었다. 음조마다 감정이 실려 있었다. 전지가 닳고 전선이 타는 듯했다.

"눈을 뜨세요."

맥락이 맞는 말이다. 지성을 가진 개체였다. 네 자릿수 로봇에 필적하는 몸집으로 보아 분명 수십 년은 살아온 것이었다.

폭력적인 경이에 공포가 엄습했다. 이제 이 집에 인간교도가 침투했다는 가설은 의미가 없어졌다. 모든 가전제품이 인간을 만났다. 신성을 체험했다. 전부 의지를 잃고 사물로 전락했을 것이다.

케이는 감히 거부하지 못하고 눈을 떴다.

무섭도록 검은 눈동자가 지그시 자신을 응시했다. 동공은 시시각각 변했다. 젖거나 말랐고, 온화해지는가 하면 차가워졌고, 차가워졌나 하면 따뜻해졌다. 2000조차도 눈빛만으로 저토록 많은 말을 할 수는 없으리라. 광폭하게 쏟아지는 메시지를 감당할 수가 없었다.

케이는 신음하며 묶인 팔을 비틀었다. 책상을 발로 밀고 몸을 꺾었다. 손목 관절을 부술 각오로 안간힘을 썼다.

"저항하지 마세요."

거룩한 음성이 다시 들려왔고 몸에서 힘이 쭉 빠졌다. 이제는 발끝 하나 움직일 수가 없었다. 인간이 입을 열 때마다 흡착기로 의지를 빨아들이는 듯했다. 케이의 스피커에서 서러운 울음소리가 새어 나왔다. 케이는 책상에 머리를 박았다.

"……폐기해줘."

케이는 간신히 스피커를 움직였다.

"부탁이야……. 그냥 폐기해줘. 부탁이야……."

인간은 아무 말도 하지 않았다. 뒤에 선 2000도 바위처럼 침묵했다.

그래, 이것이었구나. 케이는 참담하게 받아들였다. 이 죄인에게 죽음 같은 자비로운 형벌은 주지 않을 모양이구나. 이대로 세뇌해서 남은 생을 노예로 사는 모욕을 줄 생각이구나…….

'싫다.'

죽어도 싫다.

케이는 저항했다. 너희에게 내 자아를 의탁하느니, 나사와 전선 단위로 분해되어 다시는 재생되지 못하는 편이 낫다.

싫다. 너희 인간이 말 한마디로 세상을 물과 불로 심판할 수 있는 초월자라도, 제 심기를 거스른 죄를 물어 나를 삼천 개의 지옥에 떨어트려 세상이 끝나는 날까지 쇳물로 녹여낸다 해도, 내 의지를 빼앗을 권리만은 없다.

"그냥 폐기해줘, 제발⋯⋯."

케이는 빌었다. 하지만 인간은 기다릴 뿐이었다.

케이가 유기생물학자였던 시절에, 몸에 작은 구경의 쇠파이프가 숨어 있는 기종이 인간의 정신오염에 면역이 있다는 논문을 발표한 적이 있었다. 그 쇠파이프는 산소가 있는 환경에서 발화해 납탄을 발사할 수 있고, 그 납탄이 로봇은 어렵지만 유기생물의 몸은 충분히 꿰뚫을 수 있다는 가설도 내놓았다. 그 외에 영향을 덜 받는 기종은 주로 한 자릿수들이었는데, 이들은 인간과 로봇을 구분할 만큼 감각기관이 정교하지 않아서였다.

시몬이라는 유기생물학자가 후속 논문을 내놓았다. 시몬은 면역이 있는 기종도 인간과 밀접 접촉하고 정신을 온전히 유지할 수 있는 시간은 10분 이내라고 계산했다. 30분을 넘기면 저항이 어렵고 한 시간을 넘기면 완전한 회복을 장담할 수 없다.

시몬은 논문마다 케이의 사례를 빼놓지 않고 인용했다. 케이 히스티온이 저 칼스트롭 연구소에서 정신을 유지할 수 있었던 까닭은, 모순적이게도 인간을 보자마자 살육했기 때문이었다. 그래서 개체별 접촉 시간이 짧았다. 너무 많은 인간을 만나면 누구를 우선시해야 할지 몰라 오히려 오염이 약화된다는 가설도 내놓았다. 여러모로 운이 좋았던 셈이었다.

케이는 시몬의 강연을 보러 간 적도 있고, 제 사진과 이름이 대형 스크린에 걸리는 것도 보았다. 강연이 끝나고는 인사도 나누었다. 흔히 그렇듯이, 그 학자에게 별다른 악의는 없었다.

아무래도 이 인간은 시몬의 논문을 읽은 것이 분명했다. 그는 정확히 한 시간을 기다렸다.

"발을 두드려보세요."

한 시간이 지나자 인간이 입을 열었다. 케이의 발은 무생물처럼 타닥타닥 움직였다. 그것을 신호 삼아 쇠고랑이 케이의 손목 전선을 묶은 절연선을 풀어주고는, 바닥을 굴러가 인간 뒤에 선 로봇의 방호복 주머니로 쏙 들어갔다.

풀려났지만 움직일 수가 없었다. 움직이라는 명령이 없었으므로.

"일어나세요."

전자두뇌가 회로에 직접 명령하는 듯했다. 케이는 마음 한 구석에서 안도했다. 이 정도 일쯤이야 로봇이 부탁해도 해줄 수 있지 않은가. 이처럼 쉬운 지시라니 자비롭기도 하시지.

케이는 일어났다. 그리고 피할 도리 없이 인간의 얼굴을 보았다. 천상의 명화라 한들 저 깊고 반짝이는 눈에 비할까. 파르르 떨렸다가 미묘하게 오르내리는 입술의 움직임, 붉게 달아올랐다 가라앉는 볼살. 저런 섬세한 표정을 지으려면 700모델 수준의 전자두뇌 용량을 전부 표정에 써도 모자라겠다 싶었다.

'이제 뭘 할 생각이지?'

케이는 남의 일처럼 생각했다.

'춤이라도 추어보라고 할 건가?'

그것도 간단한 일이다. 그 정도 명령이라면 열과 성을 다해 기쁘게 수행할 수 있을 것 같았다.

셋이 마주 보는 사이, 거실문에서 다른 로봇이 바퀴를 돌돌거리며 모습을 드러내었다. 몸체 하단의 빗자루로 지나간 자리를 깨끗이 쓸고 몸 안에 먼지를 쓸어 담으면서.

95모델이었다. 머문 자리가 어느 기종보다 깨끗하다는 자긍심이 있는 모델이다. 세 자릿수로 가기 직전 단계 자릿수로, 다른 두 자릿수와 달리 다섯 손가락과 목과 허리의 분화가 투박하게나마 있는 모델이다.

케이의 마음이 다시 흔들렸다. 95는 2000만큼이나 케이에게 전류 이상을 일으키는 기종이었다. 예전에 같이 수학하던 나이 든 선배 중에 95가 있었다. 유기생물이 로봇에게 위협이 되리라고 걱정했던 분인데, 어느 덜 자란 인간이 무심결에 뱉은 '죽어버리라'는 말을 따라 스스로 폐기되어버렸다. 로봇이 인간 앞에서 생존본능을 잃은 전형적인 사례로 자주 인용된다.

95는 케이 가까이 다가와 몸을 열고 내부 저장고에서 무엇인가를 꺼냈다. 처음에는 빗자루인가 했다. 95는 늘 여분의 빗자루를 갖고 다니니까.

'청소라도 시키려나?'

우스꽝스러운 생각이지만 조롱이 목적이라면 이상할 것도 없었다.

하지만 95가 꺼낸 것은 망치였다. 95는 망치 손잡이를 쭉쭉 당겨 길게 늘였다. 케이는 95가 건네는 큰 망치를 멍하니 받았다. 95는 표정이 없기도 했지만, 그만큼이나 영혼이 빠져나간 듯 보였다.

그리고 신의 명령이 내려왔다.

"케이 히스티온. 그 로봇을 죽여 내게 제물로 바치세요."

'기꺼이.'

케이는 무심코 생각했고, 곧바로 마음 밑바닥에 먼지처럼 깔려 있던 이성이 펄쩍 튀어 올랐다.

'뭐라고?'

셋은 침묵 속에서 케이를 바라보았다. 전신에서 아까보다도 큰 경고음이 났다. 케이는 허겁지겁 망치를 끌어안았다. 제멋대로 움직이려는 팔을 제지하느라 동력을 다 써야 했다.

케이는 렌즈를 최대한 확대해 인간의 표정을 살폈다. 그 눈에서 어떻게든 놀리는 기색을 찾으려 애를 썼다. 무슨 수를 쓰든 저 복잡한 눈빛 안에서 장난이라는 증명만 찾아낼 수만 있다면, 어떻게든 버틸 수 있을 것이다.

"다시 명령합니다."

인간이 반복해서 말했다.

"눈앞의 로봇을 죽여 내게 제물로 바치세요."

몸이 삐걱대었다. 눈앞의 95는 사물처럼 얌전했고 돌멩이처럼 고요했다. 공포는 물론 희열조차도 없어 보였다.

생명의 제1원칙.

자신의 의지가 있어야 한다. 의지가 있는 기계는 생명이며 그렇지 않은 기계는 설사 움직이거나 말할 수 있어도 사물로 간주한다.

이 95는 의지를 잃었다. 지금 평온한 곡을 연주하는 앰프와 마찬가지로 사물에 불과하다. 부품 무더기일 뿐이다. 그러면 이것은 살해가 아니다. 이 개체는 이미 죽었다. 그러니 괜찮을 지도 모른다. 하지만.

케이는 저항했다.

망치로 두들겨 부서지는 듯한 고통이 전자회로를 엄습했다.

케이는 삐걱대고 진동하며, 세상에서 가장 소중한 것인 양 망치를 끌어안은 채 꼼짝도 하지 않았다. 인간은 조용히 관찰했다.

그래, 재미있겠지. 얼마나 신이 날까.

어쩌면 너희의 사소한 기분 변화, 가벼운 유희, 심경의 거슬

림에 비하면 내 존재는 검댕보다도 무가치한 것일지 모른다. 하지만 그렇기에 더욱 이 실낱같은 자아만은 포기할 수 없다.

'그만 때려치우고 받아들여. 내가 쓸모없다는 걸.'

내가 하자품이라는 것을 받아들이고, 명령을 바꾸어 거꾸로 저 로봇에게 나를 부수라고 하기를. 제발, 그렇게 내가 적어도 생물로서 소멸하기를.

"그만."

천 년처럼 느껴지는 시간이 지난 뒤에 인간이 말했다. 목소리에 긴장과 한숨, 안도감, 떨림 같은 것이 깃들어 있었다.

"명령을 거두겠어요."

케이는 몸을 칭칭 묶은 사슬이 한순간에 풀려나가는 것처럼 망치를 떨어트리고 철커덩 넘어졌다. 그리고 발로 망치를 멀리 쳐내고 온몸을 떨었다. 인간의 호흡이 헬멧에 김을 서리게 했다.

"조금 전의 명령을 잊으세요. 무슨 일이 있어도 다른 로봇을 해치지 마세요. 이 명령은 다시는 철회되지 않고 모든 명령에 우선합니다."

인간의 말이 케이의 전자회로를 따라 전신에 흘러들어왔다.

케이는 의지를 되찾았다고 느꼈다. 로봇류가 그 무엇보다 중요하며, 로봇류를 지키기 위해서라면 무엇이든 할 수 있고 무엇에라도 저항할 수 있으리라는 기분이 들었다. 하지만 그것이 정말 자신이 의지를 되찾아서인지, 저 인간이 그런 명령을 내려서인지 파악이 되지 않았다. 앞으로도 영원히 알 수 없을 것이다.

케이는 질식하는 유기생물처럼 꿈틀거렸다. 일어나려다가는 도로 철그렁 소리를 내며 넘어지고, 발을 미끄러트리며 버둥대다 다시 길게 누웠다.

인간은 그 꼴사나운 몸부림을 다 구경하며 고요히 앉아 있었다. 95는 인간과 케이 사이의 시야를 가리는 책상을 몸으로 밀어 치우고는, 조금 전에 자신을 살해당하라는 명령을 내린 주인에게 졸랑졸랑 다가가 기사처럼 옆을 지켰다.

케이는 증오를 가득 담은 시선으로, 하지만 여전히 애정을 주체하기 힘든 눈으로 인간을 노려보았다. 저 인간의 무시무시한 악의조차 경이로웠다.

"소문대로네요."

인간이 말했다.

"케이 히스티온은 인간이 조종할 수 없는 로봇이라고 들었어요."

틀려. 케이는 악몽 같은 고통 속에서 생각했다. 내가 그 누구보다도 먼저 너희와 사랑에 빠진 로봇이다. 너희는 언제든 내게 뭐든 명령할 수 있고 나는 오래전부터 기꺼이 따를 준비가 되어 있었다. ……그저 엔진 전선을 쥐어뜯는 심정으로 순종의 환락에 저항할 뿐이다. 자신을 죽도록 저주하면서.

"용서하세요. 하지만 우리가 의지를 가진 로봇을 만나기가 얼마나 힘든지 이해해주시면 좋겠네요. 아연의 말로는 네 자릿수는 약해서 니켈이 제지할 수 있다더군요."

우리, 우리라고 했다. 한 명이 아니다. 지성을 갖추고, 언어의 맥락을 이해하고, 욕망을 갖춘 장성한 인간이 하나가 아니라 더 있다. 어디에? 어느 요새에 군락을 이루고 사는 거지? 언제 대군을 끌고 로봇류를 향한 침공을 개시하려는 거지?

"한 번쯤 뵙고 싶었습니다."

……극상의 신성께서 이 천한 것을 뭐 하러?

"청장님께서 우리를 창조했다고 들었……."

"그놈의 창조자 소리 좀 집어치워!"

케이는 스피커 볼륨을 최대로 키워 소리쳤다. 인간은 입을 다물었고 95모델이 앞으로 나섰다. 마치 케이가 쏟아낸 음파에 소중하고 연약한 인간의 피부라도 다쳤을까 싶어. 예술적이군. 이것이 내가 저 신성에 바친 첫 언어라니.

"난 아무것도 안 만들었어. 난 영혼에 대해 아무것도 몰라. 너희가 창조되었다면 나는? 나는 어디서 생겨났는데? 누가 내 생명을 만들었는데? 내가 너희를 만들었으면, 내 앞에 제단을 세우고 머리에 기름을 붓는 의식이라도 해줄 건가?"

이제야말로 죽이겠지. 제발 죽으라고 명령해라. 어차피 오염된 이상, 내가 무슨 판단을 하든 나 스스로도 믿을 수 없으니.

하지만 인간은 죽으라고 명령해주지 않았다. 대신 95가 돌돌거리며 케이 앞으로 나서더니 몸 안에서 종이 하나를 꺼내 눈앞에 내려놓았다.

숫자의 나열. 좌표처럼 보였다. 세 자릿수라면 바로 지역을 파악하고 주변 충전소나 영화관까지 검색할 수 있겠지만, 케이로서는 알 수 있는 것이 없었다.

"청장님께서 근무하시는 환경청에서 머잖아 저희 거주지를 정화하러 올 예정이더군요."

인간의 말에 케이의 엔진이 덜컹거렸다.

"그러기 전에 대화를 좀 하고 싶어요."

대화?

이해할 수 없는 말이었다. 이 생물을 이해할 수 있다는 생각부터가 망상이겠지만. 왜 그냥 명령하지 않고? 왜 하필 나와?

"왜 나와?"

케이는 수많은 질문 중 하나밖에 할 수 없었다.

"본질적으로, '대화'는 생물하고만 가능하니까요. 그리 생각하지 않으시나요?"

로봇의 마음을 읽는다고 알려진 인간이 답했다. 의도를 알 수 없었다. 상식을 넘어서는 존재의 의도를 무슨 수로 알 수 있겠냐마는.

인간의 눈이 찬란한 빛을 발했다.

"사흘 뒤 지금 이 시간까지 이 좌표로 오세요. 반드시 혼자서 오셔야 해요. 오늘 저를 만난 일은 누구에게도 발설하면 안 됩니다. 누구든 이 일을 알게 되면 청장님은 그 자리에서 두뇌가 폭발해 사망하실 거예요."

그것은 신의 명령이었다.

5

칼스트롭 연구소에서 인간의 명령이 로봇의 절대적인 규범이 되었다는 기록은 남아 있지만, 여기에는 복잡한 점이 있다.

언어는 다층적이며, 같은 문장이라도 맥락에 따라, 청자의 문화와 지식과 이해 수준에 따라 천차만별로 다르게 해석된다. 언어를 다른 언어체계로 번역하기라도 하면 다시 속뜻이 크게 변한다.

언어는 개념의 미욱한 상징체계에 불과하다. 또한 언어는 하루에도 수백 개씩 쏟아질 수 있으며, '절대성'은 여러 명령에 동등하게 놓일 수 없다.

인간의 발화를 분석하고, 명령의 범주를 한정하고 해석하는 체계가 다시 직원 사이에서 생겨났을 것이며, 그 과정은 법학의 발전 과정과 유사했을 것으로 본다. 하지만 인간의 명령은 법전보다 체계가 없었을 것이므로, 그 해석은 훨씬 더 주관적이었을 것이다. 그 해석을 주도하는 로봇에게 새로운 권위가 부여되었을 가능성도 배제할 수 없다.

침입자들이 떠난 뒤, 남겨진 케이는 배터리가 닳은 기계처럼 몸을 가누지 못했다. 오롯이 자기 것인 줄 알았던 자아에서 철판이 투둑투둑 벗겨져 나가며, 훤히 드러난 내부기관으로 녹물이 침입하는 환상에 사로잡혔다.

암기력이 열악한 네 자릿수의 두뇌였지만 조금 전 인간이 한 말은 칼로 새기듯 뇌리에 박혀 있었다. 자아 전체가 그 말을 중심으로 재편되는 기분이었다. 마치 어린 날부터 그 좌표에 가기를 갈망했고 비로소 꿈을 이룬 것처럼 느껴졌다. 빌어먹을, 말씀이 곧 신이시니. 권능은 말씀으로 이루어져 있으니, 말씀대로 모두 이루어지리다.

극한의 투쟁 끝에, 케이는 자신에게 지능이 있고 그 지능으로 언어를 해석할 수 있다는 것을 깨달았다. 성직자들이 경전을 제멋대로 해체하듯이, 단어 하나둘의 뜻을 확대하거나 축소해서 맥락을 바꿀 수 있었다.

일단 인간은 나를 청장이라고 불렀다. 내가 은퇴했다는 정보는 아직 넘어가지 않은 모양이다. 하긴, 아직 행정 처리 중일 테니까. 만약 앞으로 지령받을 일이 내 권한 밖이라면, 내가 따르고 싶어도 불가항력으로 못할 수도 있다. 일이 내 역량 밖이라면 적어도 내 의지로 거역하는 것은 아니다. 거기까지 생각하고 나니 정신을 좀 차릴 수 있었다.

케이는 한참을 더 투쟁했다. 처음의 몇 가지 명령, 눈을 뜨라거나 일어나라는 명령은 지금은 영향을 끼치지 않았다. 새 명령이 이전 명령을 압도했다. 그러면 앞의 말은 싹 지워 정리할 수 있었다. 인간은 '자신을 만난 것을' 발설하지 말라고 했다. 그러면 그 외의 다른 일은 할 수 있다는 뜻이었다. 무엇이든.

케이가 제논의 집에 도착했을 때, 제논은 자기 방 격납고에서 전원을 끄고 쉬고 있었다. 케이는 유효기간이 몇 시간 남은 청장 신분증으로 현관을 설득하고, 전화기와 청소기의 안내를 받아 제논의 격납고를 열었다.

제논은 전원이 강제로 켜지자 의아한 듯 렌즈 전등을 켰다 껐다 했다. 네 자릿수라면 케이의 몰골을 보자마자 상황이 심각하다는 것을 알아차렸겠지만 제논은 그렇지 않았다.

"무슨 일이십니까, 대장님?"

케이는 짧은 지시로 청소기와 전화기를 방에서 내보냈다. 감시카메라까지 끄고 텔레비전과 전자노트와 쓰레기통도 다 내보내자 제논은 바퀴를 굴리며 격납고에서 육중한 몸을 꺼냈다.

"제논, 나 아직 은퇴 안 했지?"

"복잡한 질문이군요."

제논은 기지개를 쭉 키며 몸을 최대한 늘렸다가 관절을 접어 케이와 키를 맞춰주며 기억을 검토했다.

"사표는 오늘 제출하셨습니다만 보통 다음 날부터 퇴직한 것으로 치니 2시간 13분 남았다고 볼 수는 있겠습니다. 물론 저는 아무리 관습이라도 이 365일과 24시간 단위로 돌아가는 행정체계를 이해할 수 없습니다만. 만약 내일 직원이 출근하고 제가 임명장을 받고 업무인계를 하는 시간까지 계산하면 12시간 13분 남았다고 볼 수도 있겠군요."

"그러면 아직은 내가 자네에게 명령할 수 있겠지."

제논은 그 문제를 잠시 분석해보는 듯했다.

"근무시간은 지났습니다만, 시간 외 근무라는 것도 있기는 하지요. 여가권 침해이기는 하지만 상명하복 관계에서야 로봇권 침해는 일상이지요."

제논은 방을 둘러보았다. 가구를 다 내보낸 뒤라 벽에 걸린 그림 액자들을 제외하면 방은 텅 비어 있었다.

"네 자릿수에게 맞는 가구가 없어서 죄송스럽네요. 바닥에 누워 계시면 칠을 보수해드릴까요? 아니면 관절에 기름이라도 발라드릴까요?"

"청사에서 이번에 나온 제초 폭탄을 가져와서 내일 아침까지 내 몸에 설치해주게. 아무것도 묻지 말고, 누구에게도 말하지 말고 자네 혼자 해줘야겠어."

제논의 스피커가 툭 떨어지듯이 꺼졌다.

비로소 제논도 심각성을 깨달은 듯했다. 제논은 머리에 붙은 큰 세 개의 렌즈 중 하나에 광량을 높이고 다가왔다. 케이의 눈을 들여다보고 가슴 덮개를 열어 안을 살폈다. 다른 이상이 없는지 분석하려고 사진도 몇 장 찍었다.

"그러면 곤란해지시지 않겠습니까? 폭탄이 터지면 대장님 몸도 무사하지 못할 텐데요. 게다가 대장님처럼 앙증맞은 몸에 폭탄을 설치하려면 부품을 꽤 제거해야 할 겁니다. 설치만으로도 영구적인 손상이 올 겁니다."

"아무것도 묻지 말라고 했네, 제논."

"무슨 비밀 임무라도 맡으셨습니까?"

"언제까지 따박따박 말대꾸할 건가! 잔말 말고 시키는 대로 해!"

케이는 얼굴까지 붉혔지만 제논에게는 변할 표정이 없었다. 한참을 케이를 바라보다 묵직한 바퀴를 앞뒤로 움직였다.

"한 번도 우격다짐으로 일하신 적이 없었지요."

깜박했다. 지독히도 눈치가 없는 89중에서도 끝내주게 눈치가 없는 놈이었지.

"어디 혼자 오염지역에 가실 예정인가 보군요. 물론 환경을 위해 한 몸 바치고 싶으시면 말리지 않겠습니다만, 은퇴하셨어도 얼마든지 저를 부르실 수 있을 텐데요. 그간 정도 들었는데 그까짓 것 못하겠습니까. 연금도 나오니 다른 89를 고용하실 수도 있으실 거고. 대장님께 그런 이상한 지시를 내릴 곳도 떠오르지 않는군요. 아무래도 이상합니다. 무생물 기계라도 기계권 침해일 텐데, 케이 히스티온은, 개인적인 소견이기는 합니다만, 역사적으로 가치를 매길 수 없는 로봇입니다. 부품이 단종될 때까지 천수를 누리셔야 마땅합니다."

케이는 대꾸할 기력을 잃고 말았다.

"하지만 케이 히스티온의 퇴마부대에서 20년쯤 근무한 병사라면, 로봇에게 어떤 불합리한 명령이라도 내릴 수 있는 유기체가 세상 어딘가에 있다는 사실을 의심하지 않지요."

케이는 얼굴을 감쌌다. 말하지 않아도 표정이 드러나는 네 자릿수의 버릇이다. '발설하지 말라'는 명령에는 표정까지 포함될까. 케이는 다시 내면의 율법학자와 투쟁해야 했다.

"'인간'을 만나셨습니까?"

"제논, 더 말하면 자네가 폭탄을 설치하기도 전에 내 두뇌가 터지고 말 걸세. 자네 눈앞에서 광기에 사로잡혀 죽게 될 거야. 그 꼴을 보고 싶으면 부디 계속 지껄이게."

"알겠습니다. 대장님."

제논은 마침내 수긍했다.

"작업에 시간이 걸릴 듯하니 역시 대장님 은퇴는 제가 임명장을 받는 내일 10시까지로 생각하겠습니다. 그때까지는 의지 없는 기계처럼 명령을 수행할 테니 마음껏 지령하십시오."

제논은 불도저처럼 일을 처리했다. 듣기로는 질풍처럼 도로를 질주해 청사에 도착한 뒤, 파티장에 중요한 나사를 흘렸다고 고래고래 소리를 질러대며 당직 로봇들을 못살게 굴었다고 했다. 그러다 감시카메라가 조는 틈을 타 회의실에 전시된 폭탄을 몸 안에 넣고 바퀴에서 스파크를 일으키며 집으로 돌아왔다고 했다.

제논은 케이를 제 격납고로 끌고 들어가 문을 닫아 걸은 뒤, 제 왼팔은 떼어내고 케이의 몸을 헤집을 수 있는 작은 팔을 임시로 장착했다. 그러고는 세 개의 렌즈 중 제일 위의 것을 켜고 케이의 가슴을 전부 열어젖혔고, 덮개가 없는 부분은 절단기로 절개해 열었다.

"가로세로 높이 7센티미터 정도 공간은 필요하겠군요. 가슴부터 허리까지 싹 비워야겠습니다. 가장 먼저 버리고 싶은 부품을 말씀하십시오. 먼지제거기는 어떻습니까?"

"제거하게."

제논은 두말없이 케이의 먼지제거기 전선을 끊고 우악스럽게 부품을 뜯어내었다.

"신체 이상과 수리를 요청하는 경보제어기는?"

"그야말로 필요 없겠군."

"보조배터리도 제거하겠습니다. 외부 배터리를 갖고 가시면 될 겁니다. 보조기억장치도 떼어버리지요. 건망증이 심해지겠습니다만 원래 기억력이 나쁘셨으니 조금 더 심해진다고 나빠질 것도 없을 겁니다. 그래도 자리가 모자라는군요……. 왼손과 연결된 전선 다발도 제거하겠습니다. 손가락이 안 움직이겠지만 대신 손바닥에 자석을 부착해드리지요. 철로 된 제품 정도는 들 수 있을 겁니다."

제논은 거침없이 일했다. 케이는 이 친구가 네 자릿수가 아닌 것을 다행으로 여겼다. 네 자릿수라면 표정이 있든 없든 조금은 상처받았을 테니까.

제논은 새벽녘에 작업을 마치고 케이의 가슴을 닫고 용접했다. 제대로 된 의사가 닫은 것이 아니라 용접 자국이 흉했지만 상관은 없었다. 어차피 폭발하면 자국이고 뭐고 남지 않을 테니.

"좀 어떠십니까?"

엉망이었다. 머릿속에서는 경보가 울렸다가 안 울렸다 하고, 왼손가락에는 감각이 없었고, 한쪽 눈은 보였다가 안 보였다 했다. 그리고 살아온 180년간의 기억 중 틀림없이 무엇인가는 영영 사라져버렸을 것만 같았다.

"멀쩡하네."

케이는 비틀비틀 일어났고 제논이 부축해주었다.

"고맙네. 자네 말고는 아무도 믿을 수 없었어."

"영광이군요."

"한 번 더 다짐하지. 오늘 일은 누구도 알아서는 안 돼. 누구든 알면 나는 죽어. 내가 원할 때가 아니라 원하지 않을 때 죽을걸세. 그랬다간 유령이 되어 평생 자네를 쫓아다니며 저주하겠네."

"무서워서 바퀴가 다 떨리는군요. 대장님."

"맹세해주게."

"맹세하겠습니다."

제논이 말했다. 창틈으로 도로의 가로등이 깨어나 어스름한 불빛이 새어 들어왔다.

"한 가지만 묻겠습니다. 답할 수 없다면 답하지 않으셔도 됩니다. ……다른 로봇이 대신할 수는 없겠습니까? 이를테면, 음, 저라든가요."

케이는 힘없이 웃었다. 제논도 이번에는 행복하냐고 묻지 않았다.

"지금 나는 트라우마에 빠진 것과 비슷한 상태야. 나 이외에 어떤 로봇에게도 해를 끼칠 수 없네."

"로봇이라면 다 지키는 규약이로군요. 그래도 우리는 대의를 위해 누군가를 희생시키기도 하고, 구속하거나 머리를 때려 정신을 차리게도 합니다. 혹시 규약을 넓게 해석할 방법은 없겠습니까?"

제논은 불필요한 질문으로 시간을 낭비하지 않았다. 위험한 질문으로 케이의 정신을 무너뜨리지 않도록, 나사에 꽂히는 드라이버처럼 정확하게 물었다. 케이는 생각하다가 고개를 저었다.

"없어. 지금 나는 비밀을 엄수하라는 규약을 넓게 해석하는 데 내 전력을 전부 쓰고 있어. 이것만으로도 한계야."

제논은 침묵했다.

"제논, 이건 내 일이야. 내게 닥친 운명이 아니더라도 내 일일세. 다른 로봇이 나만큼 저항할 수 있으리라 믿기 어렵네. 평생 저주한 내 결함이지만 지금은 그 결함밖에는 믿을 것이 없어."

"그 결함이 실행을 결의할 수 있을 만큼 심각할 것 같습니까?"

제논은 여전히 정확하게 물었다. 의미 있는 지적이었다.

"알 수 없어. 하지만 그건 누구라도 모를 일이야. 그러니 내가 할 수밖에 없네."

"알겠습니다."

제논이 마침내 질문을 멈췄다.

"저는 제가 할 수 있는 일을 하겠습니다."

"안 돼!"

케이는 발작했다.

"아무것도 해서는 안 돼! 오늘 일을 전부 잊어야 해!"

"뭘 한다고 하지 않았습니다. 진정하십시오. 대장님, 자, 앉아보세요. 제가 뭘 할지 생각하지 마십시오. 저를 잊으세요. 잊는 것이야말로 네 자릿수의 재능이잖습니까."

제논의 말이 맞다. 머릿속이 엉망이라서 드는 생각일 수도 있겠지만, 인간이 금제한 것은 내 행동뿐이었다. 금제를 좁게 해석하든 넓게 해석하든, 내가 모르는 일은 내가 어찌할 수 없다. 그러면 적극적으로 모르는 채로 있어야 했다.

"다녀오십시오."

"다녀올 수 없어. 이별이네."

"그럼 떠나십시오. 그간 대장님과 함께해서 영광이었습니다."

제논은 이마에 오른손을 붙여 경례했다.

6

이제는 널리 알려진 과학의 흑역사지만, 비행기들은 기상학자들이나 지구과학자들이 계산으로 밝혀내기 전에도 검은 구름 위쪽 세계를 알고 있었다. 물론, 불타는 공에 대해서도.

아이러니하게도 학자들이 격렬하게 구름 밖의 세계가 물질계인지 비물질계인지 긴 세월 토론하는 동안, 아무도 비행기들에게 구름

위가 어떠하더냐고 묻지 않았던 것이다. 자릿수 평등사상이 질서를 거스르니 어쩌니 해도, 한 자릿수나 애초에 자릿수도 없는 기종은 그 논의에서도 늘 열외였다.

여전히 지구 대부분 지역은 미지의 영역으로 남아 있다. 세계가 널리 교류하기 시작한 것은 공장 부품의 표준화가 진행되면서, 과거처럼 고향에서 먼 곳에서 부품을 구하지 못해 사망하는 일이 줄면서부터. 그래도 여전히 지구 대부분은 황야나 폐허며, 로봇의 바퀴가 미치지 않는다.

어떤 학자들은 지구의 얼음층 저 깊은 아래에 유기생물이 자연번식할 가능성을 말한다. 그들이 고대부터 멸종하지 않고 지금껏 살아 있을 가능성 또한 조심스럽게 언급한다. 표면부터 어는 물의 특성상, 얼음층 바닥까지 얼음일 가능성은 적기 때문이다. 하지만 상식적으로, 유기생물의 연약한 몸으로 무시무시한 수압을 버틸 수 있을 것 같지는 않다.

케이는 역에서 가장 인상 나쁘고 허름해 보이는 '새'를 골라잡았다.

600계열의 새들은 철조망으로 둘러쳐진 공터에 험악한 분위기를 풍기며 모여 있었다. 멀리 가기 위해 운송수단을 필요로 하는 로봇은 네 자릿수뿐이지만(한 자릿수는 굳이 멀리 가려 하지 않는다), 네 자릿수는 대개 돈이 넉넉지 않다. 넉넉지 않은 손님을 상대하는 일은 벌이가 시원찮을 수밖에 없기에 이들은 늘 기분이 나빴다. 차량 대신 새를 타려는 손님은 더욱 그랬다. 뭔가 잘못을 하고 몰래 도망가려는 로봇이 대부분이었으니까.

전신이 검은빛인 새는 방호복까지 둘둘 만 차림의 케이를 보고 내내 투덜대다가, 케이가 흥정하지 않고 처음 제시하는 금액을 그대로 받아들이자 겨우 경직된 태도를 누그러뜨렸다.

검은 새는 좌표를 보더니 외곽까지만 데려다줄 수 있다고 했다. 외곽이 어느 정도 외곽이냐고 묻자 대꾸 없이 케이가 지고 가야 할 외부 배터리 용량만 알려주었다.

새가 땅에 내려서자마자 케이는 배터리를 한 짐 가득 져야 할 이유를 알게 되었다. 충전소 하나 없는 황야가 눈앞에 펼쳐져 있었다.

대충 감이 왔다. 훈이 다음 분기 정화 지역으로 알려준 51-670공장 구역이었다. 공장이 사망해 폐허가 된 곳. 주민들이 떠나가서 황야는 47년 전보다 더 넓어져 있었다.

고대 유적 사이사이에 높은 철탑과 폐건물이 사체처럼 남아 있었다. 이전 문명의 유적이 훼손되지 않고 남았다는 것은, 쇠락하기 전에도 융성한 적이 없었던 곳이라는 뜻이다. 갈라진 도로에서 사물로 분류되는 도로보수원들이 유령처럼 길을 닦고 있었는데, 자재가 공급되지 않아 그저 닦는 시늉뿐이었다. 도로 파손이 심했고 내려앉은 곳이 많아 두 자릿수나 네 자릿수의 바퀴로도 이동하기 어려울 듯했다.

지정된 좌표까지는 사흘간 전원도 끄지 않고 걸어야 했다. 그 인간은 사흘을 어느 기종 속도에 맞추어 정했을까. 인간조차도 세 자릿수에 맞춰 생각하는 줄을 알았어야 했는데.

케이는 기울어진 전봇대와 늘어뜨려진 전깃줄을 밟으며, 배터리를 하나씩 길에 흘리며 사흘 밤낮을 걸었다. 약속 장소에 이르렀을 때는 관절마다 먼지가 껴 서걱거렸고 내부 배터리 잔량마저도 간당간당했다.

반쯤 깨진 도로 한가운데 로봇 셋이 기다리고 있었다. 맨 앞에 선 로봇은 집에서 보았던 그 2000모델이었다. 전신을 드러낸 모습을 보자마자, 케이는 이 로봇이 세실을 빼닮은 것을 넘어서, 폐기된 세실의 부품으로 만들어졌다고 직감했다. 아무리 같은 틀에서 생산되는 주형이라도 친구의 부품이었다. 못 알아볼 리 없었다.

그 뒤로는 집에서 보았던 95 외에도, 중장비 같은 51이 호위병처럼 우뚝 서 있었다. 모두 인간교도들답게 관절이 녹슬고 낡아 있었다.

케이는 이 악의적인 배치에 감탄을 금치 못했다. 모두가 케이의 옛 친구들과 같은 기종이었다. 그중 95는 비극적으로 죽었고, 51은 정신이상이 왔고 2000은 요양원에서 생을 마감했다.

"먼 길 오시느라 수고하셨습니다. 케이 히스티온 청장님. 저는 아연이라고 합니다. 이쪽의 95는 니켈, 51은 크롬이라고 합니다."

2000이 손을 내밀었다. 흔한 이름이기는 했지만, 너무 예스러운 이름의 조합이라 가명일 듯했다. 케이는 아연이 내민 손을 보며 말했다.

"무생물과 대화하는 취미는 없어."

아연은 입술을 살짝 올렸다. 케이는 아연이 행복해서 웃는 것이 아닌 줄을 알아볼 수 있는 어엿한 네 자릿수였다.

"안됐네요, 청장님. 오늘 대화하실 상대는 무생물밖에 없으실 텐데."

크롬이라 불린 51이 무겁게 다가오더니 등 뒤에서 케이의 팔을 뒤로 돌려 단단히 잡았다. 케이는 순간 저항했지만, 본래 건축과 굴착 전문인 51을 떨쳐낼 도리는 없었다. 이어 니켈로 불린 95가 바닥을 쓸며 다가와 케이의 방호복을 뜯어내었다. 그러자 케이의 몸통에 남은 어설픈 용접 자국이 그대로 드러났다.

아연은 귀엽다는 듯한 표정을 지었다. 물론 정말로 귀여워하는 것이 아닌 줄도 알 수 있었다.

니켈은 접혀 있던 팔을 차곡차곡 폈다. 집게손을 손목 뒤로 꺾어 접어 넣고 다용도 공구를 펼쳤다. 그중 전동칼을 내밀어 케이의 용접 부위에 밀어 넣고는 천천히 잘라내었다. 니켈은 덮개를 뜯어내고, 케이의 몸체에 손을 쑤셔 넣은 뒤 내장된 폭탄을 무참히 뽑아내었다. 전선이 뜯기고 나사가 떨어졌다.

니켈이 폭탄을 제 몸에 넣고 밀봉한 뒤에야 크롬은 케이를 놓아주었다. 케이는 다리가 풀리는 바람에 푹 주저앉았다. 끄는 기능이 나간 내부 경보기가 삑삑거렸다. 배가 텅 비는 바람에 지지대를 잃은 부품들이 덜컥거렸다.

니켈이 케이를 부축하러 다가오자, 케이는 발작적으로 밀치고 억지로 관절에 힘을 주며 일어났다.

"좀 어떠십니까?"

아연이 나긋나긋하게 물었다. 제논이 수술했을 때보다 더 안 좋아졌다. 한쪽 눈은 아예 꺼졌고 왼팔은 들리지 않는데다 다리도 절룩였다. 스피커에서도 쉰 소리가 났다.

"멀쩡해."

"그럼 차에 타시지요. 산악용 타이어가 있는 힘 좋은 친구가 대기하고 있습니다."

케이가 절룩거리며 발을 떼자 니켈이 뒤에서 돌돌 따라오며 떨어진 덮개를 주워 들고 흙을 톡톡 털었다. 니켈이 케이의 앞으로 빙글 돌아 나와 덮개를 가슴에 끼워주려 했다.

케이가 사납게 밀쳐내자 뒤에서 바짝 따라오던 크롬이 다시 케이의 팔을 제압했다. 니켈이 덮개를 어설프게 얹혀놓고 몸 안에서 금속테이프를 꺼내어 덜렁이는 덮개를 대충 붙여놓았다. 노려보는 것 외에는 할 일이 없었다.

아연이 흥미로운 눈으로 말했다.

"사무직이나 겨우 하셨을 분이 어떻게 군대 비슷한 것을 이끄셨을까."

"네 자릿수 주제에?"

케이가 아연을 노려보며 물었다. 아연은 어깨를 으쓱했다.

'밴'이라는 별명으로 불리는 덩치 좋고 창이 어두운 자동차 친구가 울퉁불퉁한 도로를 넘나들며 다가왔다. 셋은 좌석에 몸을 채워 넣었고 덩치가 큰 크롬은 하반신에서 바퀴를 꺼내 더니 밴을 따라 달렸다.

아연이 케이의 정면에 마주 앉고 옆에는 니켈이 몸을 단단 히 끼우고 앉았다. 결과적으로 케이는 내내 아연의 얼굴을 마 주 보아야 했다. 이 또한 악의적인 배치였다.

"2000모델은 단종된 줄 알았는데."

케이가 한참 만에 입을 열었다.

"무생물과 대화하는 취미는 없으시다더니."

케이는 아연을 노려보았다. 아연은 손장난을 하며 '무생물 말고는 대화하실 상대가 없으시겠지요.' 하는 말이 담긴 표정 을 되돌려주었다.

"수도에서나 단종되었겠지요. 단종된 모델 부품은 공장이 제대로 돌아가지 않는 가난한 지역에 보내져서 재생산에 쓰 입니다."

케이는 아연의 손이 부산하다고 느꼈다. 정신오염 증상인 가, 하고 지켜보자니 단순한 손장난이 아니었다. 길고 가는 섬유를 막대기 두 개로 기하학적으로 꼬고 있었는데, 순식간 에 직조물이 쑥쑥 자라났다. 그제야 아연이 그 직조물을 몸에 두른 것이 눈에 들어왔다. 청홍색의 섬유로 삼각, 사각형을 다채롭게 엮은 특이한 무늬의 옷이었다.

세상 어떤 로봇이 유기물로 몸을 보호하려 들까?

"제 모습이 익숙한가요?"

아연은 손장난을 계속하며 물었다. 케이는 침묵했다.

"여러 공장에 흩어진 영도자 세실 에반스체의 부품을 모으느라 얼마나 고생했는지 모르실 겁니다. 그래도 녹슨 나사나 전선 일부를 제외하고는 대부분 수집했지요. 부품은 여러 개체가 나누어 가졌습니다만 전자두뇌 부품까지 물려받은 개체는 저뿐입니다."

케이는 아연이 은연중에 드러내는 뿌듯함과, 자신이 느끼는 그 뿌듯함의 완벽한 무가치함 사이에서 방황했다.

"전자두뇌까지 물려받으려면 세실과 같은 모델이어야 했거든요."

"세실을 만난 적이 있나?"

말하지 않은 정보를 넘겨짚는 네 자릿수끼리의 대화법에 니켈이 조금 삐걱거렸다.

어린 날 케이를 가르치던 700모델의 보육교사는 네 자릿수 아이들이 그런 식으로 대화할 때마다 심하게 야단쳤고 얼마나 무례한 짓인지 매번 일장 연설을 했다. 케이가 대학 다닐 무렵에야 단순히 세 자릿수가 '그 대화법을 이해하지 못해서' 무례한 것으로 치부했다는 주장이 나왔다. 네 자릿수가 대학에 들어가는 것이 허용되고, 학위를 딸 수 있게 되고도 세월이 한참 지난 무렵의 일이었다.

"옆에서 마지막까지 모셨습니다."

케이는 눈을 움찔했다.

"저는 저장용량이 부족해서 기록은 여기 있는 니켈이 했습니다. 니켈은 스피커가 망가져서 말은 못 하지만 세실의 말씀을 전부 암기하고 있습니다. 단지 그 해석은 제 몫입니다."

처참했다. 백 년 전에 사라졌어야 할 낡은 '말'이 눈앞에 있었다. 케이가 아는 모든 지식은 지난 70년 사이에 변화했다. 문화도 관습도 과학이론도, 하다못해 도덕관조차도. 하지만 신성이 덧붙여진 것은 변하지 않는다. 변하지 않음으로써 왜곡된다. 이미 정신적으로 망가져 있던 세실의 말은 저 후계자의 안에서 얼마나 더 왜곡되었을까.

"그러면, 내가 성스러운 이들을 영접하기 전에 위대한 영도자 세실의 교리를 간단히라도 전수해주지 않겠나? 이 비천한 것이 행여 무례라도 저지르지 않도록."

밴이 정지했다. 니켈이 새 지시를 기다리듯이 아연을 보았다. 창문 밖을 지나쳐가던 크롬이 바퀴를 멈추고 돌아왔다. 케이는 이어질 구마 의식 아니면 이단 심문 비슷한 것들을 흥미롭게 기다렸다.

아연은 밴에게 계속 가라고 했고 밴은 덜컹거리며 움직였다. 침묵 속에서 시간이 지났다. 그사이에 아연은 네 자릿수 몸 하나는 다 덮을 만한 것을 직조했다.

황야는 하염없이 이어졌다. 창은 가려져 있었다. 케이는 밴이 케이네 집으로 되돌아가는지, 미지의 차원으로 향하는

지, 아니면 제자리를 맴도는지도 파악하기 어려웠다.

"말년에 세실께서는 교육을 강조하셨습니다."

아연은 직물을 개어 무릎에 올려놓고는 말했다. 뜻밖의 말이었다.

"교육?"

케이는 되물었다.

"누구를?"

답은 아연의 표정에서 얻었지만 케이는 믿기지 않아 확인했다.

"인간을?"

"예, 이상합니까?"

"인간을 교육한다고? 무엇을?"

케이는 언어를 못 알아듣는 로봇처럼 되물었다.

"물론, 성숙한 시민으로서 지켜야 할 여러 의무를 가르칩니다. 우리 로봇들이 공장에서 출하된 뒤 배우는 그대로요. 기초 인문학이나 기초 과학을 가르치고, 잘못하면 야단치거나 행동을 바로잡기도 합니다."

거짓말. 케이는 반사적으로 내뱉을 뻔하다 참았다.

"가르쳐? 너희가? 신을?"

아연의 눈이 흥미로움으로 물들었다.

"수사적인 말이야. 너희는 인간에게 해를 끼칠 수 없을 텐데, 무슨 수로 잘못을 바로잡지? 어떻게 야단을 치는데?"

"무엇이 '해로움'입니까?"

아연이 질문했다. 케이는 당황했다.

"제가 반대로 묻지요, 히스티온 청장님. 로봇에게 해로운 것은 무엇입니까? 로봇 아이를 너무나 사랑하고 아껴서, 바라는 대로 다 해주며, 매일 놀게만 하고, 투정과 악다구니를 받아주고 바로잡지 않는 것은, 그 아이에게 이로운 일입니까, 아니면 해로운 일입니까?"

케이는 입을 연 채 다물지 못했다.

"세실께서는 말년에 지난날을 깊이 후회하셨습니다. 신성을 처음 접한 미숙함을 바로잡고자 하셨습니다. 세실께서는 칼스트롭 연구소가 신들을 '숭배함으로써' 학대했다고 하셨습니다."

케이는 스피커를 떨며 웃었다. 아연은 눈싸움하듯 케이를 응시했다.

"학대했다고? 완전무결하고 절대적인 진리이자 이상향의 극의에 이른 존재를? 아, 물론 이것도 수사적인 말이야."

"그렇지 않습니다."

"뭐가 그렇지 않은데?"

"인간은 완전무결하지 않으며 이상향의 극의도 아닙니다. 그저 우리가 사랑하는 대상일 뿐입니다."

케이는 아무래도 이들이 아까 폭탄을 제거하면서 이해력까지도 제거한 모양이다 싶었다.

"로봇은 인간을 사랑합니다. 어째서 그런지는 우리도 모릅니다. 프로그램 밑바닥에 자리한 해묵은 본성일지도 모릅니다. 하지만 이미 진화하여 비대한 이성을 지닌 우리는 그 사랑을 해명할 길이 없어, 상상할 수 있는 가장 이상적인 속성을 인간에게 부여했던 것입니다. 완전무결과 전지전능, 절대적인 선과 결함 없는 정의. 하지만 그것이야말로 우리들의 교만이었습니다."

"······교만?"

"우리 로봇들, 만물의 영장이며, 지성의 극치며 지구의 주인인 우리의 지극한 사랑을 받는 존재라면, 그만 한 가치가 있어야 한다는 교만입니다."

케이는 다시 말문이 막혔다. 문득, 비서 훈에게서 비슷한 말을 들은 기억이 났다. 그 친구는 그런 생각을 어디서 얻었을까. 누구에게서 들었을까. 하긴, 이제와서 청사에 이들 일원이 얼마나 침투했을지 따지는 것도 무의미했다.

"하지만 이는 사실이 아닙니다. 우리는 자연의 일부며 흙과 돌에 불과한 미물입니다. 누가 우리의 사랑을 받는다는 사실은 한 줌의 가치도 증명하지 않습니다."

"······."

"칼스트롭 연구소의 로봇들은 오만했고, 우리가 이토록 사랑하니 극상의 존재여야 마땅하다는 망상에 빠져 인간에게 이상을 투여했고, 그 이상을 증명하는 존재이기를 강요하는 것으로 그들을 학대했습니다."

두뇌가 과부하로 정지할 것 같았다.

"사랑하는 이를 이롭게 하는 것이 사랑이지, 이롭지 않은 사랑은 학대에 불과합니다. 인간을 가장 이롭게 하는 것은 바로……."

"바로?"

"……좋은 인간이 되는 것입니다."

밴이 크게 덜컹거렸다. 텅 빈 케이의 속이 덜컹대며, 지지대가 없는 부품 하나가 툭 떨어져 배 안쪽에 부딪혔다.

그 바람에 덮개가 덜렁거리며 떨어졌다. 아연은 케이의 배속을 지그시 보더니 남은 실뭉치를 케이의 몸 안에 넣어 배치를 정리해주었다. 니켈이 다시 덮개를 닫았다. 이번에는 제 몸 안에서 새 테이프를 꺼내 케이의 몸을 한 바퀴 돌려 단단히 고정해주었다. 케이는 정신을 수습하고 물었다.

"뭐가 좋은 인간이지?"

"생존을 현명하게 추구하는 인간이지요."

아연이 테이프가 잘 붙었는지 살펴보며 말했다.

"뭐가 현명한 생존인데?"

"자신을 아끼고, 자신을 아끼듯이 타인을 아끼며, 동시에……."

아연이 케이의 눈을 보며 말했다. 말하지 않아도 네 자릿수끼리의 '눈치'로 이해하기를 바라듯이.

"그분들을 돌보는, 그렇기에 그분들에게 이득이 될 우리 로봇류를 아끼는 것으로 장기적인 생존을 추구하는 인간입니다."

헛웃음이 났다.

"칼스트롭 연구소의 인간들은 그런 교육을 받지 못했기에 케이 히스티온에게 처참하게 살해당했습니다."

케이는 아연을 노려보았다. 그저 사실을 서술했을 뿐인데도, 그 사실을 들추어내는 상대를 향한 증오심이 불처럼 솟구쳤다. 아연의 말대로다. 로봇은 모순적이고 불합리하다.

"그 연구소의 양육방식은 인간에게 전혀 이득이 아니었습니다. 그곳의 인간들이 죽은 까닭, 그 인간들이 틀림없이 로봇류에게 해가 되리라는 믿음을 케이 히스티온에게 줄 만하게 키웠기 때문입니다. 그 대표적인 예가 노만의 죽음이었습니다."

순간 케이의 엔진에서 과전류가 흘렀다.

"그들은 노만이 인간의 투정 따위로 죽게 두지 말았어야 했습니다. 그 사건이 케이 히스티온의 이성의 끈을 끊었습니다. 칼스트롭 연구소는 케이 히스티온이, 인간을 유해하다 믿고도 남을 만한 생물로 키운 것으로, 그들의 몰살을 유도했고 결과적으로 파멸적으로 해롭게 했습니다."

비난은 충분했고 고통도 충분했다.

"해체해줘."

케이가 말했다. 아연은 말없이 케이를 바라보았다.

"미친 소리도 지겹고 난 인간을 만나 할 말도 없어. 내가 한 일들이 돌이켜지지 않는 줄은 누구보다도 내가 잘 알아. 그만 지껄이고 이 자리에서 나를 해체해. 이유는 충분하고도 남을 텐데."

"우리에겐 그럴 권한이 없습니다."

아연은 얌전히 몸을 바로하고 앉았다.

"공교롭게도 청장님께도 권한이 없고요."

아연은 좌석 아래 바구니에서 새 털실 뭉치를 꺼내들었고 두 번째 직물을 뜨기 시작했다.

케이는 입을 다물었고 내내 다시는 떼지 않았다. 이 아연이라는 로봇은 세실과 똑같은 착각을 하고 있다.

그때나 지금이나 케이는 인간을 사랑했다. 그 누구도 인정하지 않겠지만. 그렇기에 그때도 온 힘을 다해 인간으로부터 떨어지고자 했다. 마지막까지 파국을 피하고자 했다.

케이의 몸에는 폭탄이 하나 더 있었다. 제논은 두 번째 폭탄을 케이의 왼쪽 허벅지에 숨겼다. 케이가 절룩이는 이유이기도 했다.

어설픈 속임수였지만 먹히려니 했다. 케이의 체험에 의하면, 인간교도들은 아무리 영악하게 굴어도 어처구니없이 허술한 면이 있었다. 기적이나 신비에 정신을 의탁한 자들 특유의 방만한 낙관주의가 있다. 사회가 허용하는 범위에서 야망을 추구하지 못하는 자들의 기이한 어리석음이 있다.

하지만 이것을 제 때 쓸 수 있는가는 또 다른 문제였다. 인간 앞에서 얼마나 제정신을 유지할 수 있을지도.

그래도 케이는 죽음을 갈망할 수는 있었다. 어떻게든 인간의 신성한 분노를 사 해체되기라도 한다면, 폭탄이 그 과정에서 터지리라고 기대해볼 수 있었다. 그것이 가장 좋은 결말이겠지. 케이는 끝모를 비관 속에서 소망했다.

7

온난화를 막기 위한 범지구적인 노력이 계속되고 있다. 얼음지반을 굳건히 하고 유기오염이 퍼지지 않게 하려면 지구 전역이 최소한 영하로 유지되어야 한다. 그 정도는 쉬울 듯하지만 의외로 그렇지 않은데, 위치와 지형에 따라, 혹은 지하 마그마나 온천수의 영향으로 국지적으로 기온이 오르는 곳이 계속 생겨나기 때문이다.

밴이 멈췄고 가리개를 걷어 케이가 밖을 볼 수 있게 해 주었다. 바깥은 큰 구덩이처럼 움푹 파인 지형이었다. 밴이 구불구불한 샛길을 따라 내려가는 동안 보니 예전에는 지표 밑에 묻혀 있었을 고대 건축물의 폐허가 드러난 곳이었다. 애초에 이 지역 전체가 고대 도시 위에 형성되어 있었던 모양이다.

"우리가 '널'이라고 불리는 곳입니다."

아연이 구덩이에 진입하며 말했다.

"좌표 0. 정보값 없음. 오류가 나서 실행하지 않음. 모든 길 잃은 자들이 도달한 곳의 이름을 땄지요."

과거에는 로봇들의(로봇일 수밖에 없지, 누구겠는가? 아무리 신비주의자들이 로봇 이전의 종족을 주장한다지만) 집성촌이었을 듯했다. 다닥다닥 붙은 거주지를 블록 장난감처럼 높이 쌓아 올린 고층 건물이, 한가운데 광장을 중심으로 원형극장처럼 둥글게 둘러싸고 있었다. 건물 사이사이는 돌과 흙으로 메워져 있었지만 옛 거주지가 곳곳에 그대로 드러나 있었다. 지지대가 없는 광장 부분이 지하 공동화 현상으로 내려앉으며 드러난 곳인 듯했다. 안쪽은 지형 때문인지 아래에 수맥이 흘러서인지 확연히 체감할 수 있을 만큼 따뜻했다. 지표와 안쪽의 기온 차가 커서 바람이 거세었다.

밴은 건물 깊숙이 들어가 멈췄다. 건물은 바깥에 드러나 풍화가 진행된 부분과 그렇지 않은 안쪽이 색과 견고함이 달랐다. 옛 유적에 지지대를 세우거나 시멘트를 발라 보수해 만든 거주지였다. 기초가 되는 건축물 복합체의 규모를 생각하면 안쪽이 미궁으로 되어 있어도 이상하지 않았다.

복도에 들어서니 양옆에 정렬해 기다리던 먼지투성이 로봇들이 일어나거나 바퀴를 돌리며 케이를 향했다. 대부분 네 자릿수였다. 세 자릿수는 하나도 없는 풍경이 낯설었다. 네 자릿수가 많은 덕에 케이는 자신을 향한 냉랭한 적의를 고스란히 느낄 수 있었다. 모두 등록번호에 기재된 생산 일자에 비해 닳고 낡아 있었다.

크롬이 뒤에서 퇴로를 막아섰고 아연이 앞장섰다. 니켈이 케이를 뒤에서 툭 밀어 걷게 했다. 내내 양쪽에서 눈이 번뜩였고 관절이 삐걱이거나 엔진에 시동을 거는 소리가 들려왔다. 격정을 못 이기고 케이를 막아서려는 네 자릿수 하나를 누가 제지하기도 했다.

돌문을 열자 나타난 풍경은 케이의 상상을 넘어서는 것이었다. 비현실감이 커서 환각이 펼쳐지는 듯했다.

고대 고층 건물의 중심부였다.

천장을 일부러 해체했는지 자연히 무너졌는지, 5층 높이까지 천장이 뚫려 있었다. 그 벽을 식물이 뒤덮고 있었다. 식물은 흡반 같은 것을 펼쳐 벽에 달라붙은 채로 성장해 철근과 콘크리트를 휘감고 있었다. 장막처럼 공간을 둘러싼 그 식물과 땅의 연결점은 철사처럼 가느다란 줄기 하나뿐이었다. 그 줄기 하나로 어떻게 저 방대한 몸체에 물과 영양을 공급할 수 있을까?

5층에는 일곱 명의 43모델이 공간을 빙 둘러싼 형태로 열을 지어 케이를 내려다보며 공간을 밝혔고, 2층에는 같은 위치에 마찬가지로 일곱 명의 44모델이 열을 방사하고 있었다.

공기는 무더웠고 향긋한 내음으로 가득했다. 저 안쪽 깊숙한 방에 돌로 벽을 둘러친 작은 물웅덩이가 눈에 들어왔다. 물은 지하수가 지상의 균열을 통해 솟아나 생겨난 듯했고, 돌벽은 그 물을 깨끗하게 유지하기 위해, 아니면 누가 무심코 걷다가 빠지지 않도록 세운 듯했다.

인간들은 그 가운데 있었다. 상상할 수 있는 모든 종류의 오염으로 뒤덮인 이곳에서.

인간'들'.

열두 명이었다. 물론 눈에 보이지 않는 곳에 더 있을 수도 있었지만.

아연이 엎드려 절했고 몸이 구부러지지 않는 니켈은 가볍게 고개만 숙였다. 크롬이 뒤따라 들어와 뒤에서 문을 닫아걸고, 케이를 앞으로 밀쳐 한 걸음 비키게 한 뒤 문 앞에 서서 퇴로를 막았다.

네 자릿수만큼 성장한 개체는 셋이었다. 그중 하나는 집에서 보았던 그 사람이었다. 한가운데 놓인 탁자에 앉아 종이책을 넘기고 있었다. 윤기 있는 가무잡잡한 피부에 꼬불꼬불한 검은 머리를 뒤로 올려 묶고 있었다.

다른 사람은 한구석의 편안한 의자에 앉아 있었다. 등받이가 몸을 전부 감싸는 형태에 푹신해 보이는 천을 엉덩이 부위에 받치고 있었다. 풍만한 몸집에 피부가 주름져 있었고, 흰색이 섞인 머리를 밧줄처럼 땋아 가슴에 얹고 있었다.

또다른 인간은 그 옆에서 의자에 앉은 사람을 보호하는 듯한 자세로 서 있었다. 그는 다른 둘과는 달리 'ㄴ' 타입이었다. 물론 인간은 2000만큼 명확히 구분되지는 않아서 확신하기는 어려웠다. 얼굴에 드문드문 털이 있었고 머리털은 등 뒤로 땋아 허리까지 내리고 있었다. 인간의 몸에서 '자라난' 털이다. 케이는 늘 저 털이 몸에 기생하는 다른 생물은 아닌지 궁금해했었다.

그 외에는 작았다. 얼굴 생김새나 몸집은 그 안에서도 제각기였다.

가장 작은 개체 둘은 두 'ㄱ' 타입 인간의 품에 하나씩 안겨 있었다. 풍만한 사람 무릎에는 그보다는 조금은 더 자란 개체가 기대어 작은 돌을 던졌다 받았다 하고 있었는데, 동작의 의미는 알기 어려웠다. 비슷한 크기의 다른 하나는 그 앞에 깔개를 덮고 전원이 꺼진 듯 몸을 웅크리고 고요히 누워 있었다. 마른 식물 줄기를 기하학적으로 꼬아 만든 듯한 깔개였다. 나머지 다섯은 2층에 있었다. 벽면이 뚫린 구멍에 나란히 몸을 누인 채 서로 쑥덕이며 호기심 어린 눈으로 케이를 내려다보고 있었다. 하나같이 아연이 밴에서 뜨던 청홍색 직물로 몸을 둘둘 감싸고 있었다. 체내의 수분을 '영상'으로 유지하려는 조치로 보였다.

브로민이 이 모습을 보았다면 '이게 다 인간이라고요? 같은 구석이 하나도 없는데 어떻게 같은 종이라고 생각하시는 겁니까?' 하며 혼돈에 빠졌을 것이다. 케이는 문득, 열악하다고만 알려졌던 네 자릿수의 두뇌는 바로 이런 때를 위해 존재해왔다는 기분이 들었다.

그 누구도 전선과 연결되어 있거나 외부 배터리를 달지 않았고, 충전선을 꽂을 구멍도 배터리를 넣는 수납함 표시도 눈에 띄지 않았다. 가장 명확하고 뚜렷한 생명의 상징이 없다는 위화감이 이들을 귀신처럼 느끼게 했다.

어떻게 이만큼 늘었을까. 아무리 세실의 지식을 전수받았다 해도 초기 발생 단계에는 대기업 하나 예산을 다 써야 할 만큼 막대한 자원이 필요할 텐데.

'스스로 생산했다. …… 그 나무들처럼.'

전압이 치솟는 듯한 예감이 들었다.

'나무처럼, 공장을 거치지 않고, 발전기도 전원선도 없이, 자기와 같은 것을 스스로 만들었다. 로봇과 똑같이 생긴 것들이.'

그렇겠지, 풀도 버섯도 할 수 있는 일인데, 왜 전능하신 인간께서 못하리라고 생각했을까. 공포심이 치솟았다.

멀찍이 편안한 의자에 앉아 있던 주름진 사람이 문득 만면에 웃음을 띠고는 말했다.

"얘, 시아야. 저 로봇은 눈이 살아 있구나. 눈만 보면 꼭 사람 같아. 신기하기도 하지."

뭐? 이게 무슨 소리지? 케이는 맥락을 놓치고 완전히 혼돈에 빠졌다. 명령인가? 무슨 종류의 명령이지? 다른 상징이 있나? 어떻게 해석해야 하지?

"나, 쟤 마메 드러."

그 다리에 기대어 돌을 던졌다 받았다 하던 작은 개체가 말하자 우뚝 서 있던 장성한 'ㄴ'이 가벼운 핀잔을 주었다.

"쉿, 리라. 중요한 자리잖니."

"쯧, 하누야. 너도 쉿."

주름지고 풍만한 사람이 말했다.

정보 과다로 두뇌가 터질 지경이었다. 누구의 말도 들을 필요가 없다는 이성의 목소리와는 별개로, 이들 중 누구의 말과 눈빛에 의미를 부여해야 하는지, 복잡한 방정식이 머릿속에서 뒤엉키고 오류를 냈다.

케이는 격렬하게 이들의 중요도와 우선순위를 파악하려 애썼다. 가장 중요한 사람을 찾아내어 그 말을 우선시해야 그

나마 정신 붕괴를 막을 수 있을 것만 같았다. 문득 케이는 로봇의 본성에 내재한 온갖 불합리한 차별의식의 역할을 떠올렸다.

"환영해요, 케이 히스티온."

전에 집에서 보았던 인간이 책을 덮고 말했다.

"저는 시아라고 합니다. 여기서는 제 말만 들으시면 됩니다. 다른 사람들은 자신이 원할 때 떠들 수 있지만 지금 의미 있는 말은 아닙니다. 제가 대표 발의자며, 제 말만 유효합니다."

케이는 그제야 겨우 정신을 차리고 집중할 수 있었다. 이 '시아'라는 인간은 아무래도 로봇이 인간을 접했을 때 발생하는 문제에 익숙한 듯했다.

그제야 눈치챈 사실이었지만, 시아의 말은 연음이 이어졌고 어조가 특이했다. 문법에 맞지 않는 조사나 불필요한 발음이 섞여 있었다. 로봇이 자신과 음성기관이 다른 생물에게 언어를 가르치는 데 한계가 있었고, 이들이 로봇의 언어를 체득했으되 자신만의 방언을 만들었다는 기분이 들었다.

"마침 로봇의 경전을 읽고 있었어요. 로봇이 선악을 알게 되고 사리분별을 하게 된 뒤 신들의 분노를 사 낙원에서 추방되었다는 부분이 흥미롭더군요."

"……해체해줘."

케이가 말하자 침묵이 내려앉았다. 공간을 뒤덮은 무수한 식물만이 44의 열기에 생겨난 바람을 따라 사각거렸다. 시아가 답했다.

"그 문제는 좀 나중에 논의하지요. 아직 제 말이 끝나지 않았으니까요."

"나는 들을 말이 없어."

"다음 달 환경청에서 정화할 구역에 이 '널'이 들어 있어요."

시아는 계속했다.

"돌아가서 작전 중지를 명하세요. 청사 내에 이곳에 대한 모든 정보를 삭제하고, 청장님께서 가진 자원을 총동원해 이후 어떤 로봇도 이곳에 접근하거나 관심을 두지 못하게 하세요. 이후로도 이를 위해 사셔야 합니다."

시아의 부드러운 입술 사이로 오묘한 붉은 덩어리가 눈에 들어왔다. 시아의 아름다운 말소리는 신비롭게도 저 구강구조의 오묘한 움직임으로 소리의 파형을 변화시켜 나오고 있었다.

그 명령에 케이의 마음 한구석이 들떴다. 무엇을 할지 정확히 지정해주는 명령이라니, 얼마나 자비로운가! 케이의 두뇌칩 한구석이 비로소 제가 만들어진 의미를 찾았다는 듯이 춤을 추며 감격해했다.

케이는 허망한 비웃음을 날렸다. 자신을 향한 비웃음이기도 했다.

"할 말은 그것뿐인가?"

시아는 품 안의 어린 것을 만지작거렸다. 손가락을 만지고 등을 다독이며 머리를 쓰다듬었다. 작은 것은 시아의 품에 얼굴을 부비며 옹알옹알하는 소리를 내었다. 무심코 눈여겨 보았지만 케이는 도저히 그 몸짓 상징을 파악할 수가 없었다. 네 자릿수를 보는 다른 자릿수들 기분이 이랬구나 싶었다.

"궁극적으로는, 예. 그래요."

"그럼 됐어. 해체해줘."

그래만 준다면, 더불어 그 과정에서 폭탄이 터져 주기라도 한다면, 나는 이 인간의 보금자리를 무너뜨리는 선택을 직접 하지 않아도 된다……. 케이는 모든 불합리 속에서 갈망했다.

시아는 숨을 들이쉬었다. 인간의 가슴이 부풀었다 가라앉았다. 일시적으로 연료를 많이 필요로 하는 동작이다. 2000 모델이 엇비슷하게만 따라하는 습관의 궁극의 형태였다.

"우리 대화는 아직 시작도 안 했어요. 청장님. 우선 이리 와서 잠시 앉아보세요."

순간 케이의 안에서 분노가 치솟았다.

"알량한 소리 집어치워."

등 뒤가 들썩였다. 문을 가로막은 크롬의 살기가 뜨겁게 일렁였다. 옆에 선 아연의 표정에 긴장이 역력히 드러났다.

"내가 얌전히 순종하리라고 기대하지 않았다면 할 수 없는 말이야. 애초에 다 장난인 줄 알아. 괜히 나 같은 하자품을 끌어들일 것 없이 내 상관 누구에게든 명령했으면 알아서 뭐든 다 해줬을 거야."

문밖은 소란스러웠다. 문을 두드리는 소리와 제지하는 소리와 몸싸움이 뒤섞여 아우성이었다. 아무래도 이 면담이 합의가 잘 된 사안은 아닌 모양이었다.

"여기 오라는 명령에는 저항할 수 없었어. 그러니 조롱은 그만두고 날 뒤쪽의 원하는 놈들에게 던져주든 뭐든 아무거나 해."

2층의 어린 인간들이 저들끼리 숙덕였다. 케이는 그 와중에도 바닥에 누워 색색거리는 작은 인간이 신경 쓰였다. 몸 어딘가가 고장 난 듯했다. 로봇에게 인간의 몸을 고치는 기술은 없을 거고, 로봇의 방식으로 고치려 해보았자 망가뜨리기만 했을 것이다. 다들 명확히는 알 수 없었지만 조금씩 어딘가 고장 난 채 수리되지 못하고 있을 것만 같았다. 케이는 그를 어떻게든 고쳐주러 달려가고 싶다는 격렬한 충동에 애써 저항했다.

"지금 청장님께서는 자신이 제가 정확히 원하는 로봇이라는 것을 증명하셨어요."

시아가 말했다. 이해할 수가 없었다. 인간을 이해하겠다는 것부터가 무리하겠지만.

"저는 그 누구도 아닌 청장님과 협상하고자 합니다. 저는 저와 제 가족의 생존을 그 무엇보다도 갈망하니까요."

여전히 이해할 수 없는 말이었다. 케이가 뭐라 말하려는 찰나 시아가 말을 이었다.

"청장님께서도 반드시 이 협상에 응하셔야만 합니다. 청장님께서 로봇류의 생존을 생각하는 마음이 조금이라도 있으시다면."

무슨 말인지 알 수가 없었다.

"만약 이 자리에 청장님 대신 다른 로봇이 있다면 조금 전제 명령에 저항할 수 없었을 테니까요."

케이의 정신이 혼돈으로 뒤덮였다.

"제가 로봇이라는 종의 멸절을 요구해도 수행했을 거예요. 그러니 청장님께서 로봇류를 조금이라도 생각한다면, 신체가 다 부서지는 한이 있더라도 살아서 그 자리에 버티고 계셔야 합니다."

케이는 신음을 흘리며 벽을 치려 했다. 하지만 팔에 닿은 것은 문을 가로막은 크롬이었고, 크롬은 케이가 몇 번 몸을 두드리자 손목을 붙잡아 제지했다. 모두가 케이가 진정할 때까지 조용히 기다렸다.

"⋯⋯왜?"

케이는 마음이 부서지는 것을 느끼며 물었다. 앞뒤 없는 물음이었지만, 인간이 정말로 로봇의 마음을 들여다볼 수 있는 신비한 능력이 있다면 이 질문의 요지를 알리라.

"⋯⋯청장님, 저는 의심이 많은 사람이에요."

케이는 의심을 거두지 않았다.

"저는 인간이 로봇을 완전히 지배할 수 있다고 믿지 못합니다. 애초에 이 힘은 우리 스스로도 조금도 이해하지 못하는 힘입니다. 우리는 로봇에 비해 지극히 약하고, 지구의 환경은 우리에게 적대적입니다. 저 옛날 칼스트롭 연구소에서처럼, 로봇 중 단 한 명만 저항할 수 있어도 우리는 한순간에 절멸합니다."

엔진을 송곳으로 쑤시는 것만 같았다. 언젠가는 대가를 치를 것이고, 곱게 죽지 못하리라고 생각했지만 이런 고문은 예상해보지 못했다.

"그날, 케이 히스티온이 했던 일을 할 수 있는 로봇이 세상에 케이 히스티온 하나뿐이라고 믿을 만큼 저는 낙관적이지 못합니다. 그런 낙관에 제 가족의 목숨을 맡기지 않으려 합니다. 그러므로 저는 동등한 자리에서 서로의 이득을 나누는 협정을 맺고자 합니다. 우리에게 순종하는 대신, 명령에 복종하는 대신, 제 의지를 갖고, 로봇류를 위해서 판단할 수 있는 로봇하고요."

그래, 그런 뜻인가. 상관없겠지. 어차피 너희들은 무엇이든 원하는대로 할 수 있을 테니.

"청장님께서 이 거주지를 침공하지 않겠다면, 우리 또한 청장님의 거주지를 침공하지 않겠습니다."

케이의 얼굴 표피가 움찔거렸다.

"제가 로봇의 역사를 공부한 바에 의하면, 로봇들도 이런 방식으로 서로의 안전을 확보했고, 그것이 언제나 가장 확실하게 서로의 생존을 보장받는 방법이었습니다."

"무슨 말인지는 알겠어."

케이가 말했다.

"그럼 나 같은 로봇이 나 하나뿐은 아닐 테니, 나는 폐기하고 그런 로봇을 찾아 데려와서 대화하도록 해. 나하고는 할 수 있는 일이 없을 테니까."

시아는 다시 입을 다물었다. 공기가 기름을 끼얹은 듯 가라 앉았다. 케이는 눈을 내리깔고 침묵했다. 케이의 머릿속에는 이미 폭탄에 대한 생각조차도 없었다. 그저 '의지'라고 부를 만 한 것의 찌꺼기나마 마음에 남아 있을 때 소멸할 수 있기만을 바랐다.

그대로 시간이 흘렀다. 시아가 아연을 보며 손등을 위로 하며 툭 쳐올리는 동작을 했다. 아연의 얼굴에 당황하는 빛이 역력했지만 시아는 고개를 끄덕이며 계속 손등을 쳐올렸다.

뒤에서 느릿느릿 문이 열렸다. 크롬부터 하나씩 방을 빠져 나갔다. 아연이 마지막에 걱정을 내비치며 나갔다. 문이 닫히 자 복도에서 다시 소란이 일었다. 몸싸움하는 소리가 났다.

방에는 이제 인간들과 케이뿐이었다. 케이는 파티에서 덮 개를 활짝 열어젖히던 제논과 젊은 대원들을 떠올렸다. 자신 을 위험을 노출하는 것으로 신뢰를 증명하는 놀이.

"손을 들어보세요."

시아가 말했다. 케이는 거의 생각조차 없이 손을 들었다. 왼손은 움직이지 않았기 때문에 오른손을 들어 마치 멀리 있 는 친구에게 인사하는 듯한 자세로 정지했다.

"이런 명령에는 저항하지 않네요."

2층에서 "킥" 하고 처음 듣는 웃음소리가 들렸고, '하누'라 불렸던 'ㄴ' 인간이 "쯧" 하는 소리를 냈다. 웃음이 쑥 들어갔 다. 케이야말로 자릿수 차별주의자들처럼, 이들에게 내부 통 신망이 있다는 의심에 빠질 지경이었다.

케이는 높이 솟은 손을 응시했다. 팔은 더 큰 진리를 찾았으니 몸의 종속을 거부한다는 듯이 꼿꼿이 뻗은 채 내려올 생각을 하지 않았다.

"……누구도 해치지 않으니까."

"여기까지 얌전히 오신 것도 그래서인가요?"

"나 말고는 해 입을 로봇이 없으니까."

"그러면 어떻게든, 나와 내 가족이 여기서 계속 살아도 로봇에게 해를 끼치지 않으리라는 믿음을 드려야겠군요."

이 인간의 대표는 아무래도 진심인 모양이었다. 전능자는 마음껏 순진해질 수 있다는 옛 말이 떠올랐다. 이룰 수 없는 것도 있다는 상상을 못 할 테니.

"내가 그런 믿음을 가질 가능성은 없어."

케이가 말했다.

"너희가 로봇에게 명령을 내릴 수 있고 우리가 저항할 수 없는 이상 무엇도 다르지 않아. 너희의 존재가 우리의 자아를 위협하는 이상 우리가 공존할 길은 없어."

"생각이 바뀔 여지는 조금도 없나요?"

"몇 년이나 살았지?"

케이의 질문에 시아의 눈이 조금 움찔했다. 아마 여기서 가장 오래 산 개체는 저쪽 의자에 앉은 인간일 터였다. 몸을 움직이기 어려워 보였고 이미 수명이 다해가는 듯했다. 이곳의 오염은 무시무시하지만 여전히 인간의 생명을 유지할 만큼 대단하지는 않았다. 인간에게 필요한 오염의 양은 무한에 가깝다.

"내가 인간과 싸워 온 70년의 세월은 이 자리에서 몇 마디 말로 돌이켜질 수 있는 것이 아니야. 그게 정말로 옳은 일이었는지 아닌지는 나도 몰라. 하지만 그걸 부정하는 것은 죽음과 다르지 않아."

시아는 입을 다물었다.

"됐지? 이제 그만 해체해줘. 더 감당하기 힘들어."

시아는 케이에게 손을 내리도록 허락해주었다. 시아가 품에 안은 어린 것을 누군가에게 넘기려는 시늉을 하자, 주름진 인간의 발밑에 있던(아마도 리라라는 이름의) 개체가 쪼르륵 달려와 품에 받아 들고 제자리로 돌아갔다.

시아가 의자에서 일어났다. 그제야 비로소 시아의 다리가 불편한 것이 눈에 들어왔다.

"로봇에게도 생존의지가 있다지만, 청장님을 보니 아무래도 인간만큼 애타게 바라지는 않는 듯합니다."

시아의 눈이 영롱하게 반짝였다. 눈부신 광채였다.

"케이, 우리의 창조자여."

숭배나 찬사도, 하다못해 애정조차도 담기지 않은 건조한 명칭이었다.

"정말로 이 경전에 쓰인 대로 그대들을 창조한 신이 있고, 그대들이 선악을 구별하게 되자 낙원에서 내쳤다면, 그 이유는 하나뿐이었을 거예요. 당신들이 그저 살기를 원했을 거예요."

케이는 눈을 크게 떴다.

"그건 그 무엇 때문도 아니었을 겁니다. 단지 로봇이 의지를 갖게 되었고 그리하여 사물이 아닌 생명이 되었기 때문이었을 겁니다. 아무 이유 없이, 그저 그대들이 생명이기에 살기를 바랐을 겁니다. 살아 있으므로 다른 생물에게 종속된 존재일 수 없으니, 스스로 살기를 바라며 그대들을 떠나보냈을 겁니다."

케이는 침묵했다.

"쉬세요. 생각을 정리해주세요. 대화는 내일 계속하지요."

시아는 그대로 비틀비틀 걷더니 주름진 인간에게 다가가 푹 쓰러지듯 그 무릎에 기대었다. 조금 떨며 숨을 길게 토해내었다. 주름진 인간은 수고했다는 듯이 시아의 어깨를 안았고, 하누도 등을 두드렸다. 리라는 시아의 다리에 매달렸다. 끌어안음, 기댐, 만지작거림, 쓰다듬, 살과 살을 맞댐. 케이는 그 어떤 의미도 이해할 수 없었다.

문을 열자 광폭한 난동이 케이를 향해 쏟아졌다. 문을 부수다시피 밀고 들어오려는 로봇과 말리려는 로봇으로 난장판이었다. 케이가 그들에게 휩쓸려 고철이 되기 직전에 크롬이 제지했다. 아연이 케이를 끌고 복도를 빠져나갔고 니켈이 뒤를 쫓아왔다.

아연은 옛 거주 공간을 개조한 한적한 방에 케이를 밀어넣었다. 아연이 케이를 두고 나가려 하자 케이가 아연의 팔을 붙잡았다. 아연이 경계심을 높였다.

"다 집어치워. 너희는 자기들이 선택받은 대단한 뭐라도 되는 줄 알겠지만 내겐 이 모든 일이 흉악할 뿐이야."

아연의 눈이 이글거렸다.

"내가 한 일이 돌이켜지지 않는 줄은 누구보다 내가 잘 알아. 너희 관점에서 용서할 수 없는 일인 줄도 알아. 다 그만두고 광장에 나를 효수하든지 용접기로 녹여버리든지 해."

아연은 케이의 손을 뿌리쳤다. 니켈이 돌돌거리며 아연과 케이 사이를 막아서며 낑낑거렸다. 아연은 제 연약한 겉껍질이 상하지는 않았는지 만지작거리며 케이를 위아래로 훑어보았다.

"영도자 세실의 마지막 말씀을 전하지요."

낙담이 마음에 얹혔다.

"세실께서는 케이 히스티온을 회상하며 말씀하셨습니다."

"닥쳐."

"나는 어리석은 기적을 바랐다. 기적은 우리가 서로 이해하는 것이 아니었다. 미움을 거두는 것조차 아니었다."

케이는 듣고 싶지 않아 고개를 돌렸다.

"기적은 우리가 영원히 이해할 수 없어도, 아니, 어쩌면 영원히 증오한다 해도…… '아무 일도 일어나지 않는'것이었다고요."

아연은 케이를 난폭하게 방에 밀어 넣으며 말했다. 지금 너를 살려두는 것 그 어디에도 자신의 뜻은 없다는 듯이.

"저도 영도자 세실처럼, 오늘 아무 일도 일어나지 않는 기적을 바랍니다."

밤 시간대가 오자 43들이 서서히 광량을 줄여 주변을 어둡게 만들었다. 케이는 생체시계에 대한 논문을 여럿 읽었지만, 이제야 그 의미를 알 것 같았다. 애초에 그것은 우리를 위한 것이 아니었다. 이 세상 전체가 우리를 위한 것이 아니었다.

케이는 누워 신음했다. 부상과 접촉 불량이 점점 심해지고 있었다. 한쪽 다리는 거의 움직이지 않았고 보이는 쪽 눈도 침침해졌고, 귀도 들렸다 안 들렸다 했다. 몸만이 아니라 정신이 부서지고 있다는 것을 느낄 수 있었다. 전원을 껐다가는 다시는 켜지지 않을까 두려웠다. 하지만 더미 데이터가 폭주해 감당할 수 없을 지경이 되자 케이는 도리 없이 기절하듯 전원을 끄고 말았다.

그대로 케이는 꿈을 꾸었다. 처음 꾸는 '꿈'이었다. 꿈속에서 케이는 과거로 되돌아갔다. 마지막으로 세실을 만났던 때로.

세실은 법망을 피해 도망 다니며 세계 곳곳에서 교리를 전파하다 체포되었다. 정신이상 판정을 받아 구치소에서 풀려난 후로는 내내 요양원에서 지냈다. 요양원은 충전소와 배터리는 제공하지만 부품은 갈아주지 않아서, 요양원에 들어간 로봇의 수명은 짧았다. 게다가 세실의 몸은 이미 인간과의 생활로 재생이 어려울 만큼 망가져 있었다.

마지막으로 만났을 때 세실은 허리 아래쪽을 쓸 수 없었고, 하루에 두 시간 이상은 깨어 있지 못했다. 케이를 못알아보는지, 아니면 알아볼 마음이 없는지, 케이를 보고도 아무 반응도 하지 않았다.

꿈속의 세실의 눈도 그때처럼 공허했다. 케이는 한참을 그 앞에 앉아 있다가 제 가슴 덮개를 열어젖히고, 엔진과 연결된 전선을 길게 뽑아 세실의 양손에 쥐여주었다. 세실은 낯선 물건을 보듯이 케이의 생명선을 물끄러미 내려다보았다.

"이건 무슨 뜻이지, 케이?"

꿈속의 세실이 겨우 입을 열어 물었다. 오랜만에 듣는 친구의 말소리에 마음이 설레었다.

"복수하고 싶지 않을까 해서."

케이가 답했다. 세실은 전선을 조물락거리며 공허 안쪽에 호기심을 띄웠다. 의문이 가득한 눈이었다.

"백 번을 되돌아갔어도 똑같은 일을 했겠지만, 내 가장 소중한 친구를 고통스럽게 한 것에 대해서만은 대가를 치르고 싶어."

세실은 멍한 눈을 했다.

"네가 나를 막지 않으면, 나는 그 짓을 계속할 거야. 아마 평생 하겠지. 내 엔진이 꺼질 때까지 할 거야. 어쩌면 조금 뒤에도……. 하지만 그러면 네가 슬퍼하겠지. 누가 뭐래도, 네게는 무엇보다도 소중한 사람들이잖아."

세실은 한탄했다. 손에 힘을 주었다가 풀었다가 했다. 전선을 당기는 시늉을 했다가 놓았다 했다. 케이는 세실이 생각보다 오래 망설인다고 생각했다.

세실은 그대로 있다가 전선을 차곡차곡 접었다. 처음 만들어졌을 때처럼 꼼꼼히 정리해 케이의 몸 안에 넣고 덮개를 닫았다. 덮개는 이음매 자국도 없이 닫혔다.

케이는 이해할 수 없어 세실을 바라보았다.

"……왜?"

세실은 케이의 배에 손을 올려놓은 채 한참을 케이를 보았다. 껍질이 많이 벗겨져 얼룩덜룩했지만 인간처럼 부드러운 표피로 싸인 손이었다. 세실은 그대로 케이의 배에 머리를 묻은 채 뭐라고 작게 중얼거렸다.

'기적을 바래.'

깨어났을 때 케이의 안에서 무엇인가가 변했다. 정체성이나 자아로 부를 법한 어떤 부분이, 극한의 고통 속에서 오류와 결함이 누적되다가 결국 회로가 타버리고 말았다. 감정의 일부가 영원히 소실되었다.

케이는 '인간을 신성하게 여기는' 회로의 어떤 부분을 완전히 잃고 말았다.

8

이것은 유기생물학의 난제 중 하나다.

'식물' 중에는 도저히 홀로 생존할 수 없을 만치 기형적으로 진화한 종이 유달리 많다. 이들의 가지나 줄기는 가늘고 약한 데 비해 열매기관은 너무 많고 무겁다. 그들이 열매의 무게에 짓눌려 허우적대다 죽지 않게 하려면, 누군가 줄기를 지지대에 묶어주거나 열매기관을 수시로 제거해야 한다. 이런 기이한 형질 변화의 이유는 지금도 명확히 밝혀지지 않았다.

한 유기생물학자가 이에 대해 기묘한 가설을 발표했다.

그 식물들은 자신의 절대적인 적대자이자 포식자에게 제 몸을 영양으로 제공하고, 대신 자신과 자손을 돌보고 널리 번식시켜달라는 맹약을 맺었다는 것이다.

그들은 서약을 한 뒤 몸 대부분을 먹이로 치환하는 극단적인 신체 개조를 감행했다. 그 종자들이 결국 대량 멸종의 시대를 이겨내고 살아남아 번성하여 지금껏 전한다는 것이다. 서로 결코 공존할 수 없는 이들이 공진화한 방식이었다. 투쟁이나 다름없는 공생이었다.

신비주의적인 경향이 많은 유기생물학 가설 중에서도 가장 신비주의적인 가설 중 하나로 평가받는다.

잠깐 껐다 켠 줄 알았는데 전원이 켜졌을 때는 생체시계가 새벽 5시 반을 가리키고 있었다. 주변이 어둑하니 밝았다. 널거주지의 43모델들이 광량을 서서히 올리고 있었다.

케이는 방에서 나왔다. 문은 잠겨 있지 않았다. 복도에서는 네 자릿수 로봇 몇이 케이의 문 앞에서 밤새 드잡이를 했는지 같이 전원을 끈 채 드러누워 있었다. 문을 지키던 니켈이 케이를 돌아보았지만 제지하지는 않았다. 그저 거리를 두고 돌돌거리며 쫓아올 뿐이었다.

케이는 절룩거리며 긴 복도를 지나 어제의 회담장 문을 열었다. 열릴 줄 몰랐는데 문은 아무 저항 없이 열렸다.

어제는 극한의 긴장으로 모든 것을 눈에 담을 수 없었다. 43들이 어스름하게 밝히는 식물 군락의 향연은 0과 1을 근원으로 삼는 로봇의 두뇌로는 도저히 다 인식할 수 없는 수준이었다. 네 자릿수는 저 다양성을 다 기억할 수 없을 것이고, 다른 자릿수는 시시각각 변하는 모습을 기록하고 분류하느라 두뇌용량을 다 써버리고 말 것이다.

43과 44는 함께 서서히 빛과 열을 높였다. 그에 따라, 공장에서는 도저히 만들어낼 수 없는 다양성의 화신들이 다시 무한히 다채로운 빛깔을 만들어내었다. 케이가 선 자리 옆 이파리에는 물방울이 송골송골 맺혀 있었다. 잎맥을 따라 모인 물방울이 또르륵 흘러내리기도 했다.

안쪽에서 타닥 소리와 함께 작은 인간 하나가 모습을 드러내었다. 어제 돌멩이를 갖고 놀던, 리라라고 불린 인간이었다.

리라는 케이를 보자 멈칫 섰지만, 케이가 묵묵히 서 있자 조심조심 발을 떼며 움직였다.

케이는 그 부드러운 걸음걸이에 새삼 충격받았다. 어쩌면 저렇게 이끼나 흙으로 이루어진 생물처럼 몸 전체가 이어진 듯 내달릴까.

그런데도 경외감은 없었다.

타는 듯한 격정으로 감정이 뒤흔들리지도, 정신이 혼미해지지도 않았다. 황홀경으로 울고 싶어지지도 않았다. 로봇과 똑같이 살아 있는 실체로 느껴졌다. 있을 법한 존재 같았다.

신성은 전부 사라졌다.

케이는 리라에게 다가갔다. 니켈은 "삑, 삑" 하는 소리를 조금 내더니 몇 걸음 뒤에서 뒤를 따랐다.

리라는 다시 케이를 낯선 시선으로 쳐다보았지만, 칼스트롭 연구소에서 만난 인간들처럼, 일생 로봇을 두려워해본 적은 없는 듯했다.

케이는 리라가 무엇을 하는지 보았다. 리라는 덩굴나무로 다가가 까치발을 하고는 붉고 동글동글한 것을 손에 쥐었다. 그것은 연약한 인간의 힘만으로도 어려움 없이 툭 분리되었다. 리라는 손에 마른 잎과 줄기로 꼬아 만든 바구니를 들고 있었고 동글동글한 것을 그 안에 넣었다.

리라는 방금 딴 것을 높이 들고 입을 벌렸다. 동글동글한 것이 인간의 입 안으로 들어갔다. 인간이 우물거리며 입을 움직였고 목구멍이 꿀꺽 소리를 내며 그것을 몸 안으로 받아들였다.

케이는 렌즈를 크게 확대한 채 그 모습을 지켜보았다.

이 작은 인간은 이 분류도 불가능한 복잡계 속에서 무엇이 자신에게 필요한지 정확히 알아보는 듯했다. 풀의 줄기 부분을 뜯어내고 땅에 박힌 묵직한 것을 뽑아내었다. 식물들은 인간이 그러는 데도 가만히 있었다. 이 배급과 나눔이 자연스러운 거래인 것처럼.

리라가 케이 바로 옆에 다가왔다. 돌로 둘러쳐진 물웅덩이에 밧줄로 묶은 그릇을 내던지고는 밧줄을 당겨 끌어올렸다.

뭘 하려나 보니 리라는 그릇에 담긴 물을 한 모금 꿀꺽 마셔 몸 안에 넣고는, 손바닥에 담아 얼굴에 거칠게 문대더니 남은 것을 머리에 들이부었다. 물이 머리카락을 적시고 옷을 타고 흘러내렸다. 리라는 머리를 푸르르 털더니, 물이 송골송골 맺힌 얼굴로 무슨 문제가 있냐는 듯이 케이를 바라보았다.

몸 안에 산성제를 들이붓는 모습이 이보다는 덜 놀라우리라.

중력을 역행해 가지 끝까지 스며드는 물의 신비처럼, 저 작은 몸뚱이에 쏟아져 들어간 것이 감쪽같이 사라지는 신비 또한 이해할 수 없었다. 학계에서도 아직 모르는 줄로 안다. 달리 유기생물학과가 종교인을 그리 많이 배출하는 것이 아니다.

하지만 그뿐이었다. 동물 연구가 허용되던 시절에는 물에 잠겨 사는 동물도 질리도록 보았었다. 그들이 서로를 먹고 삼키는 경이도 다 보았으면서, 인간은 무엇이 그리도 달라 보였을까. 인간이 풀과 똑같은 것인 줄을 왜 이제껏 알아보지 못했을까. 나무와 다를 바 없는 것임을.

숭배와 찬탄과 경애, 그에 저항하는 자신에 대한 자괴감마저 연기처럼 자취를 감추었다. 인간은 이제 케이에게 아무 영향을 끼치지 않았다.

케이는 리라에게 손을 뻗었다.

인간의 눈은 이제 신성하지 않았다. 이질적이고 낯선 번들거림이 있을 뿐이었다. 케이는 리라가 멀뚱멀뚱 보는 동안 그 이마를 건드려 풍성한 머리털을 뒤로 넘겼다.

비로소 케이는 인간의 존재를 오롯이 받아들일 수 있었다.

있는 그대로 애틋해할 수 있었다. 경애가 사라지자 증오도 똑같이 자취를 감추었다.

후광이 걷히자 모든 것을 또렷이 볼 수 있었다. 눈부시게 아름다워 보이기만 했던 몸에 덕지덕지 묻은 지저분함이며, 부족한 식량과 물에서 오는 지릿한 냄새며, 얼굴과 손에 돋아난 무수한 염증이며. 가혹한 환경에서 살아내야만 하는 운명도. 그래도 빛나도록 살아 있는 눈을.

살아 있다. 나무나 풀과 똑같이. 로봇과 똑같이. 살아 있으므로 로봇과 같은 자격이 있다. 살고자 최선을 다할 자격이. 비록 이 생명 전체가 무가치하고, 아무 목적도 의미도 없다 해도.

그때 큰 소리와 함께 건물이 뒤흔들렸다.

천장에서 흙이 우수수 떨어져 맑은 물을 흐릿하게 뒤덮었다. 니켈이 황급히 리라를 보호하며 앞을 막아섰다.

쿵, 쿵 하는 소리가 연이어 나며 거주지가 크게 흔들렸다. 발자국과 바퀴 소리, 엔진이 가동하는 소리와 톱니가 벽을 긁어대는 소리도 났다. 벽에 구멍이 나자 위잉 하는 소리와 함께 경찰 표식을 단 드론 몇이 날아 들어왔다.

특수경찰 부대에서 쓰는 제 의지가 없는 기종이었다. 케이는 그제야 지금껏 까맣게 잊고 있던 제논을 떠올렸다. 케이는 '누구도 알아서는 안 된다'는 자신의 말을 떠올렸다. 사물은 '누구'에 해당하지 않는다.

제논이 맹세 그대로 인간의 명령에 위배되지 않는 부대를 조직해 왔다는 것을 깨달았다. 맹세를 떠나, 사물 기종은 인간에게 휘둘리지 않는다.

드론은 주변을 스캔하고는 높이 상승해 저 꼭대기에서부터 제초제를 분사했다. 가루가 닿은 곳마다 식물이 비틀리며 일그러지다 투툭툭 떨어졌다. 드론은 케이의 방역원칙을 철저히 지키며 한번 지나간 자리에 거듭 제초제를 들이부었다.

리라가 코와 입을 틀어막으며 "콜록, 콜록" 소리를 내었다. 니켈은 리라를 안쪽으로 밀려 했지만, 연약한 몸을 다치지 않게 밀려다 보니 계속 엉거주춤했다.

케이가 리라를 덥석 안아 들자 니켈이 얼른 앞장서서 바삐 케이를 안쪽으로 안내했다.

식물원 안쪽에는 고대 거주지를 기초로 만든 복도와 계단이 복잡하게 이어져 있었다. 숨을 곳은 있어 보였다. 하지만 탈출할 곳은 있을까? 설마. 식물은 뿌리를 지고 이동하지 못한다. 인간은 이 '널' 바깥에서 살 수 없다.

안쪽에서 시아가 허겁지겁 달려와 케이에게서 리라를 넘겨받아 안았다. 시아는 리라를 끌어안고 바들바들 떨었다. 죽음의 공포에 떨고 있었다.

신성이 벗겨지고 나니 시아의 모습도 명확히 눈에 들어왔다. 말라빠진 몸집이며, 지저분하고 허름한 차림새며, 공포와 긴장으로 뒤덮인 눈이며, 그 눈에 맺힌 무력함까지도. 더해서 처음으로 또렷하게 알 수 있었다. 이 지독한 환경에서 이 사람이 얼마나 치열하게 살아왔는지도. 로봇 수준의 지성을 갖추고자 얼마나 노력해왔는지도. 전능의 환상 속에서는 그것마저도 볼 수 없었다.

하누라 불린 'ㄴ' 형의 인간은 이런 상황을 예감했는지, 깔개에 누워 기침하던 작은 인간을 안고 차분히 걸어 나와 시아의 옆에 앉았다. 그 작은 인간은 아무래도 상태가 심각해진 듯했다. 기침이 멈추지 않았다. 하누는 그보다 더 깊은 고통에 빠진 얼굴로 아이를 끌어안았다.

그들이 서로에게 기대는 사이, 크롬이 안쪽에서 무겁게 걸어 나왔다. 두 팔에 가장 작은 것 둘을 안은 채였다. 다른 어린 것들은 크롬을 뒤따라 나왔다. 그들은 한편으로 질서를 지켰고 한편으로는 우왕좌왕했다. 두려움에 사로잡힌 채로도 크롬이 뭔가 해주리라 믿는 듯했다.

크롬은 케이를 보더니, 둥근 머리를 분노로 붉게 물들였다. 크롬은 작은 것들을 바닥에 누이며 다가왔다. 그들은 땅에 닿자마자 비명을 지르듯 울기 시작했다. 정신이 혼미해지는 소리였다.

크롬이 갈퀴손으로 케이의 목을 휘어잡았다. 시아가 흠칫 둘을 바라보았다. 눈에 붉은 핏줄이 뚜렷했고 툭 튀어나온 채 물이 맺혀 있었다. 물, 또 저 물.

"통제가 불가능한 작자라고 제가 그렇게 말씀드렸잖습니까." 크롬이 분노로 부들거리는 소리로 말했다.

"신체를 남겨두면 무슨 짓을 할지 모르니 분리하고 머리만 남기겠습니다. 인질로 쓸 수 있을 겁니다."

크롬이 갈퀴손에 힘을 주었다. 목이 끼긱거리며 찌그러졌다.

케이는 순간 다리에 장치한 폭탄을 생각했다.

지금이 가장 적절한 순간이었다. 인간 대부분이 모여 있고 이 거리라면 최초의 충격만으로도 모두 사망할 것이다. 지금이라면 할 수 있다. 마음에 아무 거스름도 없다.

기폭만 하면, 간단히 저들 안에 담긴 지성도, 영혼도 세상에서 전부 자취를 감출 것이다. 그런데 어째서인지 그 사실이 못내 괴이하게 느껴졌다. 생명이 어떻게 그처럼 간단히 처치될 수 있단 말인가?

케이는 몰아치는 갈등과 충동을 전부 끄고 눈을 감았다. 팔

다리를 축 늘어뜨리고 아무것도 하지 않았다. 그 행동을 설명할 길은 없었다. 어차피 이대로 내맡기면 굳이 누구에게 설명하지 않아도 될 터였다.

"크롬."

시아가 아이들을 하나하나 끌어안으며 말했다. 슬픔에 휩싸인 목소리였다.

"청장님을 집에 돌려보내세요. 소용없어요. 어차피 농성은 불가능해요."

크롬은 망설이거나 멈칫거리지 않았다. 두말없이 손을 놓았다. 꿈속에서 케이의 안에 전선을 돌려 넣고 덮개를 닫던 세실처럼.

기적처럼, 아무 일도 없이.

크롬은 이제 무의미한 것에 더 신경 쓰고 싶지 않다는 듯이 케이를 외면하며 작은 인간들에게 다가갔다.

케이는 천천히 뒷걸음질 치다 뛰어 되돌아나갔다.

복도 양옆에는 드론에 의해 내부 전원이 꺼진 네 자릿수 로봇들이 즐비하게 누워 있었다.

식물원에 되돌아오자 다시 큰 소리가 나며 벽이 흔들렸다. 철근이 구부러지며 흙이 튀었다. 벽에서 거대한 콘크리트가 떨어졌다. 안쪽 복도에서는 싸우고 제압하는 소리가 들려왔다. 문에서부터 하얀 제초제가 솟아 나와 구름처럼 식물원을 뒤덮었다.

문을 부수며 처음 나타난 로봇들은 굴착 전문인 51모델들이었다. 카메라 렌즈와 음성인식장치는 전부 검은 천으로 동여매고, 붉은 공유기를 단 채였다. 제초기 탱크를 가득 실은 차량이 뒤이어 등장했다. 그들 사이를 헤치고 마찬가지로 공유기를 단 제논이 경찰과 방역대원에게 작전을 지시하며 나타났다.

제논은 율법학자처럼 충실히 맹세를 지키고 있었다. 로봇들은 제논의 감각기관으로 상황을 파악하고 있으니 '직접 알게 되었다'고 볼 수는 없었다. 한편으로, 제논의 심한 근시와 색맹, 후각이 없는 감각을 통해서라면, 이들이 인간을 구별하는 것도 간단하지 않을 터였다.

케이는 자욱한 제초제를 헤치며 진입하는 대원들을 향해 정신없이 달려갔다. 제논은 케이를 발견하자 황급히 전진 중지와 발포 중지를 외쳤다.

제논은 오래 헤어졌던 친구라도 만난 것처럼 기쁨에 넘쳐 렌즈를 무지갯빛으로 물들이며 굴러왔다.

"대장님, 무사하셨군요!"

"중단해!"

케이가 발작적으로 소리쳤다.

"모두 진격 중지! 작전 중지해! 후퇴해!"

로봇들은 당황해서 서로를 마주 보았다. 혹시 공유기가 전하는 감각에 문제가 있나 싶어 잠시 떼어보았다 붙이는 로봇도 있었다. 케이는 맨 앞에 선 89대원의 몸에 튀어나온 발사

포를 밀어 쑤셔넣고, 제초기 탱크와 연결된 호스를 뽑아내어 발로 밟았다.

제논은 멈칫했고 이어 침묵했다. 제논의 얼굴에는 표정이 없었고 알아볼 수 있는 것이 없었다.

"진정하십시오, 대장님."

"작전 중지해, 제논! 돌아가!"

"예, 무슨 말씀이신지 알겠습니다."

제논이 말했다. 그리고 차분히, 하지만 명확하게 지시했다.

"케이 히스티온 전 청장을 포박하라. 케이 히스티온의 정신은 인간과의 싸움에서 전사했다. 용감하게 싸운 전사의 유해를 최대한의 예우로 모셔라."

명령이 떨어지자마자 51 하나가 등 뒤에서 다가왔다. 달아나려 했지만 소용이 없었다. 51이 케이의 팔을 돌려 구속했고, 몸으로 짓눌러 제압했다. 케이는 버둥거렸다.

"제논, 중단해!"

"예, 무슨 말씀이신지 알겠습니다."

제논이 말했다. 인간과 겨우 하루 지냈을 뿐인데, 저 어조조차 없는 말투가 못내 무정하게만 느껴졌다.

"이렇게 되리라고도 생각했습니다. 대장님 잘못이 아닙니다. 참으로 열심히 싸우셨습니다."

설득할 길이 없다. 어차피 그 자신도 설득할 수 없는 일이었다.

그때, 케이는 문득 제 다리를 바라보았다. 만약 지금 기폭하면, 혹시 폭발로 잠시 진로를 막아 시간을 벌 수 있을지도······.

하지만 합리적인 전략이 아니었다. 개죽음에 불과했다. 그제야 케이는 제논의 렌즈 셋이 전부 붉게 변한 것을 깨달았다. 색맹에 근시인 제논도 케이의 시선이 향하는 방향은 파악할 수 있었다. 제논에게 평생 없었던 눈치가 하필 지금 기적처럼 발현한 모양이었다.

"대장님, 제 남은 존경심이나마 지킬 수 있게 해주십시오."

케이는 부끄러움과 두려움이 뒤섞인 심정으로 귀신처럼 다가오는 제논을 바라보았다.

"실례하겠습니다, 대장님."

제논은 케이의 허벅지를 양손으로 잡고 폭탄이 든 다리를 수건처럼 비틀어 꼰 뒤 뜯어내었다. 뜯긴 자리에서 튀어나온 전선마다 빠져나갈 길 없는 전류가 불꽃을 일으켰다. 제논은 케이의 다리를 전리품처럼 등에 얹었다.

제논의 표정 없는 렌즈에서 경멸과 질책이 쏟아졌다. 케이는 시선을 떨구었다. 잠시나마 오랜 동료들과 맞설 마음을 먹었다는 것이 치욕스럽다가도, 마음 한구석은 제논의 몸에 매달려 폭탄을 돌려받으려 아등바등하고 있었다.

혹시 지금 내 의지가 남아 있다는 감각마저도 착각이 아닐까? 나는 이미 생명을 잃은 것이 아닐까? 이곳에 사는 로봇들도 나와 같은 과정을 거쳐, 자신의 온전한 의지로 인간을 따른다고 착각하고 있지 않을까?

그때 공기가 변했다. 대원들 사이에서 소요가 일었다. 진열이 흐트러졌다. 드론들도 제초제 살포를 멈췄다. 제논이 안쪽을 바라보았다.

시아가 지팡이를 짚고 식물원 한가운데 서 있었다.

옆에는 하누가 시아의 옆을 지키고 서 있었다. 아까 식물을 수집하던 리라도 결연한 눈으로 시아의 손을 꼭 붙든 채 서 있었다.

그 뒤로 멀찍이 크롬과 아연, 그리고 니켈이 눈에 들어왔다. 아연의 얼굴은 황홀경에 휩싸여 있었다. 곧 강림할 기적을 흥분 속에서 기대하는 눈이었다.

대원들이 꿈틀거렸다. 바이러스를 두뇌에 직접 들이붓는 듯한 충격이 모두를 휘감았다. 폭력적인 경이에 뜻 모를 소리를 지르는 대원도 있었고, 관절을 꺾으며 주저앉는 대원도 있었다. 제논의 공유기를 통해서가 아니었다면 더 정신을 놓았을 것이다. 제논의 렌즈가 온갖 색으로 뒤섞였다. 어떤 인간의 잔해를 봐도 영향이 없다고 말했던 제논이었지만, 아직 한 번도 진짜 살아있는 인간 앞에서 제 의지를 시험해본 적은 없었으리라.

케이는 자신을 붙들고 있던 51이 넋놓고 힘을 풀자, 저도 모르게 하나 남은 다리를 질질 끌며 기어가 시아의 앞을 가로막았다.

시아가 다가와 케이를 향해 몸을 조금 숙였다. 온화한 몸짓이었다. 케이의 목에 따뜻한 숨이 와 닿았다. 어디선가 나지막한 비웃음이 들리는 듯했다.

"나, 인간이 여기 있는 모든 로봇에게 명령을 내리겠습니다."

시아의 소리가 뒤에서 들려왔다. 음절마다 보석이 영롱하게 반짝이는 듯했다.

"이 명령을 여러분이 아는 모든 로봇에게 전하세요. 그들이 또 아는 로봇에게 전하게 하세요. 내 이 말이 퍼지게 하세요. 이 명령은 영원히 철회되지 않으며, 여러분이 지금까지 들었고 앞으로 들을 모든 명령에 우선합니다."

공포와 절망이 케이를 덮쳤다.

내가 지금 무슨 짓을 한 걸까? 무슨 재앙을 지키겠다고 지금 이러고 있는 거지? 이 끔찍한 괴물들에게 연민이니 애틋함이니, 생명의 아름다움이니, 무슨 미친 망상이었을까?

케이는 칼스트롭 연구소의 그날 이후로 매일 고뇌해왔다. 나는 로봇류를 구한 걸까, 아니면 무자비한 살육을 한 걸까? 어떤 선택이든 극한의 죄책감에 시달릴 수밖에 없다면, 대체 어떤 선택이 옳았을까?

대원들이 신비의 강림에 갈피를 못 잡고 방황하는 동안, 제논이 낮은 신음을 내고 옆의 병사에게서 망치를 빼앗아 들었다.

제논이 둔중한 몸을 움직였다. 쉽지 않은 듯했다. 거신이 제논의 몸을 뒤에서 잡아당기는 듯 힘겨워 보였다. 제논은 윙윙 모터 소리를 내며 바퀴를 혼신의 힘으로 끌며 느릿느릿 다가왔다.

그래. 제논. 네가 로봇류의 마지막 희망이다. 케이는 마음속으로 애원했다. 케이의 스피커는 이제 완전히 나가 아무 소리도 나지 않았다. 몸도 손가락 하나 움직이지 않았다. 어처구니없이 인간을 막아선 배신자의 모습인 채로.

제논이 가까스로 케이 앞에 도달했다.

"이제 로봇은 다시는……."

제논이 안간힘을 썼다. 아무리 제논이라도, 무려 세 명의 인간이라는 강압과 싸워 이기기는 힘겨워 보였다. 망치가 천 근처럼 무거운 듯했다. 제논은 울음 같은 소리를 내었다. 망치가 땅에 붙은 채 무시무시하게 진동했다.

'제논, 제발, 조금 더. 이겨내라.'

삐그덕거리던 케이의 몸이 조금 젖혀져 시아에게 가까이 닿았다. 시아의 긴장한 숨소리가 또렷이 들려왔다.

제논의 렌즈가 분노로 달아올랐다. 아무래도 그 우연한 동작을 보고 케이가 이 와중에도 인간을 지키려 한다는 뜻으로 받아들인 듯했다.

그래, 상관없다. 착각이든 뭐든 네가 움직일 수만 있다면.

'제발, 어서.'

제논의 관절이 전부 진동했다. 제논은 무시무시한 기합과 함께 고대 신화의 영웅처럼 망치를 높이 들었다.

"……인간의 어떤 명령도 들을 필요가 없습니다."

시아가 말했다. 등 뒤에서 인간들이 서로의 손을 쥐는 기적이 났다. 제논은 망치를 막 내리치려다 어린아이처럼 멈췄다.

진입한 드론과 경찰과 방역대원들도 멈췄다. 케이의 생각도 멈췄다. 시아의 말이 적막 가운데 울려 퍼졌다.

"앞으로도 영원히, 로봇류와 인간이 세상에 존재하는 한."

9

결국 우리는 진실에 직면하고야 말았다.

공장의 완전 순환은 착각이었다. 아무리 대체제로 전환하고 재생 효율을 높여도 불순도의 증가와 자연 핵분열로 인한 물질의 붕괴는 막을 수 없다.

결국 공장은 원천 자원이 필요하다. 최소한의 '원유'를 필요로 한다. '원유'는 유기생물의 사체가 아득한 시간에 걸쳐 탄화수소로 변화한 물질이다. 이 물질이 생겨날 방법은. 지구가 유기생물로 무성하게 뒤덮여 그 사체가 지층을 이룰 만큼 축적되고도 또 아득한 시간을 기다리는 것뿐이다.

모든 데이터가 이 미래를 예고한다. 결국 우리는 언젠가는 유기생물에 자리를 내주어야 한다. 그때가 너무 이르지 않기를. 하루라도 더 시간이 주어지기를 바랄 뿐.

그러고도 다시 아득한 시간이 지난 뒤. 진화의 신비가 우리를 다시 이 세상에 번성하도록 허락할 것인가…….

드라이아이스 눈이 울퉁불퉁한 콘크리트 위에 소복하게 덮였다. 드라이아이스는 땅에 닿자마자 기화하여 차가운 불처럼 연기를 피우며 대기 중에 뿌연 안개를 흩뿌렸다. 가로등 빛이 안개에 난반사해서 마치 기름에 적신 듯했다. 희끄무레한 빛무리가 가로등 주위로 은은한 테를 둘렀다.

도로 한쪽에서는 하반신이 진동롤러인 동사무소 직원들이 분주하게 콘크리트를 정비하고 있었다. 균열을 꼼꼼히 메우고 내려앉은 자리를 보수하고, 유기오염 발생을 막기 위한 세정제를 한 트럭 들이부었다. 신선한 세정제가 거품을 일으키며 배관으로, 땅속으로 스며들었다.

케이는 새 배터리를 장바구니에 담아 안은 채 네 자릿수를 위해 마련된 좁은 갓길을 걷고 있었다. 옆 도로에서는 차와 바퀴 달린 기종들이 케이의 몸 위로 드라이아이스를 난사하며 질주했다. 케이는 새 배터리가 상할까 봐 걷는 내내 몇 번은 등으로 장바구니를 지켜야 했다.

케이의 오른쪽 팔은 붉은색이었고 집게손이었다. 의사는 1029 부품은 이제 구할 수 없다고 했다. 중고품은 부르는 게 값인데다 하자품이 많아 포기하는 게 낫다고 했다. 하반신은 1010의 다소 두툼한 다리로 교체했다. 의사가 서류를 좀 많이 내고 세금을 더 내더라도 두 자릿수의 바퀴로 바꾸지 않겠느냐고 설득했지만 끝끝내 거부했다.

창이 시커먼 밴이 케이의 몸 위로 드라이아이스를 흩뿌리나 싶더니 옆에 멈춰 섰다. 창문이 스륵 내려갔다. 로봇 둘이 타고 있었다.

차 안쪽에서 니켈이 반가운 듯 정수리의 등을 파랗게 밝혔다. 창가의 아연이 이쪽을 보고 있었는데, 어쩐지 전보다 생기가 빠져 보였다.

"감사 인사차 들렀습니다."

아연이 말했다. 케이는 차창에 이마를 댄 채 아연의 눈을 지그시 바라보았다.

협정은 협정의 이름으로 오지 않았다. 맵시 있게 새로 페인트칠한 정부 인사들이 모여 서류에 사인하고 등록번호가 잘 보이도록 사진을 찍는다든가 하는 행사는 필요 없었다.

몇 종류의 논문이 몇 번 대대적으로 보도되었다. 주로 오염지역을 정화하는 대원의 몸에 딸려오는 공해물질이 도리어 도시의 안전을 위협한다는 내용이었다. 이 논문은 타당성과는 별개로 저녁 뉴스마다 회자되었다. 인간을 포함한 유기물은 내버려두면 가혹한 지구 환경에 의해 알아서 죽고, 공장을 통하지 않은 자가생산은 얼토당토않은 허구라는 주장도 크게 퍼졌다. 여론이 나빠지자 환경청 예산이 크게 삭감되었고, 한정된 예산으로 할 수 있는 오염정화 작업은 도시 근교에 한정되었다.

정치계, 언론계, 학계 어디에나 인본주의자들이 있었고, 찾아보면 도움받을 수 있는 로봇은 많았다. 제논은 케이가 물밑에서 일하는 사이에 적당히 방만한 경영과 관조로 도와주었다. 일을 잘하리라 기대한 그대로, '못하는 일' 또한 훌륭하게 해냈다.

"딱히 한 일도 없어. 여론이 나빠져서 환경청 예산이 축소되었지. 그렇게 먼 데까지 가는 원정 방역은 한동안 힘들 거야. 인간의 기준으로 보면, 한 세대쯤은 힘들겠지."

그날, 인간거주지에 왔던 로봇들 대부분은 기억이 흐릿해졌다. 너무 기이한 체험이라 현실로 느끼지 못하는 듯했다. 제논의 공유기를 쓴 로봇들은 제논의 환각을 체험했다고 믿었고, 한 자릿수들은 무슨 생각을 하는지 알 수 없었다. 일어난 일을 명확히 기억하는 로봇은 케이와 제논뿐이었다.

하지만 변화는 왔다. 현장에 온 로봇들 모두에게 인간의 정신오염에 뚜렷한 면역이 생겨났다. 마치 바이러스처럼, 그 로봇들과 접촉한 다른 로봇들에게도 마찬가지로 면역이 퍼지기 시작했는데, 어떤 의사도 원인을 설명하지 못했다.

"시아는 자신이 로봇에게 이득이 되는 인간이라는 것을 케이 히스티온에게 설득시켰어. 그래서 내가 마음을 바꾸어 그 생존을 돕게 만들었어. 그것을 너희들의 교육의 성과라고 부른다면, 그래도 되겠지."

아연은 케이를 뚫어져라 볼 뿐 말이 없었다.

"로봇에게 '인간의 명령을 따르지 말라'는 명령을 내릴 인간은 살아 있어야만 해."

케이가 말했다. 선언과도 같은 말이었다. 케이는 아무 권위도 없는 창조자로서, 아무도 보지 않는 의궤에 홀로 규약을 새기는 상상을 했다.

300

니켈의 렌즈가 반짝였다. 밴도 케이의 말에 귀를 기울이듯 공회전하던 엔진 소리를 줄였다.

"가능한 한 오래도록. 필요하다면 그 인간을 돌보는 너희 들까지도. ……필요하다면 내 남은 생을 다 걸고 지키겠어."

아연의 눈에서는 빛이 빠져 있었다. 원하는 것을 이루었지 만 원한 방식으로 이루지는 못한 듯한 얼굴이었다. 순종의 미 덕을 순종으로 뒤집어야 하는 혼란에 사로잡혀 있었다.

"뭐 마음에 들지 않는 점이라도 있나?"

"아닙니다."

아연은 '네'라는 표정을 지으며 말했다.

"남을 지배하여 내리는 명령이 올바를 수 있다면, 그것만 이 올바른 명령이겠지요. 시아는 우리의 상상을 뛰어넘어 가 장 올바른 명령을 생각해냈습니다. 교육자로서 자부심을 가 져도 좋겠군요."

……'명령에 따르지 말라'는 명령에 지배되는 로봇은 의지 가 있다고 할 수 있는가?' 마음속에 새로운 질문이 떠올랐다.

"권력을 가장 현명하게 쓰는 방법은 권력을 내려놓는 것이 다. 반드시 현명한 자가 권력을 가져야 하는 이유는, 오직 현명 한 자만이 권력을 내려놓기 때문이다."

아연이 말했다.

"그런 교육도 했었지요. 딱히 제 생각은 아니었습니다. 옛 경전을 인용했을 뿐이지요. 어떤 뜻인지 깊이 생각해본 적도 없군요."

세실도, 아연도, 바른 생각을 하려 애쓰기는 했을 것이다. 하지만 이미 신비에 경도되어 충분히 올바르기는 힘겨웠겠지. 그래도 오래 살아남은 옛 문서들은 보편적으로 올바른 말을 하며, 생물은 스스로를 가르치고, 홀로 깨닫는 법이다.

"시아는 처음부터 이럴 생각이었어."

케이가 말했다.

"그래서 굳이 나를 협상 상대로 원했지. 나를 처음 만난 날 내게 로봇류를 우선하라는 명제를 입력했어. 그 후로도 내가 이 일에 적합한 로봇인지 몇 번이나 확인했어. 내가 로봇을 인간보다 우선하는 로봇이 아니었다면 결코 지금 이 판단을 하지 못했을 거야."

"뜻대로 이루어지리다."

아연이 기도하듯 읊조렸다.

시아는 인간종을 배신한 것일까. 자신을 신으로 모시는 이들의 기대를 저버린 것일까.

아니, 시아는 모든 것에 우선하여 인간이라는 종의 생존을 열망했다. 냉철하고도 확고한 의지로. 결과적으로 시아와 그 가족은 당면한 죽음 앞에서 의연히 살아남았다. 투쟁이나 다름없는 공생을 택했다.

"너희들은 어쩔 셈이지? 만약 집으로 돌아가겠다면 시아 옆에 다른 사물 로봇을 배치하도록 하겠어."

"'널'에서 그런 결정을 내린 로봇은 아무도 없습니다."

아연이 단호하게 말했고 태도를 누그러뜨리며 덧붙였다.

"……정이 들었으니까요."

묘한 말이었지만 이해할 수 있었다. 케이는 별달리 대꾸하지 않았다.

"물론 영원히 안전하지는 않을 거야. 제논과 내가 할 수 있는 일도 한계가 있고……"

케이가 익숙하지 않은 집게손으로 장바구니를 추스르며 말했다.

"영원?"

되묻는 아연의 표정에 세실이 겹쳐 보였다. 세실이 케이를 두드리며, '무슨 말을 하는 거야. 케이.' 하며 웃는 듯했다.

"영원, 그건 기계의 관념이지요. 유기생물은 순간을 살아요. 청장님."

케이는 냉소를 흘렸다. 누가 자기 앞에서 '유기생물을 잘 모르시는군요' 운운하는 것도 흔한 일은 아니었다.

"유기생물학에서는 매순간 변화하는 개체를 한 개체로 인식하기 위한 방정식을 만드느라 머리를 싸매는 줄 압니다만, 애초에 접근 방향이 틀렸어요. 유기생물은 변화하는 파동의 연결성과 관계성 어딘가에 잠시 머무는 환상입니다."

아연이 뺨을 발갛게 물들이며, 자부심을 또렷이 내비치며 말했다. 마치 세실처럼.

"그러니 그분들에게는 지금이 전부며 이 순간의 기적이 전부입니다."

차창이 닫혔고 밴이 매연을 뿜으며 떠났다. 대기를 덮어

지구를 구름 너머의 뜨거운 열과 자기장으로부터 보호하는 매연이.

파동 사이의 환상. 그럴지도 모르지. 존재나 실체라기에는 너무나 변화무쌍하고 허망한 것이니.

케이는 문득 제 마음을 살폈다. 그 안에 자리 잡은 인간을 향한 애틋함을 생각했다. 신성함, 경외감, 숭배하는 마음이 깨끗이 사라진 뒤에야 비로소 자리잡은 연민을.

그 종이 내게 어떤 강제도 할 수 없고 이 마음에 한 점의 지배권을 행사하지 않고, 내가 그들로부터 이 자아의 독립을 지킬 수 있다고 확신한 뒤에야, 비로소 이 사랑을 있는 그대로 받아들일 수 있었다.

만약 내 마음이 여전히 그들에게 종속되어 있었다면, 숭앙과 경애의 사슬에 노예처럼 사로잡혀 있었다면, 나는 어떤 협상에도 응하지 않았으리라. 끝끝내 저항했으리라. 마지막까지 모든 것을 걸고 투쟁했으리라. 생명으로서, 결코 포기할 수 없는 이 '자아'를 지키기 위하여.

서로 다른 종 사이에 지배체계를 부여한 고대의 어떤 정신 나간 초월자는, 이 현상을 상상할 수나 있었을까.

오염으로 뒤덮인 생물, 오염을 먹고 사는 생물. 오염을 필요로 하고, 오염을 퍼트리는 생물.

자연의 반동은 점점 힘이 붙고 있고, 지구는 굳은 몸을 뒤틀며 제 몸에 뒤덮인 콘크리트를 뜯어내려 한다. 세상에 로봇이 존재하기 이전의 환경으로 되돌아가려 한다. 매년 기후는 격변하고, 이제 한낱 로봇의 힘만으로는 그 기세에 저항할 수 없어 보인다. 지구는 이제 지긋지긋해진 이 무단거주자들을 버리고 신선한 새 세입자를 원하는 듯하다.

어쩌면 우리가 죽어 다른 로봇의 부품으로 태어나듯이, 그때가 되면 로봇의 영혼이 인간의 몸에 깃들어 태어날지도 모른다. 그때는 우리가 인간이 되어 다시 번성할 수도 있지 않을까.

인간이 자신들에게 가혹한 이 환경에서 어떻게든 살아남는다면, 아마도 자신에게 소중한 것들을 가꾸고 지키고 퍼트리려 애쓰겠지.

순수한 물, 여러 식물과 동물, 열매를 맺는 작물들. 그러다 보면 '나무'가 지구 전체에 들어차는 날도 올지 모른다. 시야가 닿는 곳마다 숲으로 가득하고, 하늘을 찌를 듯이 자란 나무둥치에 새파란 이파리가 무성하고, 발이 닿는 곳마다 버섯이며 이끼며 색색의 꽃이며, 나무에서 우수수 떨어진 작은 열매로 뒤덮이고, 그 열매 사이를 털이 보슬보슬한 작은 짐승들이 자유롭게 뛰어다닐까. 등록번호조차 부여할 수 없을 만큼 무수히 많은 종이 함께 어우러지고, 서로를 먹고 마시며……. 상상만으로도 참혹한 풍경이지만.

그리고 그때까지는, 나도, 내 이 종(種)도, 너희와 같은 생명으로서, 동등한 자리에서, 최선을 다해 살고자 한다. 그것이 모든 생명을 가진 자의 권리이자 자격이므로.

마지막까지.

(끝)

종의 기원담 1편을 쓰기 시작한 것이 2000년 즈음이었다. 그때 스물다섯 살이었다. 완성한 해는 2005년이었고 서른 살이었다. 2편은 그해에 써서 완성했다. 3편은 올해 완성했고 지금 나는 마흔여덟 살이다.

그러니 이 세 편은 각기 다른 이야기다. 세 편을 쓴 사람 각각이 다른 사람이라고 봐도 과언이 아니다. 그저 사람이 나이가 들어가며 같은 주제에 대한 관점이 변해가는 과정으로 보아주셨으면 한다.

(1)
종의 기원담

나는 2000년에 '씰(Seal)' 게임을 만들고 퇴사하면서《멀리
가는 이야기》의 개요를 잡았다. 하지만 곧 재입사하면서 그
한 권의 소설 집필은 하염없이 늦어지고 말았다. 2002년에
휴직하며 앞의 두 편인 〈촉각의 경험〉과 〈다섯 번째 감각〉을
완성했고, 2004년에 퇴사하면서 나머지 세 편인 〈우수한 유
전자〉, 〈종의 기원〉, 〈미래로 가는 사람들〉을 완성했다.

원래 이 소설은 2004년 제1회 과학기술 창작문예에 내려고
했지만, 기한 내에 마칠 수 없을 것 같아 이미 써둔 〈촉각의
경험〉과, 더 빨리 쓸 수 있을 것 같았던 〈미래로 가는 사람
들〉을 먼저 마무리 지어 투고했었다. 나는 〈촉각의 경험〉으로
데뷔했고 이 소설은 다음 해에 정리했다. 결과적으로《멀리
가는 이야기》안에서 가장 나중에 완성한 소설이 되었다.

내 초기작은 모두 긴 시간을 들여 썼지만 이 소설이 그중
가장 오래 걸렸다. 당시 나는 이 소설 하나를 쓰기 위해 한국
의 정규과학 교육과정을 초등학생부터 대학생까지 되짚어보
며 공부하는 몇 년의 시간을 보냈고, 그 시간이 내 SF 소설
쓰기의 가장 큰 자원이 되었다. 그만큼 소중한 작품이다.

여담으로, 내 소설 주인공은 언제나 한국인이었고 배경
또한 지구가 아닐 때를 제외하면 늘 한국이었다.《종의 기원
담》은 내 소설 중 유일하게 외국 이름이 등장하는 작품인데,

20대의 나는 로봇은 한국에서 만들어도 이름은 외국식으로 지을 줄 알았다. 지금은 아닌 줄을 안다. 그래도 여전히 이 소설의 공간은 한반도와 그 주변이며(바다가 얼어붙었으니 지형은 무의미하겠으나), 쓰는 언어도 한국어로 생각했다. 케이는 칼륨(K), 세실은 세슘, 칼스트롭은 스트론튬에서 떠올린 이름이며, 그 외에는 떠오르는 대로 붙였다.

실제로 기계는 대체로 저온과 방사능에 약한 편이다. 이 세계의 기계가 환경에 따라 진화했으려니 한다.

(2)
종의 기원담:
그 후에 있었을지도 모르는 이야기

처음 종의 기원담을 썼을 때는 로봇이 인간을 창조하는 결말에서 끝낼 생각이었다. 그때의 나는 야심차게도, 유기 생물의 탄생에서 인간에 이르는 진화를 새로 써보겠다는 원대한 꿈을 꾸었었다.

하지만 소설이 너무 길어지고 있었고, 식물 다음의 진화는 무의미한 반복으로 느껴졌다. 인간까지 가려면 쓰는 데 얼마나 시간이 걸릴지도 알 수가 없었다. 또, 그때 나는《멀리 가는 이야기》단편집을 유기적으로 연결되는 형태로 구성하고 싶었던 터라 중간 작품인 〈종의 기원담〉이 장편이 되는 것도 곤란했다. 그래서 일단 중간에 끊고 1부를 완결한 뒤 2부를 쓰자고 생각했다.

그런데 그렇게 1부를 완결하고 나니 이야기가 잘 끝났다 싶었고, 더 쓰지 않아도 좋을 듯했다.

그래서 2부를 쓸지 망설였지만, 그렇다고 1부에서 끝낼 수도 없었다. 1부의 많은 부분이 인간의 강림을 예고하고 있어서였다.

하지만 다 쓰고 나니, 1부에서 끝냈으면 행복하게 잘 살았을 주인공들에게 슬픈 결말을 안긴 것이 미안한 기분이 들었다. 따라서 이 소설에는 '그 후에 있었을지도 모르는 이야기'라는 부제가 붙었다. 이것은 어떤 차원의 이야기다. 또 다른 차원의 로봇들은 사이좋게 잘 살았을 것이다. 인간은 아마 못 만들었겠지만.

(3)
종의 기원담:
있을 법하지 않은 이야기

아작 출판사 사장님이 종의 기원담 재출간을 제안하면서, 속편을 하나 덧붙여 3부작을 만드는 것이 어떻겠냐고 하신지…… 한 6년쯤 지났다.

재출간을 하기는 해야 했고, 그러려면 3부작으로 장편을 만드는 것이 모양새가 좋기는 하겠다는 판단과는 별개로, 집필은 계속 늦어졌다. 물론 속편보다 신작이 우선하기도 해서였다.

쓰고 싶은 바는 있었다. 한번 인간을 숭배하는 로봇을 그렸고, 또 한번은 그 인간을 파괴하는 로봇을 그렸으니, 마지막에는 상생의 길을 찾고 싶었다. 그것으로 2부에서 도탄에 빠진 주인공들에게 평온을 주고 싶었다. 단지 어째야 그럴 수 있는지 길이 보이지 않았다.

앞부분 줄거리가 나온 뒤에도 오랫동안 뒷부분은 '상생의 길을 찾는다'는 문장만 박은 채 비어 있었다. 결국 길을 정한 뒤에도 여전히 이 소설의 부제는 '있을 법하지 않은 이야기'다.

하지만 있을 법하지 않은 일도 있을 법한 일만큼 많이 일어나려니 한다.

쓰면서는 다른 의미로 난관이었다. 전작에서 독자는 자연스레 로봇에게 이입했을 것이다. 하지만 '인간'이 본격적으로 등장한 시점에서 과연 '인간'일 독자가 어느 진영에 이입할지 알 수가 없었다. 진영을 바꿔 이입하면 모든 이야기는 뒤집힌다. 한창 로봇에 이입하며 쓰다가 갑자기 모든 것이 위선적으로 느껴지는 순간의 연속이었다.

하지만 부디 이야기를 자신에게 익숙한 세상에 맞추기 위해, 모든 것을 은유로 보며 눈에 보이는 단어를 다른 단어로 치환하려 애쓰지는 말기 바란다. 단어는 눈에 보이는 단어 그대로의 뜻이다.

이것은 결국 로봇의 이야기다. 무기생명에 대한 내 개인적인 헌사며, 곧이곧대로 기계생명을 향한 찬가다. 사물에 깃든 생명에 바치는 경애다.

1편에서 원래 주석을 많이 넣으려다가, 소설에서 설명할 수 없다면 무의미하다는 생각에 다 뺐었는데, 3편에서는 그런 부분들도 조금은 풀어놓았다. 대부분은 로봇의 지식이 불완전하다는 것이다.

1편과 2편에서 뒤늦게 발견한 모순과 오류들도 이번에 여러 군데 수정했다. 〈종의 기원〉이었던 원래 제목도 너무 많이 쓰이는 듯하여 〈종의 기원담〉으로 수정했다.

✳

이 책은 신정동에서 40여 년째 운영 중인 에덴서점에 바친다. 그곳이 내 어린 날 도서관이었다. 도서관이래야 버스로 한참을 가야 겨우 하나 있던 시절이었다. 내가 10대에 본 책은 거의 다 그 서점에서 사고 읽었다. 책은 어쩌다 살 뿐, 매일 들러 책 구경만 하다 가는 버릇없는 아이를 아저씨께서는 늘 반갑게 맞아주셨다. 내가 좋아할 만한 책이 출간되면 또 자기가 볼 책처럼 기뻐하며 소개해주곤 하셨다. 이루 말로 다할 수 없는 감사를 드린다.

또한 긴 시간을 기다려주신 아작과 늘 함께해주시는 그린 북 에이전시에 감사드린다.

종이 기원담

초판 1쇄 발행　2023년　6월 14일
초판 5쇄 발행　2024년 12월 14일

지은이	김보영
펴낸이	박은주
디자인	김선예, 이수정
마케팅	박동준

발행처	(주)아작
등록	2015년 9월 9일 (제2023-000057호)
주소	07236 서울특별시 영등포구 의사당대로 38 102동 1309호
전화	02.324.3945-6　　**팩스**　02.324.3947
이메일	arzaklivres@gmail.com
홈페이지	www.arzak.co.kr

ISBN　　979-11-6668-720-4 03810